ULRIKE VÖGL

Zweimal stirbt's sich besser

Ein humorvoller
Augsburg-Krimi

Überarbeitete Neuausgabe September 2024

Copyright © 2024 dp Verlag, ein Imprint der
dp DIGITAL PUBLISHERS GmbH
Made in Stuttgart with ♥
Alle Rechte vorbehalten

Zweimal stirbt's sich besser

ISBN 978-3-98998-445-5
E-Book-ISBN 978-3-98998-437-0

Copyright © 2020, dp Verlag, ein Imprint der
dp DIGITAL PUBLISHERS GmbH
Dies ist eine überarbeitete Neuausgabe des bereits 2020 bei
dp Verlag, ein Imprint der dp DIGITAL PUBLISHERS GmbH
erschienenen Titels Nackabatsch mit Todesfolge
(ISBN: 978-3-96087-964-0).

Covergestaltung: Anne Gebhardt
Umschlaggestaltung: ARTC.ore Design
Unter Verwendung von Abbildungen von
shutterstock.com: © Aneta Jungerova, © Alexey V Smirnov
stock.adobe.com: © IRINA, © SUE, © sonne_fleckl
elements.envato.com: © PixelSquid360
Lektorat: Claudia Steinke
Satz: dp DIGITAL PUBLISHERS GmbH
Druck und Bindung: Books on Demand GmbH, Norderstedt

Das Werk darf – auch teilweise – nur mit
Genehmigung des Verlages wiedergegeben werden.

Vorwort

Liebe Leserinnen, liebe Leser,

als ich neulich an einem Ständer mit Postkarten vorbeilief, fiel mir der folgende Spruch auf einer Karte ins Auge: „Heimat ist, wo dein Herz wohnt." Der Spruch hat mich zum Grübeln gebracht. Was bedeutet für mich Heimat?

Meine Heimatstadt ist die Hauptstadt Bayerisch-Schwabens, Augsburg. Hier bin ich geboren, hier bin ich zur Schule und zur Uni gegangen und hier lebe ich mit meiner Familie. Die wunderschöne Fuggerstadt liegt mir sehr am Herzen. Stolz kann sie auf eine lange, ereignisreiche Geschichte zurückblicken, wurde sie doch von den Römern vor über 2000 Jahren zwischen Lech und Wertach gegründet. Zu Zeiten Jakob Fuggers des Reichen hat sie es sogar zur „goldenen Stadt" gebracht, in der prunkvolle Reichstage abgehalten wurden. 2019 wurde dann das einzigartige Wassermanagement-System von Augsburg zum UNESCO-Welterbe ernannt. Ja, Augsburg ist etwas ganz Besonderes!

Als ich vor wenigen Jahren mit dem Gedanken gespielt habe, einen Krimi zu schreiben, wird es Sie daher wenig verwundern, liebe Leserinnen, liebe Leser, dass ich gar nicht lange darüber nachdenken musste, wo mein Krimi denn spielen könnte. Das war mir von vornherein klar!

Es ist für mich ein Heimspiel. Ich muss nur die Augen schließen und schon folge ich meinen Kommissarinnen Helena und Franzi durch die Straßen der Augsburger Innenstadt, sehe zu, wie sie über den Stadtmarkt schlendern oder in der Fleischhalle einkehren. Wenn ich am großen Polizeipräsidium vorbeifahre, sehe ich Franzi vor meinem inneren Auge mit ihrem quietschgrünen Drahtesel auf den Parkplatz abbiegen und Helena begrüßen, die gerade aus ihrem Auto steigt.

Dass zu meiner Heimatstadt ein gewisser Dialekt gehört, muss meine Kommissarin Helena, die ursprünglich aus Hamburg kommt, am Anfang leidvoll erfahren. Ihre Augsburger Kollegin Franzi hilft ihr aber natürlich bei Verständigungsproblemen tatkräftig aus. Auch Sie, liebe Leserinnen, liebe Leser, müssen da durch. Zu Augschburg g'hört nun mal au die Sprache, des kann man net andersch machen. Sonscht wär's ja au net authentisch, gell?

Wenn ich nochmal über den Spruch vom Anfang nachdenke, „Heimat ist, wo dein Herz wohnt", bin ich mir zu 100% sicher, dass mein Herz in Augsburg wohnt und nirgendwo anders. Hier ist meine Heimat, hier fühle ich mich zu Hause.

Ich wünsche Ihnen, liebe Leserinnen, liebe Leser, dass Sie ebenso einen Herzensort haben, wie ich und freue mich, Sie nun in meine Heimatstadt mitnehmen zu dürfen. Vielleicht gelingt es mir ja sogar, Sie ein klein wenig neugierig auf unsere schöne Fuggerstadt zu machen, und ich würde mich freuen, wenn Sie sich eines

Tages entschließen, auf Helenas und Franzis Spuren durch die Stadt zu wandeln.

Viel Vergnügen beim Lesen wünscht Ihnen
Ihre Uli Vögl
Augsburg, im Juli 2024

Für meine beste Freundin Alex

1

„Dämliche Augsburger!"

Wütend zog die junge Kommissarin die Tür der Metzgerei hinter sich zu. Vielleicht etwas zu energisch, da diese mit einem lauten Knall protestierte. „Fleischkäseweck? Noch nie gehört!", äffte sie leise vor sich hinschimpfend den Augsburger Metzger nach, was ihr einen verwunderten Seitenblick einer alten Dame einbrachte, die ihre Promenadenmischung Gassi führte.

Sie würde sich an diesen abscheulichen Dialekt nie gewöhnen! Auch das Essen hier in Augsburg war völlig anders, als sie es aus ihrer Hamburger Heimat gewöhnt war. Selbst ein normales Mettwurstbrötchen war hier einfach nicht zu bekommen, wie ihr die Erfahrung von eben wieder einmal gezeigt hatte.

„Was woll'n Sie? Ein Mettwurschtbrötchen?", hatte der dicke Metzger gefragt und ihr ins Gesicht gelacht. „Sowas ham mer hier fei net, Fräulein!"

Daraufhin hatte er auf seine Auslage gedeutet und sie vor allem auf die Warmhalteplatte aufmerksam gemacht, auf der sich zwei riesige Laibe Fleischkäse auf unappetitlich fettglänzenden Schalen tummelten. Sie war drauf und dran gewesen, das Geschäft ohne Essen wieder zu verlassen, als sie ein unangenehmes Ziehen in der Magengegend darauf aufmerksam machte, dass sie seit gestern Abend nichts mehr gegessen hatte. Also bestellte sie zähneknirschend ein „Fleischkäseweck" und wurde prompt auch dafür wieder ausgelacht. Nach zahlreichen Belehrungen über die Augsburger Mundart – „Fleischkäse in Augschburg hoißt Lebakäs und sowas wie a Weck gibt's hier gar net, sondern hoißt Semml" – erhielt sie endlich die Mahlzeit in einer Imbisstüte überreicht und dann hatte sie, so schnell sie konnte, den Laden verlassen.

Helena lief zu ihrem Auto, wo sie sich seufzend auf den Fahrersitz fallen ließ. Plötzlich hatte sie unglaubliches Heimweh. Niemals wäre ihr in den Sinn gekommen, dass sie Hamburg so vermissen würde, als sie das attraktive Jobangebot bei der Augsburger Kriminalpolizei annahm. Aber damals hatte sie ja auch keine Ahnung gehabt, was sie im Süden Deutschlands erwartete. Manchmal kam es ihr so vor, als wäre sie in ein anderes Land ausgewandert! So wurde sogar etwas Simples wie eine Essensbestellung zu einer echten Herausforderung.

Vorsichtig holte sie die warme „Leberkässemmel" aus der Tüte. Sie durfte sich jetzt nur nicht bekleckern. Schließlich war heute für sie der wichtigste Tag, seit sie vor gut drei Wochen Anfang September in Schwaben angekommen war. Bislang hatte sie sich lediglich im Präsidium eingelebt, ihr Büro eingerichtet und Akten durchgesehen. Heute sollte sie endlich ihre Partnerin kennenlernen, die bis jetzt im Urlaub gewesen war und da wollte sie natürlich einen guten ersten Eindruck hinterlassen und nicht unbedingt mit verkleckerter Bluse ankommen. Also beugte sie sich nach vorne und nahm einen vorsichtigen Bissen von der warmen Mahlzeit, woraufhin prompt der Senf beschloss, auf der anderen Seite das Brötchen zu verlassen, um mit einem satten Schmatzen auf ihr Lenkrad zu tropfen. Entnervt beförderte sie die angebissene Mahlzeit in die Tüte zurück und kramte hektisch in ihrem Handschuhfach nach einem Taschentuch. Nachdem sie das Malheur entfernt hatte, stopfte sie das zerknüllte Tuch in die Imbisstüte und erklärte die verunglückte Mahlzeit ein für alle Mal für beendet. Obwohl, wenn sie ehrlich war, hatte es gar nicht so schlecht geschmeckt. Trotzdem wollte sie nicht riskieren, sich durch weitere Senfmissgeschicke ihr sorgfältig zusammengestelltes Outfit zu ruinieren. Ein Blick in den Rückspiegel zeigte ihr, dass zumindest in ihrem Gesicht keine gelben Hinterlassenschaften zu sehen waren. Ihre weiße Bluse und ihre beigefarbene Leinenhose waren zum Glück ebenfalls von unschönen Flecken verschont geblieben.

Plötzlich klingelte ihr Handy und die Einsatzzentrale am anderen Ende teilte ihr mit, dass sie sich unverzüglich in den Augsburger Stadtteil Oberhausen begeben solle, weil man da eine Leiche gefunden habe. Ihre Partnerin sei bereits verständigt worden. Schnell tippte sie die Adresse in ihr Navi ein. Wenigstens würde sie für ihren Weg aus der Augsburger Innenstadt nach Oberhausen nur neun Minuten benötigen, wie sie das Gerät wissen ließ. Die Wege in Augsburg waren definitiv kürzer als in Hamburg. Das war immerhin ein Plus, das die schwäbische Hauptstadt gegenüber der Hansestadt für sich verbuchen konnte.

Helena hatte sich ihr Kennenlernen mit der neuen Kollegin zwar anders vorgestellt, aber das war jetzt wohl nicht mehr zu ändern. Vielleicht konnten sie sich ja später noch auf einen Kaffee zusammensetzen ... Da sie keine Menschenseele in dieser Stadt kannte, hoffte Helena, dass sie in ihrer Partnerin eine Freundin finden würde.

Sie warf einen prüfenden Blick in den Außenspiegel und setzte den Blinker. Da die Straße frei war, fuhr sie ihren Audi A3 langsam aus der Parklücke vor der Metzgerei. In diesem Augenblick kam ein Lieferwagen mit quietschenden Reifen um die Ecke geschossen. Nur durch beherztes Einsteigen auf die Bremse konnte Helena einen Zusammenstoß zwischen den beiden Fahrzeugen gerade noch verhindern. Ihre Hände zitterten von dem Schreck, als sich schon die Fahrertür des Lieferwagens öffnete und ein braungebrannter Riese ausstieg, der laut vor sich hin schimpfte und wild mit den Armen gestikulierte. Der Schreck verebbte und jetzt kochte Zorn in der jungen Kommissarin hoch. Wütend ließ sie die Scheibe ihres Wagens herunter.

„Ja, du damische bleede Kua! Was denksch denn du dir eigentlich dabei, wie du hier so saubleed aus der Parklücke fährscht, ohne zum Gucka!"

Obwohl sie höchstens die Hälfte des Gesagten verstehen konnte, ahnte sie, dass es sich hier mit Sicherheit um Beamtenbeleidigung handelte. Helena angelte ihren Polizeiausweis aus ihrer Tasche und hielt ihn innerlich tief befriedigt vor das schwitzende Gesicht ihres Gegenübers. Doch der dachte gar nicht daran, sich von dem Ausweis beeindrucken zu lassen.

„Ach geh, tu dein Wisch bloß weg! Lernt's ihr denn kei Autofahren net bei den Bullen?"

Die Kommissarin war fassungslos und während sie das Gehörte noch verarbeitete, drehte sich der Grobian postwendend um und stieg, weiter vor sich hin schimpfend, in seinen weißen Lieferwagen. Laut aufheulend startete gleich darauf der Motor, und der Wagen verließ mit quietschenden Reifen den Ort des Geschehens. Aus dem geöffneten Fenster grüßte er sie noch mit ausgestrecktem Mittelfinger. Das würde eine saftige Strafe werden! Mehrfache Beamtenbeleidigung und gefährliches Verhalten im Straßenverkehr! Der konnte seinem Führerschein mit Sicherheit für längere Zeit Adieu sagen! Leider fiel der jungen Kommissarin in dem Moment siedend heiß ein, dass sie vergessen hatte, sich das Autokennzeichen zu notieren. Sie könnte jetzt natürlich die Verfolgung aufnehmen, aber dann käme sie mit Sicherheit viel zu spät zum Tatort und ihre neue Partnerin würde gleich einen denkbar schlechten Eindruck von ihr gewinnen. Das wollte sie auf keinen Fall riskieren! Was für ein schrecklicher Start in den Tag! Seufzend überprüfte sie abermals ihr Navi und fuhr zum Tatort nach Oberhausen.

Der Einsatzort war unschwer zu finden. Vor dem heruntergekommenen Mehrfamilienhaus in der Nähe des Oberhausener Bahnhofs standen mehrere Polizeiautos mit eingeschaltetem Blaulicht und wiesen ihr den Weg. Helena stellte ihren Wagen in der Nähe ab und schnappte sich ihre Tasche. Dann begab sie sich zu dem Haus. Vor der Eingangstür stand ein dicker Streifenpolizist lässig an die Wand gelehnt. Er trug noch die uralte senffarbene Uniform mit dem üblichen altmodischen Lederdeckel auf dem Kopf, von der Helena geglaubt hatte, dass sie längst ausgemustert worden war. Der Beamte hatte die Augen geschlossen und genoss die wärmenden Sonnenstrahlen im Gesicht. Als sie an ihm vorbeigehen wollte, öffnete er seine Augen.

„Heh, Sie, Fräulein! Was meinen jetzt Sie, was Sie da mach'n?"

Er trat einen Schritt zur Seite, um ihr den Weg ins Haus zu versperren. „Meinen'S, i steh hier nur so zum Spaß rum, oder was?" Der Polizist sah sie unfreundlich an und kratzte sich gleichzeitig mit der Hand an der dicken Wampe. Durch einen aufgesprungenen Knopf kurz über der Hose blitzte ein weißes Feinrippunterhemd hervor.

Die Kommissarin war ob dieser Zurschaustellung der legendären Augsburger Freundlichkeit mehr als genervt. Sie zog ihren Dienstausweis hervor und hielt ihn dem Kollegen unter die Nase. Als er erkannte, dass er es mit einer höherrangigen Kollegin zu tun hatte, wurde er auf einmal sehr viel freundlicher.

„Ja mei, wer hätt denn wissen können, dass Sie eine Kollegin sind, gell? Nix für ungut, Fräulein. Gengas nur schnell nauf zu Ihrer Leich!", sagte er und trat zur Seite, um die Kommissarin vorbeizulassen.

Kopfschüttelnd trat Helena in den kühlen Hausgang. Ihre Augen mussten sich erstmal an die Dunkelheit gewöhnen, sodass sie eine Minute am Treppenabsatz verharrte. Es gab zwar kleine Fenster in jedem Stockwerk, die etwas Licht in den Hausflur ließen, die waren aber so schmutzig, dass sie ihren Zweck eher unzureichend erfüllten. Der Putz blätterte von den Wänden und die Stufen waren mit schmutzigem Laminat überzogen. Im

Haus roch es durchdringend nach einem fremdländischen Gewürz und aus einer der Wohnungen dröhnte laute Musik.

Als ‚Home sweet home‘ würde ich das ja nicht gerade bezeichnen, dachte die Kommissarin, während sie die ausgelatschten Treppenstufen erklomm. Natürlich gab es in diesem alten Haus keinen Aufzug.

Auf dem Weg nach oben fiel Helena ein, dass sie erst kürzlich gelesen hatte, dass die Stadt Augsburg gut dreihunderttausend Einwohner hatte, von denen fast vierzig Prozent Migrationshintergrund hatten. Die Ausländerquote war höher als in ihrer Heimatstadt Hamburg oder sogar in Berlin. Die meisten Bürger mit ausländischen Wurzeln, die in Augsburg wohnten, stammten aus der Türkei und Russland. Wie in allen anderen deutschen Großstädten gab es auch in Augsburg Stadtviertel, in denen man besonders viele Menschen aus dem gleichen kulturellen Kontext finden konnte. Oberhausen war beispielsweise das Augsburger Stadtviertel mit den meisten türkischen Bewohnern. Russischstämmige Menschen fand man vor allem im Augsburger Univiertel. Natürlich hieß das nicht, dass nicht auch Deutsche in diesen Stadtteilen wohnten.

Nachdem sie vier Stockwerke erklommen hatte, erreichte Helena endlich heftig atmend ihr Ziel. Vor einer offenen Wohnungstür war ein weiterer Beamter positioniert. Da sie aus dem vorherigen Geschehen gelernt hatte, präsentierte sie dem Polizisten sofort ungefragt ihre Marke und betrat dann die Wohnung. Das Erste, was ihr auffiel, war ein extrem muffiger Geruch, ungelüftet und abgestanden, nach Zigaretten und alten Möbeln. Dazu kam ein widerlicher, süßlicher Gestank, dem sie im Laufe ihrer Arbeit in Hamburg schon einmal begegnet war. So roch der Tod. Der Gestank wurde immer stärker und wies ihr den Weg. Unterwegs wollte sich die Kommissarin gleich noch einen ersten Eindruck von der Wohnung verschaffen, weshalb sie alle Türen, die vom Gang wegführten, öffnete. Im Eingangsbereich der kleinen Wohnung lag auf der linken Seite ein winziges Bad mit altmodischen hellbraunen Fliesen, in dem sich eine Badewanne befand, die hinter einem schmuddeligen Duschvorhang versteckt war, des Weiteren gab es eine Toilette und ein winziges Waschbecken. Auf dem Rand des Waschbeckens konnte sie eine Zahnbürste ausmachen, deren Borsten in alle Richtungen abstanden und eine fast leere, offene Zahncremetube, die auf eingetrockneten Zahncremeresten klebte. Daneben lag ein Einwegrasierer. Dass hier keine Frau wohnte, war der Kommissarin sofort klar. Auf dem Boden befand sich ein Haufen unsortierter Dreckwäsche. Gegenüber warf sie kurz einen Blick in eine Wohnküche, in der sich neben einer alten, verdreckten Küchenzeile, in deren Spülbecken sich schmutzige Töpfe und Geschirr stapelten, eine kleine Eckbank um einen Esstisch gruppierte. Auf dem Tisch lag ein Stapel Zeitungen und Prospekte. Daneben stand ein übervoller Aschenbecher mit der Aufschrift „Kreta“. Es gab nur noch zwei weitere Zimmer in der Wohnung. Linkerhand befand sich das Schlafzimmer, in dem ein ungemachtes, zerwühltes Doppelbett stand, dessen Laken unappetitliche Flecken und einige Brandlöcher aufwiesen und ein IKEA-Schrank, dessen Tür halb aus den Angeln hing. Neben dem Bett stand ein schäbiges Nachtkästchen mit einem weiteren übervollen Aschenbecher. Rechterhand war ein etwas größeres Wohnzimmer, aus dem Stimmen drangen. Helena spürte Nervosität in sich aufsteigen. Gleich würde sie ihre neue Partnerin kennenlernen. Sie atmete tief durch und betrat entschlossen den Raum. Das Erste, was sie sah, war der Tote, der auf dem Boden, über den Trümmern eines Couchtisches, lag. Es handelte sich um einen Mann mittleren Alters. Daneben kniete ein Mann in einem weißen Arztkittel, bei dem es sich offensichtlich um den herbeigerufenen Pathologen handelte, der die Leiche sorgfältig untersuchte. Auf Helenas Gruß hin blickte er kurz auf und nickte ihr zu, bevor er sich wieder der Leiche zuwandte. Am Fenster stand mit dem Rücken zu ihr eine kleine Frau, die sich über die Pflanzen auf dem Fensterbrett beugte. Mit einer fast liebevoll anmutenden Geste strich sie über die verwelkten Blumen. Ein leises Murmeln kam aus ihrer Richtung. Helena runzelte die Stirn. Sie vermutete, dass es sich hierbei um eine Zeugin handelte, die auf ihre Befragung wartete. Das Outfit der Frau war höchst gewöhnungsbedürftig. Sie trug eine weiß-blau-gestreifte Latzhose mit einem ausgewaschenen T-Shirt von den „Naturfreunden Augsburg" darunter, das definitiv schon bessere Zeiten erlebt hatte. An den Füßen trug sie Birkenstock-Schuhe, aber nicht diese hippen, neumodischen mit Gold- oder Silberaufdruck, die neuerdings so modern waren, sondern ausgelatschte, hellbraune Exemplare, deren beste Zeit längst vorüber war. Socken trug sie keine, wie ihre nackten Füße verrieten. Die braunen Locken der Frau fielen ihr in unordentlichen Strähnen in die Stirn.

Helena war enttäuscht, dass ihre neue Partnerin offensichtlich noch nicht eingetroffen war. Sie beschloss, sich gleich nützlich zu machen, um nicht verloren herumzustehen, wenn ihre Kollegin endlich auftauchte. Also ging sie zu der Frau am Fenster, die immer noch mit den Pflanzen beschäftigt war. Sie sprach tatsächlich mit ihnen.

„Bald geht's euch wieder besser, gell? Alles wird gut, meine Lieben! I kümmer mi um euch."

Helena räusperte sich, um auf sich aufmerksam zu machen.

„Mein Name ist Helena Hansen von der Kriminalpolizei. Ich würde Ihnen gerne ein paar Fragen stellen."

Die Zeugin drehte sich um und unvermittelt fand sich die junge Kommissarin in einer innigen Umarmung wieder.

„Wie schön, dich endlich kennenzulernen, Lena! I bin die Franzi!"

Helena stand stocksteif da und wusste gar nicht, wie ihr geschah. Es dauerte seine Zeit, bis sie verstand, was gerade vor sich ging.

„Franzi? Sie sind meine neue Partnerin Franziska Danner?"

Strahlende Augen und heftiges Kopfnicken folgten auf ihre Frage. „Aber bei uns sagt man fei du zueinander, gell Lena!"

„Helena …"

„Sag i doch! Hilfsch mer mal?" Franzi drehte sich nochmal zum Fensterbrett und nahm vorsichtig zwei

Blumentöpfe in die Hände. Die drückte sie ihrer verblüfften neuen Kollegin in die Arme.

„Die nehm' mer erschtmal mit. Können ja nix dafür, die Armen!"

Helena Hansen, ihres Zeichens Kriminalkommissarin, fand sich plötzlich mit zwei riesigen Pflanzen im Arm mitten im Wohnzimmer und verstand die Welt nicht mehr. Da vernahm sie auf einmal Schritte im Flur und gleich darauf hörte sie die dazugehörige Person mit schneidender Stimme sagen: „Fräulein Hansen, was haben Sie eigentlich mit dem ganzen Urwald vor?"

Starr vor Schreck erkannte sie die Stimme ihres Vorgesetzten, Kriminalhauptkommissar Anton Meier. Ihr war klar, was sich ihm für ein Bild bieten musste. Seine Ermittlerin stand mit Grünzeug beladen im Zimmer herum, anstatt sich um den Tatort zu kümmern. Schnell beförderte sie die Gewächse auf die Fensterbank zurück.

„Mei, isch doch nett, wenn sich die Lena um die Pflanzen kümmert, gell?", hörte sie ihre Kollegin Franzi sagen.

„Ich hab mich doch gar nicht … Ich wollte doch gar nicht …", stotterte Helena und wandte sich ihrem Chef zu.

Der stand mit gewitterumwölkter Miene vor ihr und starrte missbilligend auf den großen braunen Erdfleck auf ihrer ehemals weißen Bluse. Er selbst war wie immer äußerst korrekt gekleidet. Er trug einen schicken dunkelblauen Anzug mit einer passenden gemusterten Krawatte. Helena legte ebenfalls größten Wert auf ihr Äußeres, doch diese Situation überforderte sie eindeutig. Ihr erster richtiger Einsatz in Augsburg und ihr

Chef gewann gleich den denkbar schlechtesten Eindruck von ihr.

„Haben Sie schon Erkenntnisse bezüglich der Situation?", wollte Herr Meier von ihr wissen.

„Ich hatte leider noch keine Zeit, mich darum zu kümmern", musste Helena zerknirscht zugeben.

„So, so … keine Zeit also", erwiderte ihr Chef mit einem vielsagenden Blick in Richtung der Pflanzen. Dann drehte er sich um, um mit dem Pathologen leise einige Worte zu wechseln. Einmal sahen die beiden Herren auf und blickten sie direkt an. Dann flüsterten sie weiter. Helena wäre am liebsten im Boden versunken.

„Ich werde dann jetzt wieder aufbrechen. Ich erwarte Ihren Bericht morgen, meine Damen."

„Isch gebongt, Herr Meier", rief ihm ihre Kollegin Franzi fröhlich hinterher. Schon war er aus der Tür. Bevor ihre Partnerin auf die Idee kommen konnte, ihr wieder den ganzen Urwald in die Arme zu drücken, ging Helena schnell auf den immer noch am Boden knienden Pathologen zu und hielt ihm ihre Hand hin, wild entschlossen, ab jetzt alles richtig zu machen.

„Mein Name ist Helena Hansen."

„Sie werden verstehen, junges Fräulein, dass ich erstmal auf das Händeschütteln verzichte."

Der Pathologe sah sie mit hochgezogenen Augenbrauen an und hielt kurz beide behandschuhten Hände hoch, an denen Blut und andere undefinierbare Flüssigkeiten klebten.

„Mein Name ist Doktor Eugen Lysander."

Damit wandte er sich wieder der Leiche zu.

Verlegen über Ihren neuerlichen Fauxpas ging Helena neben ihm in die Hocke. „Können Sie uns schon Genaueres zur Todesursache sagen, Doktor Lysander?"

„Nun, wie man sieht, ist der Mann, den ich übrigens auf vierzig bis fünfzig Jahre schätze, schwer gestürzt."

„Könnte es sich um einen Unfall handeln?"

„Das könnte es durchaus, junges Fräulein. Ich möchte Ihnen jedoch etwas zeigen."

Behutsam hob er den Kopf der Leiche mit beiden Händen an und drehte ihn leicht zur Seite, sodass sie den Nacken des Toten sehen konnte. Auf ihm prangte ein leuchtend roter Fleck, der offensichtlich nicht von seinem Sturz auf den Couchtisch stammte.

„Sieht aus, als hätt er kurz vor sei'm Tod noch nen Nackabatsch erhalten!", mischte sich auf einmal ihre Kollegin Franzi ein, die neugierig nähergekommen war und die rote Stelle ebenfalls interessiert betrachtete.

„Einen Nacka ... was?" Hilflos blickte Helena Franzi an.

„Nack-a-batsch!" Franzi betonte jede Silbe so sorgfältig, als spräche sie mit einem Kleinkind.

„Ihre Frau Kollegin spricht von einem Schlag in den Nacken, Fräulein Hansen", half ihr der Pathologe schmunzelnd auf die Sprünge.

Dankbar nickte Helena Dr. Lysander zu. „Könnte denn der Nacka ..., der Genickschlag, etwas mit dem Tod des Opfers zu tun haben?"

„Wohl eher nicht", antwortete der Arzt. „Ein Nackabatsch ist eher als Streich zu sehen, wie ihn beispielsweise Jugendliche häufig untereinander austauschen."

Helena hatte noch nie von etwas Derartigem gehört, wunderte sich aber hier im Süden Deutschlands langsam über gar nichts mehr.

„Auf alle Fälle bedeutet der Fleck, dass jemand kurz vor Eintritt des Todes noch bei unserem Opfer gewesen sein muss. Er wird ihn sich ja wohl kaum selbst beigebracht haben. Zur genauen Todesursache kann ich Ihnen erst etwas berichten, wenn ich die Leiche obduziert habe. Ich werde Sie diesbezüglich in ungefähr vier Tagen anrufen.“

„Noch eine Frage, Herr Doktor. Wie lange ist der Mann schon tot?“, wollte Helena noch wissen.

„Ich würde schätzen, dass er vor 36 bis 48 Stunden gestorben ist.“

„Wissen Sie schon den Namen des Opfers?“

„Das herauszufinden, fällt ja wohl eher in Ihren Aufgabenbereich, meine Liebe.“

Der Pathologe zog sich die besudelten Handschuhe aus und warf sie in eine bereitgelegte Abfalltüte. Er erhob sich ächzend. Erstaunt stellte Helena fest, dass der Arzt sie fast um Haupteslänge überragte. Er drückte sich die Hände in den Rücken und seine Wirbel krachten vernehmlich. Dr. Lysander war ein sportlicher Mann, den Helena auf etwa Anfang sechzig schätzte. Er trug sein kurzgeschnittenes, graues Haar in einem Kranz um eine glänzende Glatze. Im Gesicht hatte er einen gepflegten, ebenfalls kurzgehaltenen Vollbart. Obwohl er anfangs relativ streng auf sie gewirkt hatte, erkannte Helena, dass seine Augen durchaus freundlich blickten. Der Pathologe nickte ihr zu und wandte sich Franzi zu.

„Sie wissen ja, wie Sie mich erreichen können, falls noch was sein sollte, Fräulein Danner."

„Klaro, Doc. Wir melden uns dann bei Ihnen!", rief die ihm fröhlich über die Schulter hinweg zu. Sie war schon wieder mit den Pflanzen beschäftigt, die sie offenbar wesentlich mehr interessierten als der Tatort an sich.

„Die Wohnung läuft übrigens auf nen gewissen Adrian Strakowic", sagte sie über die Schulter zu ihrer Kollegin. „Aber ob es sich bei dem Toten um besagten Strakowic handelt, isch no ungewiss. I hab no keine Papiere zur Identifikation finden können."

Helena beschloss, sich in der Wohnung genauer umzusehen, vielleicht würde sie etwas finden, was helfen könnte Die Kollegen von der Spurensicherung hatten den Tatort bereits freigegeben, sodass sie sich unbesorgt umschauen konnte. Im Wohnzimmer stand ein älteres Billyregal von IKEA, das mit allerlei vergilbten Büchern vollgestopft war. Die meisten davon waren billige Groschenromane, doch daneben fand sie noch einige juristische Fachbücher, die in dieser Umgebung irgendwie seltsam deplatziert wirkten, wie beispielsweise eine neuere Ausgabe des Strafvollzugsgesetzes. Helena sah sich weiter um. An der Wand, dem billigen roten Imitatledersofa gegenüber, hing ein Flachbildfernseher älteren Modells, der oben von einer dicken Staubschicht bedeckt war. Einen Esstisch gab es in diesem Zimmer nicht. Auf dem Boden standen mehrere leere Bierflaschen und unter dem Sofa lugten Pizzakartons hervor, was ihr verriet, dass hier gerne vor dem Fernseher gegessen wurde.

Die Kommissarin ging weiter in das Schlafzimmer
und sah sich dort um. Auf dem Nachtkästchen lag ein
E-Reader. Sie schaltete ihn an, wurde dann aber gleich
dazu aufgefordert, ein Passwort einzugeben. Helena
entschied sich, den Reader mitzunehmen und im Büro
untersuchen zu lassen. In der Schublade des Nacht-
kästchens herrschte ein heilloses Durcheinander. Neben zerknüllten Papiertaschentüchern lagen Bonbon-
papiere, eine ältere Packung Kondome, die noch unge-
öffnet war, und viele einzelne Socken. Nachdem Helena sich Handschuhe übergestreift hatte, wühlte sie
sich vorsichtig durch die Schublade. Ganz unten fand
sie einen Reisepass. Vorsichtig zog sie das zerfledderte
Ausweisdokument aus der verdreckten Schublade und
öffnete es. Der Inhaber des Ausweises hieß Adrian Strakowic und war am 13. März 1975 in Augsburg geboren
worden. Das Passfoto zeigte einen Mann mit welligen,
längeren Haaren, die er streng nach hinten gegelt trug.
Er trug eine altmodische Brille, sah auf dem Bild aber
trotzdem jünger aus, als sein Geburtsdatum vermuten
ließ. Als die Kommissarin das Ausstellungsdatum überprüfte, bestätigte sich ihre Theorie. Der Ausweis war im
Jahr 2001 ausgestellt worden, sodass der Mann auf dem
Bild höchstens sechsundzwanzig Jahre alt gewesen
sein konnte. Der Reisepass war seit über acht Jahren
abgelaufen. Helena ging mit dem Ausweis in der Hand
zurück in das Wohnzimmer und kniete sich neben die
Leiche, die mit dem Gesicht nach oben auf dem Boden
lag. Sie hielt das Foto neben den Toten, um die Gesichtszüge vergleichen zu können. Die Haare des Mannes waren wesentlich kürzer als auf dem Passfoto, jedoch unverkennbar gelockt. Die Augenfarbe war im Ausweis

mit blaugrün angegeben und passte zu den leblos an die Decke starrenden Augen des Toten. Die Gesichtszüge stimmten ebenfalls überein, auch wenn der Mann vor ihr wesentlich korpulenter war als die jüngere Ausgabe auf dem Foto. Helena war überzeugt, dass es sich bei dem Toten um den Inhaber des Reisepasses handelte.

„Franziska, schau mal, ich weiß jetzt, um wen es sich bei dem Toten handelt", machte sie ihre Kollegin auf sich aufmerksam.

Die kam neugierig näher und besah sich ebenfalls das Ausweisdokument. Sie stimmte ihrer Partnerin zu. „Des hasch du ja prima g'macht, Lena!"

„Helena ..."

„Sag i doch."

„Wer hat den Toten eigentlich gefunden?"

„Die Nachbarin von gegenüber, eine Frau Lechhuber. Sie hat sich g'wundert, dass der Mann seit zwei Tagen seine Wohnung net verlassen hat. Offensichtlich isch er jeden Tag zur selben Uhrzeit zum Kiosk schräg gegenüber 'gangen, um sich dort sei erschte Halbe zu genehmigen. Als er geschtern und heut net weg'gangen isch, fing sie an, sich Sorgen zu mach'n und klingelte. Da er net öffnete, verständigte sie die Hausverwaltung, die wiederum uns anrief. Aber lass uns jetzt langsam mal z'samm'packen. I glaub, des Wichtigschte ham mer ja."

Helena sah sofort, dass die Kollegin damit die Pflanzen des Opfers meinte, die sie inzwischen in eine alte Klappkiste gestellt hatte, die sie irgendwo aufgetrieben hatte.

„Komm, pack mal an. Die sind schwer."

Seufzend verstaute Helena den Ausweis und den E-Reader des Toten in ihrer Tasche, hängte sich diese um und half dann ihrer Kollegin, die schwere Kiste die vier Stockwerke hinunterzubefördern. Vorher hatten sie den Beamten vor der Tür angewiesen, diese gewissenhaft zu versiegeln.

Unten angekommen hielt ihnen der immer noch Wache haltende Uniformierte eifrig die Haustür auf.

„Ja mei, Schorsch, halt immer auf Zack, gell?", lobte Franzi den Polizisten, der ob des Lobes über beide Backen strahlte. Helena verdrehte die Augen.

„Sag mal, wo ist eigentlich dein Auto?", wollte Helena wissen. Sie wollte ihre Last nun endlich loswerden.

„I hab doch kei Auto!", antwortete ihre Kollegin empört. „Isch voll schlecht für die Umwelt!"

Sie deutete mit dem Kinn auf einen Drahtesel, der am Zaun angekettet war. Entsetzt besah sich Helena das Gefährt. So ein Fahrrad hatte sie echt noch nie gesehen. Es war grün lackiert und überall mit Blumenaufklebern verziert. Vorne hing ein riesengroßer Fahrradkorb und die Lenkerstange war mit einer Girlande aus Plastiksonnenblumen geschmückt. Hinter dem Sattel war eine hohe Stange befestigt, an deren Spitze ein Wimpel mit dem Aufdruck „Fahrradfreunde Augsburg" hing.

„Und wie willst du die Pflanzen jetzt transportieren?", fragte Helena, der Schlimmes schwante.

„Die pack' mer einfach in dei' Auto", wurde ihre Ahnung prompt bestätigt.

„Ich habe doch gar nichts zum Unterlegen", versuchte die Kommissarin einen zaghaften Einwand.

„Des macht den Pflanzen scho nix aus. Bis zu mir nach Haus geht's scho."

Also trugen die beiden Ermittlerinnen ihre schwere Last zu Helenas weißem Audi A3 mit der hellen Innenausstattung und luden einen überaus dreckigen Klappkorb mit Pflanzeninhalt in ihren Kofferraum.

„Wir treffen uns dann glei bei mir. Wertachauen 17a."

Franzi winkte noch einmal dem Polizisten zu, der seine Wache jetzt ebenfalls beendete und fuhr dann fröhlich klingelnd davon.

Kopfschüttelnd stieg Helena in ihr Auto ein und lehnte erschöpft ihren Kopf an die Stütze. Sie atmete einmal tief ein und schloss kurz die Augen. Was für ein Tag! Wo war sie hier nur hingeraten? Und diese Franzi ... So einen schrägen Vogel hatte die Welt noch nicht gesehen! Wie sollte sie so seriöse Polizeiarbeit leisten? Die Augsburger Urviecher brummelten unfreundlich vor sich hin und sprachen ein Kauderwelsch, das man so noch nicht gehört hatte. Ihre neue Partnerin war offensichtlich geisteskrank und sprach mit Pflanzen. Ihr Chef hatte den denkbar schlechtesten Eindruck von ihr erhalten, was für ihre erhoffte Karriere bei der Kripo nicht gerade förderlich war und ihre Lieblingsbluse war wohl ein für alle Mal ruiniert.

Seufzend gab Helena die Adresse ihrer Kollegin ins Navi ein und fuhr los. Zwanzig Minuten später bog sie im Augsburger Stadtteil Göggingen in eine kleine Sackgasse ab. Sie suchte die Nummer 17a und hielt schließlich vor einem winzigen, roten Häuschen an, das von einem weißen Holzzaun umgeben war. Dieser passte gut zu den weißen Fensterläden, mit denen die Fenster verdunkelt werden konnten. Alles in allem erweckte

das Häuschen den Eindruck, als würde gleich eine alte
bucklige Frau in den Garten kommen und auf ihren Besen steigen. Helena wartete noch eine Weile im Auto,
bis sie Franzi um die Ecke biegen sah. Als diese sie erkannte, klingelte sie wie wild und winkte. Mit quietschenden Bremsen – und die quietschten garantiert
nicht, weil sie so unglaublich schnell unterwegs gewesen war – hielt Franzi ihr Fahrrad an und lehnte es an
den Holzzaun. Helena stieg aus und öffnete den Kofferraumdeckel. Eine Pflanze war umgekippt und lag seit-
lich in ihrem Kofferraum.

„Um Himmels willen!", quietschte Franzi entsetzt und
nahm behutsam die Pflanze aus dem Kofferraum und
eilte in ihren Garten. Helena besah sich zähneknirschend den Erdhaufen, den die umgekippte Pflanze auf
ihrer hellen Kofferraumauflage hinterlassen hatte.
Ächzend hob sie dann den schweren Klappkorb alleine
aus dem Auto und stellte ihn auf dem Gehweg ab. Der
Korb hatte ebenfalls dunkle Flecken in ihrem Wagen
hinterlassen. Helena fragte sich ernsthaft, wie sie nur
auf die bescheuerte Idee hatte kommen können, eine
beige Kofferraumauflage passend zum Interieur ihres
Wagens zu wählen. Kopfschüttelnd schloss sie den Kofferraumdeckel wieder, um sich die Bescherung nicht
länger ansehen zu müssen und folgte, die schmutzige
Klappbox eng an ihre ehemals weiße Bluse gedrückt –
jetzt war es schließlich auch schon egal – ihrer Kollegin
in den Garten. Der erwies sich als erstaunlich geräu-
mig. Hinter dem Häuschen erstreckte sich eine große
Fläche, die von einer hohen Buchenhecke umgeben
war. Verschiedene Obstbäume standen krumm und
schwer beladen mitten in der ungemähten Wiese und

in der rechten hinteren Ecke befand sich ein zwar windschiefes, aber doch relativ geräumiges Gewächshaus, Marke Eigenbau. Darin sah sie Franzi herumwerkeln und folgte ihr von der schweren Last nach vorne gebeugt. Endlich angekommen entledigte Helena sich ihrer schweren Last und beobachtete, wie ihre Kollegin die verunglückte Pflanze liebevoll neu eintopfte und ihr dabei ein langes Leben versprach.

Helena, die sich aus Pflanzen noch nie viel gemacht hatte – außer sie kamen in Form eines riesigen Straußes bei ihr an – war mehr als befremdet. Auf einmal nahm sie aus den Augenwinkeln eine Bewegung wahr. Entsetzt sah Helena ein riesiges braunes Etwas auf sich zukommen, das sich kurz darauf auch schon interessiert ihrem Bein widmete, indem es sie ausführlich beschnüffelte und sich ausgiebig an ihr rieb.

„Ja, Waschtl, des isch ja fein, dass du uns're Lena glei begrüßscht!", freute sich Franzi und eilte an Lenas Seite, um gleich darauf dem braunen Ungetüm liebevoll den Kopf zu tätscheln.

Helena versuchte, so ruhig wie möglich zu stehen. Sie mochte Hunde nicht besonders und hatte sich schon immer mehr als Katzenmensch gesehen. Wenn der Hund noch dazu die Ausmaße eines kleineren Braunbären hatte, half ihr das nicht wirklich über ihre Angst hinweg. Natürlich wollte sich die junge Frau vor ihrer neuen Kollegin aber keine Blöße geben. Der Hund rieb sich immer noch an ihrem Bein, um kurz darauf die Seite zu wechseln, was Helena beinahe zu Fall brachte. Sein Fell war völlig verfilzt und seine Augen waren unter dem Gestrüpp überhaupt nicht zu sehen. Von dem

Tier ging ein unangenehm muffiger Geruch aus. Helena atmete so flach wie möglich.

„Was ist er denn für eine Rasse?", versuchte sie sich interessiert zu zeigen.

Helena hätte sich wirklich nicht gewundert, wenn sie es hier mit einer Mischung aus Dogge und Bär zu tun hätte.

„So genau weiß des niemand." Franzi kniete sich liebevoll neben das Fellknäuel, das ihr daraufhin sofort über das ganze Gesicht schlabberte, was bei Helena beinahe einen Würgereiz auslöste.

„Der arme Waschtl isch als Welpe ausg'setzt word'n, und i hab ihn dann im Tierheim g'sehn und mi sofort in ihn verliebt."

Verliebt? Kritisch besah sich Helena das Ungetüm. Franzi stand wieder auf, um sich weiter ihren pflanzlichen Patienten zu widmen. Waschtl nahm dies zum Anlass, sich wieder auf Helena zu stürzen. Als er auch noch versuchte, an ihrem Hintern zu schnüffeln, reichte es der Kommissarin aber, und sie schob den Hund energisch zur Seite. Mit einem beleidigten Blick aus den braunen Hundeaugen, die zwischen den Zotteln hervorblitzten, kehrte Waschtl schließlich in eine Ecke des Gewächshauses zurück, wo er es sich auf einem Stapel alter Decken gemütlich machte und den Kopf auf seine Pfoten legte.

„Wollen wir jetzt unser weiteres Vorgehen besprechen?", wagte Helena es, ihre Kollegin bei der Arbeit zu unterbrechen.

„Mei, i hab jetzt grad gar kei Zeit, Lena! Du siehsch doch, in was für nem schlechtem Zustand die armen

Pflänzchen sind! Die brauchn jetzt viel Liebe und Aufmerksamkeit."

Franzi holte einen Topf nach dem anderen aus dem Klappkorb und beäugte sie kritisch. Dann fing sie an, größere Töpfe aus einem klapprigen Gartenschrank zu holen und mit frischer Erde zu befüllen. Dabei summte sie summte leise vor sich hin und schien Helenas Anwesenheit völlig vergessen zu haben. Der wurde es jetzt zu viel.

„Dann sehen wir uns eben später im Büro. Bis dann."

Franzi sah nicht einmal mehr auf, als Helena sich umdrehte und schnellen Schrittes deren Garten wieder verließ. Am Auto angekommen, atmete die junge Hamburgerin erstmal tief durch. Der muffige Geruch, den Waschtl verströmt hatte, wollte ihr nicht aus der Nase gehen. Helena konnte ihr Spiegelbild in dem glänzenden Lack ihres Autos sehen und hielt erschrocken die Luft an. Ihr sorgfältig ausgesuchtes Outfit war völlig ruiniert! Die weiße Bluse zierten hässliche braune Flecken und die beige Leinenhose war durch Waschtls Kuschelversuche nicht nur völlig zerknittert, sondern auch mit undefinierbaren Schlieren versehen worden. Helena seufzte und setzte sich in ihr Auto. Sie konnte nur hoffen, dass die folgenden Tage besser verlaufen würden als der heutige. Aber um ehrlich zu sein, schlimmer konnten sie ja auch nicht werden!

2.

Helena startete ihren Wagen und fuhr langsam aus Franzis Straße. Überall waren Kinder unterwegs, fuhren Roller oder Laufrad und sprangen hin und her. Ein paar besorgte Elternteile, die über ihren Nachwuchs wachten, unterhielten sich am Straßenrand und nickten ihr beim Hinausfahren freundlich zu. Helena hatte selbst keine Kinder, konnte sich aber sehr gut vorstellen, in ferner Zukunft einmal Mutter zu werden. Dazu fehlte ihr natürlich der passende Mann, aber mit ihren 28 Jahren hatte sie ja noch Zeit genug, einen zu finden. Ihre Stimmung hob sich durch das fröhliche Durcheinander auf der Straße merklich. Die Familien, die hier wohnten, schienen sich sehr wohl zu fühlen. Sie beschloss, mit dem Trübsal blasen aufzuhören und ihr Bestes geben, sich hier einzuleben. Vielleicht war dieses Augsburg ja doch nicht so verkehrt?

Als Helena ihren Audi kurze Zeit später durch die Hauptverkehrsstraße Göggingens lenkte, nahm der Verkehr deutlich zu. Sie kam nur langsam voran, konnte sich so aber etwas umsehen, um sich ein Bild von der neuen Umgebung zu machen. Bis jetzt war sie so gut wie nie aus der Stadtmitte, in der sie lebte, herausgekommen und freute sich darüber, endlich mehr von ihrer neuen Heimatstadt zu sehen. Als die überall präsente Straßenbahn vor ihr anhielt, sah sie eine lange Menschenschlange vor dem einzigen Eiscafé der Straße stehen. Jung und Alt warteten geduldig auf den kalten Genuss. Helena hätte auch große Lust auf ein paar Kugeln Eis, am liebsten Haselnuss und Kokos, aber in dem Outfit wollte sie sich doch nicht auf der Straße zeigen. Also beschloss sie, erstmal heimzufahren und sich umzuziehen.

Ihr Weg führte sie mitten in die Augsburger Innenstadt. Die junge Kommissarin hatte sich eine kleine Wohnung in einem der vielen neuen Mehrfamilienhäuser auf dem Areal einer abgerissenen Brauerei gemietet. Obwohl die Wohnung äußerst zentral lag, hatte sie einen festen Parkplatz und war zudem einigermaßen erschwinglich. Außerdem konnte sie von hier aus in nur zehn Minuten zum Präsidium radeln, was sie sich auch fest vornahm.

Helena schloss ihre Wohnungstür auf und schmiss den Schlüssel in das Schälchen, das sie zu diesem Zweck auf die kleine Kommode neben ihrer Garderobe gestellt hatte. Sie streifte ihre Schuhe ab und lief strumpfsockig in ihr Schlafzimmer. Seufzend besah sie sich ihr ruiniertes Outfit im großen Schrankspiegel. Sie zog sich die Bluse über den Kopf und ließ sie achtlos auf den Boden fallen. Ihre Hose landete als Nächstes auf dem ruinierten Oberteil. Nach kurzem Überlegen nahm sie eine Jeans aus dem Schrank und schlüpfte hinein. Dazu wählte sie eine kurzärmelige blaue Bluse. Kritisch besah sie ihr Erscheinungsbild im Spiegel. Ihre Haare, die vorher ordentlich in einem Dutt am Hinterkopf festgesteckt waren, standen nun wirr vom Kopf ab, da sich das Haarband beim Umziehen gelöst hatte. Helena nahm ihre Bürste von der Frisierkommode, die neben dem großen Fenster stand und bürstete mit kräftigen Strichen durch ihr langes blondes Haar, bis es glänzend über ihre Schultern fiel. Danach nahm sie ein Haargummi und machte sich einen halbhohen Pferdeschwanz. Ein prüfender Blick in den Spiegel bestätigte ihr, dass sie nun halbwegs passabel aussah, wenn auch bei weitem nicht so elegant wie am Morgen. Dann holte sie eine große Plastiktüte aus ihrem Kleiderschrank und stopfte die ruinierten Kleidungsstücke hinein. Sie würde sie in eine Reinigung bringen und hoffte sehr, dass die Profis dort ihre Kleidung würden retten können.

Danach trat Helena wieder auf den Gang hinaus. Es gab drei weitere Räume in ihrer Wohnung. Direkt gegenüber ihres Schlafzimmers lag ein kleines Badezimmer, das zu ihrem Leidwesen über kein Tageslicht verfügte. Wenigstens war dort Platz für ihre Waschmaschine und eine Badewanne gab es auch, was ein Muss für Helena darstellte. Neben dem Schlafzimmer lag ihr Wohnzimmer, über das man auf einen großzügigen Balkon gelangte, von wo aus man einen schönen Blick auf den Kirchturm von St. Ulrich und Afra hatte, jener großen Kathedrale, die am Ende der Augsburger Prachtmeile, genannt Maximilianstraße, lag. Ein kleines Tischchen, von zwei quietschgelben Klappstühlen garniert, stand auf dem Balkon. Die Stühle hatte Helena aus Hamburg mitgebracht, wo sie einen schnuckeligen Garten mit Terrasse gehabt hatte. Auf dem Tisch lagen zwei besonders schöne Muscheln. Erinnerungsstücke von einem Ausflug an die Nordsee.

Das Wohnzimmer selbst wirkte noch etwas kahl. Außer einem grau bespannten Sofa und einem Couchtisch war dort lediglich ein Flachbildfernseher zu sehen, der an die Wand montiert war. In der Ecke neben der Balkontüre stapelten sich jede Menge Umzugskartons, die noch darauf warteten, ausgepackt zu werden.

Außerdem gab es noch eine kleine Wohnküche, die Helena nun betrat. Zum Glück war in der Wohnung bereits eine Einbauküche gewesen, was ihr sehr entgegengekommen war. Auf der gegenüberliegenden Seite hatte sogar ein kleiner Esstisch Platz. Ein Fenster spendete Tageslicht und schuf eine gemütliche Atmosphäre. Helena schaltete ihre geliebte italienische Einhebel-Kaffeemaschine ein und während sie wartete, bis die Maschine genügend Druck aufbaute, füllte sie Espressopulver in den Siebträger, den sie von unten in die Maschine einrasten ließ. Dann nahm sie ihre Lieblingsespressotasse aus dem Schrank, ein kitschiges buntes Stück, das ihr ihre inzwischen verstorbene Oma aus dem Urlaub mitgebracht hatte. Der Henkel war leider schon abgebrochen, aber Helena brachte es einfach nicht über sich, die Tasse wegzuwerfen, auch wenn im Schrank vier nagelneue Tassen auf ihren Einsatz warteten. Inzwischen erfüllte ein erwartungsvolles Zischen die Luft. Helena schob ihre Tasse unter den Siebträger, hob den Hebel an, um ihn dann langsam aber kräftig nach unten zu drücken, damit das heiße Wasser durch den Siebträger gepresst in die Tasse fließen konnte. Genießerisch schloss sie die Augen und genoss das kräftige Aroma des Espressos, das ihr in die Nase stieg. Dann balancierte sie die heiße Tasse vorsichtig zu ihrem Küchentisch und setzte sich. Während sie das

Getränk in kleinen Schlucken zu sich nahm, kehrte sie in Gedanken an den Fundort der Leiche zurück. Sie rief sich nochmal jede Einzelheit ins Gedächtnis und plante ihr weiteres Vorgehen. Zunächst mussten Franzi und sie die Familie des Toten über dessen Ableben informieren. Bei dem Gedanken an ihre neue Partnerin und deren merkwürdiges Outfit grinste Helena unwillkürlich.

Jetzt hieß es also ins Präsidium zu fahren, um zu recherchieren, wo etwaige Familienmitglieder des Toten lebten. Helena kramte ihr immer präsentes Notizbuch aus ihrer Handtasche, die sie vorhin über den Stuhl gehängt hatte. Zuerst notierte sie sorgfältig das heutige Datum und den Fundort der Leiche. Dann beschrieb sie genau, wo sie die Ausweisunterlagen gefunden hatte und versäumte auch nicht, die merkwürdige rote Stelle im Nacken des Toten zu erwähnen und mit dem Wort Nackabatsch?! zu versehen. Anschließend fertigte sie eine Gedächtnisskizze der Wohnräume an und endete mit den Worten: Recherche, Benachrichtigen der Familie.

Nachdem sie ihre Tasse in die Spülmaschine geräumt hatte, schnappte sich Helena ihre Tasche, um sich auf den Weg ins Präsidium zu machen. Im Flur überlegte sie kurz, ob sie ihr Fahrrad nehmen sollte, entschied sich nach einem prüfenden Blick aus dem Fenster jedoch dagegen und nahm mit dem leichten Anflug eines schlechten Gewissens ihre Autoschlüssel aus der Schale. Bevor sie die Wohnung verließ, holte Helena noch schnell die Plastiktüte mit ihren verdreckten Sachen, die sie auf dem Weg in einer Wäscherei abliefern wollte.

Als Helena aus dem Haus trat, erfasste sie ein leichter Wind. Die Sonne kämpfte gegen lange Reihen von grauen Wolken, doch einzelne Strahlen gewannen schließlich den Kampf und beleuchteten die vielen Kastanienbäume in der Augsburger Innenstadt. Herbstliche Stimmung lag in der Luft und Helena fragte sich, wie oft sie wohl noch ohne Jacke draußen unterwegs sein konnte. Es war ein schöner, heißer Sommer gewesen, den sie aufgrund ihres Umzugs nach Augsburg nicht recht hatte ausnutzen können. Sie hatte lange gebraucht, um all ihre Sachen auszusortieren, die überflüssigen Dinge zu verschenken und die Überbleibsel in die vielen Umzugskisten zu räumen. Ihre neue Wohnung in Augsburg war etwas kleiner als ihr Hamburger Appartement. Daher wusste sie nicht recht, wo sie all ihre Bücher unterbringen sollte, von denen sie sich jedoch auf keinen Fall hatte trennen wollen, weshalb sich diese immer noch in den Kisten in ihrem Wohnzimmer befanden. Ihre Heimatstadt an der Elbe fehlte ihr sehr. Wenn sie sich auf Zehenspitzen gestellt hatte, hatte sie aus ihrem Badfenster sogar einen winzig kleinen Blick auf die Elbe erhaschen können, die sich durch Hamburg schlängelte. Jetzt lebte sie am anderen Ende Deutschlands und war fast 600 Kilometer von der altehrwürdigen Hansestadt entfernt.

Helena lief zu ihrem Auto und stieg ein. Der Weg zum Präsidium führte an einigen schmucken Patrizierhäusern vorbei, deren Pracht von ihren heutigen Bewohnern liebevoll erhalten wurde. Auch die Fuggerstadt konnte auf eine lange, stolze Geschichte zurückblicken. Einst goldene Stadt genannt, in der der reichste Mann der Welt, Jakob Fugger, wohnte und arbeitete, hatten sich hier Kaiser und hohe Würdenträger ein Stelldichein gegeben. Etliche Gebäude zeugten noch von der ehemaligen Bedeutung der über 2000 Jahre alten Stadt. Viele davon waren nach dem 2. Weltkrieg wieder aufgebaut worden, waren doch große Teile der Innenstadt von einer Feuersbrunst im Bombenhagel zerstört worden. Helena war besonders von der prachtvollen Maximilianstraße fasziniert, in der neben den bekannten Brunnen der Stadt unter anderem die Fuggerhäuser zu sehen waren. Wenn sie Zeit hatte, ging sie dort abends gerne spazieren. Meist lief sie von der St. Ulrichskirche am einen Ende der Maxstraße, wie sie von Augsburgern liebevoll genannt wurde, bis zum berühmten Rathaus aus der Renaissancezeit und besah sich dabei gerne die Schaufenster entlang des Weges. Von Antiquitätenhändlern über Immobilienmakler, Friseurläden, Innenausstattungsläden und Bäckereien, In-Schuppen, vor denen sich abends die Augsburger Jugend tummelte, und Juwelieren war hier alles geboten, was das Herz begehrte. Manchmal genehmigte sie sich auch ihr Abendessen in einem der zahlreichen Restaurants entlang des Weges. Helena liebte es, an einem der einladenden Tische unter einem großzügigen Sonnenschirm Platz zu nehmen und bei ihrer Mahlzeit die flanierenden Augsburger oder die zahlreichen Touristengruppen auf Stadtführungen zu beobachten. In solchen Momenten war sie mit ihrer Wahlheimat mehr als zufrieden.

Inzwischen war die Kommissarin beim Augsburger Polizeipräsidium angekommen. Mit Geschick lenkte sie ihren Wagen in die letzte freie Parklücke in der dazugehörigen Parkgarage und machte sich auf den Weg in ihr Büro, das sie mit ihrer Partnerin Franziska Danner teilte. Die junge Beamtin am Eingang nickte ihr freundlich zu, um sich dann wieder dem Bildschirm ihres PCs zu widmen. Inzwischen war es früher Nachmittag und die Gänge waren relativ leer. Als Helena in ihr Büro trat, stellte sie überrascht fest, dass Franzi schon an ihrem Schreibtisch saß.

„Hoi, du hasch di ja um'zogn", stellte diese nach einem kurzen Blick auf das veränderte Outfit ihrer Kollegin fest.

Offensichtlich war ihr Helenas vormals derangierter Zustand überhaupt nicht aufgefallen. Ihre Partnerin nickt ihr deshalb resigniert zu und setzte sich an ihren Schreibtisch, der Franzis genau gegenüberstand, sodass sich die beiden Frauen ansehen konnten, wenn sie an ihren Arbeitsplätzen saßen.

„I hab mir 'dacht, dass wir am beschten damit anfangen, die Angehörigen von unsrem Toten zu suchen", meinte Franzi.

Helena stimmte ihrer Kollegin zu. Sie freute sich, dass sie den gleichen Gedanken gehabt hatten.

„Bist du schon fündig geworden?", wollte sie interessiert wissen.

„I hab bis jetzt nur einen Familienangehörigen g'funden, einen gewissen Damian Strakowic, wohnhaft in unsrem schönen Augschburg."

Helena erhob sich und lief um den Schreibtisch herum, um interessiert auf Franzis Bildschirm zu sehen.

„Damian Strakowic, geboren am 12.11.1981 im Josefinum in Augsburg-Oberhausen. Adresse: Am Forellenbach 2 in Augsburg-Lechhausen", las sie die vorliegenden Informationen halblaut vor.

„Es liegen einige Vorstrafen gegen ihn vor." Franzi klickte auf eine andere Seite und referierte: „Ein Raubüberfall auf eine Tankstelle in Oberhausen im Alter von 21 Jahren. Damian wurde zu zwei Jahren und acht Monaten verurteilt, die er in der alten JVA in der Karmelitengasse abg'sessn hat, woraus er jedoch nach knapp zwei Jahren wegen guter Führung vorzeitig entlassen word'n isch. Danach kam er durch mehrmaliges Schwarzfahren mit der Straßenbahn mit dem Gesetz in Konflikt und der letzte Eintrag isch von 2010, als er betrunken in ne Schlägerei auf'm Plärrer verwickelt war und sei'm Kontrahenten Joch- und Nasenbein brach."

„Plärrer? Was ist denn das?" Helena sah Franzi verständnislos an.

„Was? Du kennsch den Augschburger Plärrer net?" Franzi wirkte ehrlich entsetzt. „Des isch unser Volksfescht, des zweimal im Jahr stattfindet, nämlich im Frühjahr und im Herbscht."

„Ach so! Du meinst sowas wie den Hamburger Dom?"

Franzi schaute Helena an, als ob sie den Verstand verloren hätte. „Des isch doch keine Kirche! Ein Volksfescht! Mit Riesenrad und Bierzelten!"

Sie sprach jedes Wort extra langsam und betont aus, als würde sie mit einer Schwachsinnigen reden.

Helena überlegte, ihrer Kollegin zu erklären, dass der Hamburger Dom ein riesiges Volksfest war, welches dreimal im Jahr stattfand: Der Winterdom, Frühlingsdom und Sommerdom, verwarf aber den Gedanken, um sich wieder ihrem Fall zuwenden zu können.

„Ist eigentlich etwas über die Eltern des Toten bekannt?"

„Leider net viel. I hab nur den Namen des Vaters rausg'funden. Er isch aber schon lang verstorben." Franzi schüttelte bedauernd den Kopf.

„Dann lass uns mal hinfahren, um dem Bruder die Nachricht vom Tod seines Bruder zu überbringen. Aber zuerst muss ich noch den E-Reader des Toten zur Datenanalyse bringen, dann kann es losgehen."

Zehn Minuten später saßen die beiden Frauen in Helenas Auto und fuhren zu der angegebenen Adresse. In diesem Teil Augsburgs war die Kommissarin noch nie gewesen. Nachdem sie den Lech überquert hatten, fuhren sie eine scheinbar endlos lange Straße entlang, in der sich ein Dönerladen an den anderen reihte, nur unterbrochen von Autohäusern und Supermärkten, was dem Ganzen in etwa den Charme eines Industriegebietes verlieh. Kurz vor der Autobahn bogen sie in eine Straße ab, die direkt an der Augsburger Müllverbrennungsanlage vorbeiführte. Staunend besah sich Helena den riesigen Kamin und bekam auch allerlei Fakten zum dazugehörigen Müllberg, wo man „voll gut radeln konnte", von ihrer Kollegin zu hören. Vor ihrem inneren Auge sah sie ihre Kollegin fröhlich pfeifend zwischen allerlei Müllbergen auf ihrem grünlackierten, geblümten Fahrrad herumfahren. Bei der Vorstellung musste Helena schmunzeln.

Ein paar Minuten später zeigte das Navi an, dass sie ihr Ziel erreicht hatten. Helena fuhr langsam auf das

Grundstück zu, wobei es sich um einen Schrottplatz handelte, der von einem großen eisernen Tor bewacht wurde. Sie fuhr nahe an das Tor und hielt den Wagen an. Die beiden Frauen stiegen aus und rüttelten einmal probehalber am Griff. Verschlossen. Sie sahen sich nach einer Klingel um, konnten jedoch keine entdecken. An der linken Seite des Tores hing ein halbverwittertes Schild mit den Öffnungszeiten.

„Mittwochs geschlossen", las Franzi vor.

Die Kommissarinnen blickten sich enttäuscht an. Es sah so aus, als ob sie den weiten Weg hierher umsonst gemacht hätten. Die beiden nahmen das Gelände erstmal in Augenschein. In der Mitte des Platzes befand sich ein heruntergekommenes Haus, neben dem ein alter ockerfarbener Ford geparkt war. Der braune Putz blätterte an zahlreichen Stellen von den Wänden ab und die wenigen Fensterläden, die noch an der Wand angebracht waren, hingen schief in den Angeln. Die Fenster waren so verschmiert, dass man nicht richtig hindurchsehen konnte. Mindestens zwei Scheiben waren kaputt. Allerlei Schrott lagerte ordentlich sortiert um das Haus herum, darunter mehrere zerlegte Autos, ein fast turmhoher Stapel mit Autoreifen und ein weiterer mit Felgen, dann fanden sich noch gebogene Rohre in allen Größen und sonstige Kleinteile aller Art. Sogar das Gestell eines alten Kinderwagens war zu sehen. Vor dem Haus stand eine schiefe Hundehütte, deren Bewohner, ein respekteinflößender Dobermann, an einer langen Kette angebunden war und die neugierigen Frauen aus schläfrigen Augen beobachtete. Momentan schien er keine Bedrohung in ihnen zu sehen, da er seinen Kopf wieder auf die Pfoten legte.

Auf einmal nahm Helena aus den Augenwinkeln eine Bewegung wahr. Angestrengt kniff sie ihre Augen zusammen und schirmte sie mit einer Hand gegen die inzwischen kräftigeren Sonnenstrahlen ab. Da hinten hatte sich etwas bewegt! Ja, da war eindeutig jemand!

„Hallo?! Sie da! Bitte öffnen Sie die Tür!", rief sie laut und deutlich über den verwaisten Schrottplatz.

Franzi sah sie verständnislos an. Offenbar hatte sie die Bewegung nicht gesehen. Helena deutete auf die linke hintere Ecke des Schrottplatzes. Jetzt nahm auch Franzi den Schatten wahr. „Polizei! Öffnen Sie das Tor!", brüllte sie los.

Helena hätte der kleineren Franzi ein solch energisches Auftreten gar nicht zugetraut. Zuerst rührte sich nichts, doch endlich löste sich zögerlich eine Gestalt aus dem Schatten und lief langsam auf das Tor zu.

„Na, wird's bald", versuchte Franzi den Mann zur Eile zu bewegen.

Tatsächlich ging er daraufhin etwas schneller und blieb auf der anderen Seite des Tores stehen. Durch die große Ähnlichkeit des Mannes mit dem Toten bestand kein Zweifel, dass sie einem Mitglied seiner Familie gegenüberstanden. Er war nur wesentlich schlanker als sein Bruder und trug seine schulterlangen Haare in einem lässigen Dutt auf dem Hinterkopf. Auch trug er einen relativ kurz rasierten Vollbart, der auf der linken Backe von einer groben Narbe unterbrochen war. Wohl ein Überbleibsel einer Rauferei. Seine Augen hatten die gleiche Farbe wie die seines Bruders.

„Was woll'n Sie?", fragte er barsch. „Ich hab heute geschlossen." Er sah die beiden Frauen finster an.

„Des werden Sie glei erfahren, wenn Sie uns reinlassen."

Franzi sah ihn herausfordernd an, was ihr wiederum einen bewundernden Blick von Helena einbrachte. Der Mann zögerte kurz, dann kramte er einen alten rostigen Schlüssel aus seiner ausgewaschenen Jeans und schloss das Tor auf, das sich quietschend öffnete. Sich ausweisend, betraten die beiden Polizistinnen das Gelände.

„Ich hab nix gemacht!", folgte seine unmittelbare Reaktion.

Helena sah ein nervöses Flackern in den Augen des Mannes, der sich jedoch schnell wieder unter Kontrolle hatte.

„Damian Strakowic?"

„Was woll'n Sie von mir?"

„Können wir uns vielleicht irgendwo hinsetzen?"

„Sagen Sie, was Sie zu sagen haben und verschwinden Sie wieder."

Das Überbringen von Todesnachrichten war nichts, was die beiden Kommissarinnen gerne erledigten, obwohl sie in ihrer Ausbildung von Psychologen darin geschult worden waren. Jeder Mensch reagierte anders auf eine solch tragische Nachricht und normalerweise versuchte man, es dem Betroffenen so schonend wie möglich beizubringen, aber das schien hier unmöglich zu sein.

„Herr Strakowic, wir ham ne traurige Nachricht für Sie", begann Franzi zögerlich. Als der Angesprochene weiterhin völlig ungerührt dastand und die beiden Frauen unverwandt anstarrte, sprach sie weiter.

„Ihr Bruder Adrian wurde heute tot in seiner Wohnung aufg'funden."

„Aha."

Helena war fassungslos. Sie konnte es nicht glauben, wie gelassen der Mann auf die Nachricht vom Tode seines Bruders reagierte.

„Wollen Sie nicht wenigstens wissen, was passiert ist?", platzte es aus ihr heraus.

Damian sah sie kurz an und zuckte dann mit den Schultern. Erneut nahm Helena das nervöse Flackern seiner Augen wahr, bevor sein Gesicht wieder einer Maske glich.

„Also? Was ist passiert?", fragte er scheinbar völlig teilnahmslos.

„Wir kennen zwar no net alle Einzelheiten, aber Fakt isch, dass Ihr Bruder heut Morgen tot aufg'funden wurde. Die Todesursache isch no unklar. Wir können ein Verbrechen zum momentanen Zeitpunkt no net ausschließen", schloss Franzi ihren Bericht.

Helena, die Damian Strakowic genau beobachtet hatte, hatte deutlich sehen können, wie er bei dem Wort „Verbrechen" zusammengezuckt war.

„Ich hab nix damit zu tun!", kam auch postwendend sein Einwand.

„Herr Strakowic, keiner hat behauptet, dass Sie Ihren Bruder auf dem Gewissen haben. Wann haben Sie ihn denn das letzte Mal gesehen?"

„Keine Ahnung. Vielleicht vor einem Monat oder vor zwei? Wir waren nicht besonders eng miteinander, müss'n Sie wiss'n."

Helena hielt das für die Untertreibung des Jahrhunderts. Dass das Verhältnis zwischen den Brüdern nicht das Allerbeste war, war ja mehr als offensichtlich!

„Können Sie uns sagen, ob er mit jemandem Probleme oder Ärger hatte?"

Der Angesprochene reagierte mit einem spöttischen Lachen.

„Der hatte doch immer irgendeinen Ärger! Was weiß ich, mit wem der Händel hatte!"

Hier kamen sie offensichtlich nicht weiter. Die Kommissarinnen nahmen erstmal die Kontaktdaten des Mannes auf, bevor sie sich zum Gehen wandten.

„Wenn wir noch Fragen an Sie haben, melden wir uns. Bitte halten Sie sich zu unserer Verfügung. Wenn die Leiche ihres Bruders von der Gerichtsmedizin freigegeben wird, lassen wir es Sie wissen."

Damian Strakowic nickte knapp und schloss hinter den beiden Frauen sorgfältig das Tor. Dann wandte er sich ohne Gruß ab und schlurfte davon.

„Was hältst du von der Sache?", wollte Helena von ihrer Kollegin wissen, kaum dass sie wieder im Auto saßen.

Franzi rieb sich nachdenklich die Nase.

„Hm, dieser Strakowic isch scho a seltsamer Vogel. Der Tod von sei'm Bruder scheint ihn ja ziemlich kalt zu lassen!"

Helena stimmte Franzi zu: „Du hast völlig recht und ich habe ein komisches Gefühl bei ihm! Irgendwie war er unruhig. Er schien geradezu erleichtert, uns wieder los zu sein!"

Auf der Rückfahrt ins Präsidium diskutierten die beiden Frauen Theorien, wie Adrian Strakowic zu Tode gekommen sein könnte. War er ermordet worden? Oder war er betrunken auf den Tisch gestürzt, wobei er sich tödliche Verletzungen zugezogen hatte? Für diese Theorie sprach, dass das Opfer offensichtlich ein Alkoholproblem gehabt hatte. Aber wie passte das mit dem leuchtend roten Fleck in dessen Nacken zusammen?

„Ich sag's dir! Des war a Nackabatsch!", beharrte Franzi auf ihrer ursprünglichen Theorie.

Helena zog skeptisch ihre Augenbraue nach oben. Da war es wieder, dieses irrsinnig blöde Wort!

„So ein", sie zögerte merklich, „Nack-a-batsch wird ihn ja wohl kaum umgebracht haben."

„Wohl eher net", musste auch ihre Kollegin zugeben. „Da wird uns nix andres übrigbleiben, als auf den Bericht von Dr. Lysander z' warten."

Helena nickte. „Hoffentlich bekommen wir den Bericht sobald wie möglich! Jetzt fahren wir erst mal ins Präsidium zurück und schreiben unseren Bericht, sonst sitzt uns noch der Chef im Nacken!"

„Ach was, der Meier isch scho in Ordnung."

Helena hoffte, dass ihre Partnerin recht hatte. Trotzdem wollte sie den Bericht so schnell wie möglich fertigstellen. Für einen Tag war sie schon genug aufgefallen.

Zurück im Präsidium machten sich die beiden Frauen gleich an die Arbeit. Mit vereinten Kräften schafften sie es, den Bericht rechtzeitig abzugeben, was Helena sehr erleichterte. Als sie ihre Sachen zusammenpackten, um für diesen Abend Feierabend zu machen, dämmerte es draußen bereits. Ein weiteres Anzeichen für den nahenden Herbst, wie Helena bedauernd feststellte. Inzwischen hatte ein leichter Nieselregen eingesetzt.

„Soll ich dich nach Hause fahren?", bot Helena ihrer neuen Kollegin nach einem prüfenden Blick aus dem Fenster an.

„Des isch aber lieb, Lena."

„Helena", murmelte die Hamburgerin leise.

„Aber des bissle Regen hat no kei'm g'schadet. I bin doch net aus Zucker!"

Franzi nahm ihren quietschgelben Regenmantel vom Haken an der Wand und warf ihn sich über. Dann schnappte sie sich noch ihre Fahrradtasche, die auf einem Stuhl in der Ecke lag und verabschiedete sich fröhlich winkend.

„Servus, Lena! I freu mi, dass du jetzt da bisch! Bis morgen!"

Dann verschwand sie durch die Tür. Helena packte ihr Notizbuch ein und machte sich ebenfalls auf den Weg. Am Ausgang traf sie ausgerechnet auf den unfreundlichen Beamten von heute Morgen.

„Wiederschau'n, Fräulein", rief er lautstark und tippte sich dabei leicht an die uralte Ledermütze. Helena nickte ihm kurz zu, hastete dann durch den Regen zu ihrem Auto in der Parkgarage und fuhr nach Hause.

Als sie fünfzehn Minuten später in ihre Wohnung trat, fiel nach und nach die Anspannung des heutigen Tages von der jungen Frau ab. Zuerst hängte sie ihre nasse Jacke an den Haken und zog ihre Schuhe aus. Dann ging sie ins Schlafzimmer und schlüpfte in bequeme Leggings und einen extra großen Kuschelpulli. Anschließend machte sie sich noch einen schönen, knackigen Salat. Sie liebte Salate in allen Variationen. Heute briet sie dafür Champignons in der Pfanne an. Manchmal gab es auch anderes Gemüse wie Zucchini oder Auberginen, was eben gerade angeboten wurde. Auch ein gekochtes Ei durfte nicht fehlen. Sie setzte sich mit ihrer Mahlzeit an den Küchentisch und ließ es sich schmecken. Währenddessen dachte sie über den heutigen Tag nach. Was würde sich im Fall Strakowic ergeben? War es tatsächlich Mord oder nur ein unglücklicher Unfall? Wie würde sie mit Franzi zusammenarbeiten können? Ihre Kollegin war ja echt nett, hatte aber einige merkwürdige Angewohnheiten. Helena hatte schon davon gehört, dass es Leute gab, die mit ihren Pflanzen sprachen, doch live danebenzustehen war eine ganz andere Nummer. Aber zeigte das nicht, dass ihre Partnerin ein besonders feinfühliger Mensch war? Und das war doch nichts Schlechtes ...

Der Salat schmeckte wirklich ausgezeichnet. Kurz erinnerte sich Helena an ihre schwäbische Mahlzeit von heute Mittag: die Leberkässemmel. Sie musste zugeben, dass der Imbiss eigentlich recht lecker gewesen war, wenn er auch mit Sicherheit keinerlei gesundheitlichen Mehrwert hatte. Das Bild des unfreundlichen Metzgers drängte sich ihr auf, und Helena seufzte. Würde sie sich jemals mit den Augsburgern anfreunden? Die Menschen hier waren so anders als die in ihrer Heimat. Während die Hamburger jedermann höflich grüßten, und dabei war es egal, ob sie ihr Gegenüber kannten oder nicht, trafen einen hier misstrauische Blicke, wenn man es wagte, einen Fremden zu grüßen. Franzi war die erste Augsburgerin, die ihr von Anfang an freundlich begegnete. Sie schien sowieso ein ausgesprochen fröhlicher Mensch zu sein. Helena hoffte, dass sie sich schnell in der neuen Stadt würde einleben können. Von erneutem Heimweh geplagt, beschloss sie, ihre Eltern anzurufen. Vielleicht konnten sie Neuigkeiten aus der alten Heimat aufheitern. Helena griff zum Hörer und wählte die Nummer. Schon nach dem zweiten Klingeln meldete sich ihre Mutter.

„Hallo Mama. Ich bin es, Helena."

„Hallo, mein Mädchen. Was ist denn los? Was hast du denn?"

Ihre Mutter hatte schon immer ein untrügliches Gespür dafür gehabt, wenn etwas mit ihrer Tochter nicht stimmte.

„Es ist alles in Ordnung, Mama. Ich habe nur ein wenig Heimweh." Helena fasste kurz die Erlebnisse des heutigen Tages für ihre Mutter zusammen.

„Deine Kollegin klingt doch ganz nett. Das ist doch schon mal gut. Erinnere dich daran, warum du nach Augsburg wolltest. Es ging dir darum, unabhängig zu werden und mal etwas anderes zu erleben. Geh weiterhin offen auf die Leute zu. Irgendwann wird es einfacher werden. Du wirst sehen, mein Schatz!"

Helena und ihre Mutter plauderten noch ein ganzes Weilchen, dann beendeten sie das Gespräch. Die junge Frau fühlte sich tatsächlich besser. Auf ihre Mutter war eben Verlass! Sie wusste immer, was sie sagen musste, damit es ihr besser ging.

Es war erst 21 Uhr, also machte Helena es sich noch auf ihrer Couch gemütlich und schaute sich einen Film an. Sie wählte bewusst keinen Krimi, sondern eine unterhaltsame Komödie. Obwohl sie danach todmüde in ihr Bett fiel, wirbelten die Gedanken weiterhin durch ihren Kopf. Dass die Anfangszeit nicht einfach werden würde, war ihr von Anfang an klar gewesen. Sie würde den Rat ihrer Mutter beherzigen und den Augsburgern offen und herzlich begegnen. Mehr konnte sie nicht tun und dann würde sich schon alles fügen.

3.

Nach einem knusprigen Müsli und einer großen Tasse
Tee machte sich Helena am nächsten Morgen ins Büro
auf, wo sie mit Franzi den ganzen Tag Recherchearbei-
ten verrichtete. Sie fanden heraus, dass die Wohnung,
in der Adrian Strakowic gelebt hatte, gemietet gewesen
war. Sein Bankkonto war chronisch überzogen und die
Gerichtsvollzieher schienen sich bei ihm die Klinke in
die Hand zu geben. Der Mann war seit drei Jahren ar-
beitslos gemeldet und lebte von der Stütze, die jedoch
für seinen Alkohol- und Nikotinkonsum nicht auszu-
reichen schien. Alles in allem war Strakowic wohl das,
was man eine gescheiterte Existenz nannte. Nach einem mittelmäßigen Hauptschulabschluss hatte er zunächst eine Mechanikerlehre gemacht. Danach hatte er
fast zwanzig Jahre lang in der Autowerkstatt Drechsel
in Lechhausen gearbeitet. Dort war ihm nach dieser
langen Zeit jedoch gekündigt worden. Als Helena in der
Werkstatt anrief, um die Gründe für die Kündigung in
Erfahrung zu bringen, informierte sie der Senior-Chef
Helmut Drechsel, dass Herrn Strakowic aufgrund in-
terner Differenzen gekündigt worden war. Erst auf ihr
energisches Nachfragen und dem Androhen einer La-

dung zur Vernehmung ins Präsidium lenkte er schließlich ein und erzählte, dass sein Mitarbeiter damals nicht zum ersten Mal beim Stehlen erwischt worden war und deshalb den Betrieb hatte verlassen müssen. In der Zeit danach hielt sich Strakowic mit Gelegenheitsjobs über Wasser, wobei er auch das ein oder andere krumme Ding gedreht hatte, wie sein beachtliches Vorstrafenregister belegte. So fanden sich mehrere Einträge über schwere Körperverletzungen, Diebstähle und Betrugsdelikte in seiner Akte. Die Brüder Strakowic hatten die Justiz schon des Öfteren beschäftigt. Möglicherweise besaß der Tote deshalb die zahlreichen Rechtsbücher, überlegte Helena. Franzi, mit der sie diese Überlegung teilte, schüttelte nachdenklich den Kopf.

„Des kann i mir net vorstelln. Hasch du scho mal von nem Kriminellen g'hört, der sich schon vorab über mögliche Strafen informiert?"

„Das wäre wirklich mehr als ungewöhnlich! Aber aus irgendeinem Grund hatte Adrian Strakowic ein großes Interesse an der Rechtswissenschaft."

Nachdenklich stand Helena vor der großen weißen Tafel, die an einer Wand in ihrem Büro angebracht war. Gemeinsam mit ihrer Kollegin hatte sie die Wand nach und nach mit Informationen versehen. In der Mitte prangte das vergrößerte Foto des Toten aus seinem Reisepass. Daneben hatten sie ein Foto vom Fundort der Leiche gehängt. Rechts hatte Helena den Namen des Bruders, Damian Strakowic, notiert, zusammen mit den wenigen Informationen, die sie über ihn hatten. Die beiden Brüder waren mit einem Strich verbunden, in dessen Mitte ein Fragezeichen gemalt war. Nach einer Rekapitulation der gestrigen Ereignisse war den Frauen die Beziehung zwischen ihnen nicht ganz klar.

„I glaub, i radl mal zu der Autowerkstatt und schau, ob die uns no mehr Informationen geb'n können", ließ Franzi ihre Kollegin wissen.

„Gute Idee. Ich fahre nochmal zum Schrottplatz des Bruders. Irgendetwas hat da nicht gestimmt."

„Dann treff' mer uns nachher wieder hier. Vielleicht könn' mer gemeinsam Mittagessen? I kenn da ein nettes kleines Restaurant in der Maxstraße, in dem man total leckeres veganes Essen bekommt. Sag' mer gegen halb eins?"

Helena nickte freudig. Sie war jetzt schon hungrig, sodass die Aussicht auf ein nettes Mittagessen mit ihrer Partnerin sie aufmunterte. Zwar war sie noch nie in einem veganen Restaurant gewesen, freute sich aber darauf, da sie für ihr Leben gerne Gemüse aß. Franzi schnappte sich ihren Fahrradhelm und ihre Jeansjacke und verließ das Büro.

Zwanzig Minuten später parkte Helena ihren weißen Audi vor dem Schrottplatz, wo sie das Tor diesmal geöffnet vorfand. Zögerlich betrat die Kommissarin das Grundstück, den Hund argwöhnisch im Blickwinkel behaltend. Zum Glück lag er an einer Kette festgebunden auf dem Hof.

„Hallo? Ist da jemand?"

Nichts rührte sich. Helena sah sich auf dem Schrottplatz um. Obwohl hier allerlei Zeug gelagert wurde, war doch eine gewisse Ordnung unverkennbar.

„Was woll'n Sie denn schon wieder hier?", knurrte plötzlich eine barsche Stimme hinter ihr.

Erschrocken fuhr Helena herum und stand Damian Strakowic gegenüber, der einen Blaumann trug und seine öligen Hände an einem schmutzigen Handtuch abrieb.

„Ich hätte noch ein paar Fragen bezüglich des Todes Ihres Bruders an Sie. Aber wenn Ihnen das nicht passt, können Sie gerne ins Präsidium kommen und dort Ihre Aussage tätigen."

Helena versuchte so viel Selbstbewusstsein wie möglich in ihre Stimme zu legen. Sie würde sich doch von diesem ungehobelten Flegel nicht einschüchtern lassen!

Resigniert hob der Mann beide Hände und signalisierte ihr damit, dass sie mit ihren Fragen beginnen konnte.

„Erzählen Sie mir von Ihrem Verhältnis zu Ihrem Bruder."

„Da gibt's nix zu erzählen. Wir haben uns kaum gesehen, wie ich Ihnen bereits gesagt habe." Damian Strakowic kreuzte die Arme vor der Brust.

„Sie werden zugeben müssen, dass es eher ungewöhnlich ist, dass sich nahe Familienangehörige so wenig zu Gesicht bekommen", forschte Helena beharrlich nach.

Damian zuckte mit den Schultern.

„Adrian war ein Säufer. Seit er nicht mehr gearbeitet hat, hat er irgendwie nichts mehr auf die Reihe bekommen."

„Falls Sie auf seine Vorstrafen anspielen, waren Sie ja selbst wohl kein Kind von Traurigkeit, Herr Strakowic!"

„Hör'n Sie, Fräulein …"

„Kriminalkommissarin Hansen, wenn es recht ist“, unterbrach Helena ihn barsch.

„Frau Kommissarin, ich weiß, dass ich früher Mist gebaut habe, aber ich hab schon seit Jahren kein krummes Ding mehr gedreht! Das müssen Sie mir glauben. Ich hab mir all das hier hart erarbeitet.“ Er deutete um sich.

„Es geht hier um Ihren Bruder, Herr Strakowic, nicht um Sie“, erinnerte ihn Helena, um auf das eigentliche Thema zurückzukommen.

„Was kann ich denn dafür, wenn mein Bruder besoffen über den Couchtisch gestolpert ist? Jetzt lassen Sie mich endlich in Ruhe!“, blaffte ihr Gegenüber sie an und lief schnellen Schrittes zu einem alten Auto, an dem er sich auch gleich wieder zu schaffen machte und die junge Kommissarin geflissentlich ignorierte.

Helena beobachtete, wie Damian Strakowic sich wieder seiner Arbeit widmete. Sie zwang sich, ruhig zu bleiben und ging gemessenen Schrittes zu ihrem Wagen zurück. Sie ließ sich hineingleiten und drückte auf den Knopf, um die Türen von innen zu verriegeln. Dann zückte sie ihr Handy und fing an zu telefonieren.

Eine gute Viertelstunde später konnte Helena die Polizeisirenen deutlich hören. Schon bogen zwei Streifenwagen um die Ecke. Die Hamburgerin stieg aus ihrem Wagen und winkte sie zu sich. Nachdem sie kurz mit den Beamten gesprochen hatte, ging sie ihnen voran zurück auf den Schrottplatz. Als Damian Strakowic sah, dass die Kommissarin zurückgekommen war, lief er wütend auf sie zu.

„Jetzt reicht’s aber! Schleich’n Sie sich von meinem Grundstück!“

Da bemerkte er die Beamten hinter Helena und blieb abrupt stehen. Die junge Frau blickte dem Mann fest in die Augen und sagte: „Ich verhafte Sie wegen Mordes an Ihrem Bruder, Herr Strakowic. Alles was Sie sagen, kann und wird gegen Sie verwendet werden."

Der Schrotthändler starrte sie sprachlos an. „Sind Sie jetzt völlig verrückt geworden?"

Helena würdigte ihn keiner Antwort. Sie nickte dem neben ihr stehenden Beamten zu, der daraufhin dienstbeflissen seine Handschellen zückte, um sie dem Verdächtigen anzulegen.

„Herr Strakowic, ich hatte Ihnen nie erzählt, dass der Leichnam Ihres Bruders auf dem zerbrochenen Couchtisch lag! Das heißt, Sie müssen dort gewesen sein."

Fest sah die Kommissarin den merklich blasser gewordenen Mann an. Mit einem lauten Klicken schnappten die Handschellen zu, und Strakowic ließ sich widerspruchlos festnehmen. Offensichtlich war ihm aufgegangen, dass er einen schwerwiegenden Fehler begangen hatte. Erschüttert ließ er den Kopf hängen und zum ersten Mal konnte Helena so etwas wie Bedauern in seinen Zügen erkennen. Ob das an seiner unerwarteten Festnahme lag oder vielleicht doch am Tod seines Bruders, war ihr allerdings nicht ganz klar.

Nachdem Damian Strakowic in das Polizeiauto verfrachtet worden und in Richtung U-Haft unterwegs war, stieg Helena auch in ihr Auto. Sie lehnte sich in ihrem Sitz zurück, den Kopf gegen die Stütze gelehnt und schloss für einen Moment ihre Augen. Was für ein Riesenerfolg für sie! Nach nur einem Tag hatte sie einen Mordfall aufgeklärt! Helena war sich sicher, dass dies ihren Vorgesetzten mehr als zufriedenstellen würde und dass ihr kleiner Faux-Pas vom Vortag damit in Vergessenheit geriet. Ihr Blick fiel auf die Uhr und siedend heiß fiel ihr ein, dass sie mit ihrer Partnerin zum Mittagessen verabredet war. Schnell schrieb sie ihr eine WhatsApp, dass sie unterwegs sei und startete ihren Audi in Richtung Maxstraße.

Franzi erwartete ihre Kollegin bereits, als diese das nette kleine Restaurant betrat. Sie saß an einem Tisch in der Ecke, sodass sie sich ungestört unterhalten konnten.

„Tut mir leid, dass ich zu spät komme", entschuldigte sich Helena, während sie sich auf den bereitstehenden Stuhl plumpsen ließ.

„Kei Problem, Lena. So hatt i wenigschtens Zeit mir zu überlegen, was i essen will."

Helena studierte nun ebenfalls die Speisekarte und staunte über das große Angebot. „Wahnsinn, die haben ja eine tolle Auswahl!"

„Deshalb isch es ja auch mein Lieblingslokal", grinste ihre Kollegin verschmitzt.

Sie gaben bei der netten, drahtigen Bedienung ihre Bestellung auf. Franzi hatte sich für einen Salat mit Kichererbsen entschieden, während Helena für sich einen Chia Wrap mit Linsen, Bohnen und Hummus bestellte. Dazu orderten beide Frauen die hausgemachte Zitronen-Kräuter-Limonade. Die Bedienung tippte die Bestellung auf ihr Display und lief Richtung Theke davon, um die gewünschten Getränke zu holen.

„Franzi, du glaubst nicht, was ich herausgefunden habe", begann Helena mit leuchtenden Augen zu erzählen.

„Na, wenigschtens Du warsch erfolgreich! Des Gespräch mit dem Drechsel war net besonders aufschlussreich und au seine Mitarbeiter aus der Werkstatt konnten mir net wirklich was Neues sagen. Den Weg hätt i mir wirklich sparen können!"

„Keine Sorge! Warte ab, was ich dir zu erzählen habe! Das wird dich umhauen", beruhigte Helena ihre Partnerin. Inzwischen war die Bedienung zurück und brachte die Getränke. Zwei große Gläser mit Henkeln wurden vor ihnen abgestellt, in denen sich neben leuchtend grünen Pfefferminzblättern geschnittene Zitronenscheiben tummelten. Helena wartete, bis sich die Bedienung wieder davongemacht hatte und berichtete Franzi dann von ihren Erlebnissen auf dem Schrottplatz. Die Augen ihrer Kollegin wurden beim Zuhören immer größer. Sie schlürfte Limonade aus der Maccaroni-Stange, die aus Umweltgründen den Strohhalm ersetzte und starrte ihre Partnerin an.

„Du hättest Strakowics Augen sehen sollen, als ihm klar wurde, dass er sich verraten hat!", beendete Helena ihren Vortrag zufrieden. Das viele Erzählen hatte sie durstig gemacht. Sie nahm einen tiefen Zug aus ihrem Glas. Der leicht säuerliche Geschmack der Limonade harmonierte perfekt mit der erfrischenden Pfefferminze. Lecker! Inzwischen kam das bestellte Essen und die beiden Frauen machten sich mit Heißhunger darüber her. Helena konnte inzwischen gut nachvollziehen, warum Franzi dieses Lokal so gern besuchte. Die Speisen waren appetitlich angerichtet und rochen vorzüglich. Helena nahm gleich noch einen großen Bissen von ihrem Wrap. Die Zutaten passten hervorragend zueinander und waren mit frischen Kräutern abgestimmt worden. Die Fuggerstadt hatte kulinarisch tatsächlich etwas zu bieten!

„Unglaublich! Und i verschwend meinen Vormittag bei dem alten Griesgram Drechsel!", kam Franzi auf Helenas Bericht zu sprechen.

„Als Nächstes gilt es, ein Motiv herauszufinden. Strakowic wirkt wirklich nicht wie ein liebevoller Bruder, aber eine unterkühlte Beziehung ist noch lange kein Grund, den anderen umzubringen!"

„Meistens spielt Geld dabei die entscheidende Rolle. Wahrscheinlich hat der Adrian Strakowic ne ansehnliche Lebensversicherung g'habt und sein Bruder isch der einzige Erbe", spekulierte Franzi.

Helena gab ihrer Kollegin recht. Geld war bei den meisten Mordfällen Motiv Nummer eins. Wenn sie allerdings an die vermüllte Wohnung des Toten dachte, kamen ihr so ihre Zweifel. Ob so jemand eine hohe Lebensversicherung abgeschlossen hatte?

Schweigend nahmen die beiden Frauen die Reste ihrer Mahlzeit zu sich, während jede ihren eigenen Gedanken nachhing. Als sie fertig gegessen hatten, entwarfen sie bei einem abschließenden Espresso einen Schlachtplan für ihr weiteres Vorgehen. Sie waren sich darin einig, zunächst in einem Verhör mehr aus Damian Strakowic herauszubekommen. Wenn sie Glück hatten, würde der sie auf die richtige Spur bringen und somit anstrengende Ermittlungsarbeit ersparen.

Nachdem die Kommissarinnen gezahlt hatten, verließen sie gemeinsam das Lokal. In der Nähe der Tür lehnte Franzis geliebter Drahtesel an einem Laternenpfahl und wartete auf seine Besitzerin. Als sie sich gerade voneinander verabschiedeten, um jede für sich ins Präsidium zurückzukehren, rempelte ein unvorsichtiger Spaziergänger Helena an, die prompt das Gleichgewicht verlor und sich gerade noch an dem Laternenpfahl abstützen konnte.

„Ja, sag a mal! Wie kann man nur so saubleed mitten im Weg steh'n!", wurde sie auch gleich darauf angeraunzt.

Helena drehte sich zu dem aggressiven Spaziergänger um und blickte gleich darauf in das schwitzende Gesicht des dicken Polizisten von neulich, der sich offenbar gerade in einer der umliegenden Dönerbuden sein Mittagessen gekauft hatte, das ihm bei dem Rempler aus der Hand gefallen war. Sie wollte zu einer empörten Antwort ansetzen, als Franzi beschwichtigend eingriff.

„Ja, grüß Dich, Schorsch. Krieg di wieder ein! Die Lena tut dir doch nix!" Sie bückte sich, um den aluverpackten Döner aufzuheben und reichte ihn dem Polizisten. Erst jetzt erkannte der Beamte die beiden Kommissarinnen. Sein Gesichtsausdruck änderte sich abrupt. Ein Grinsen zog seine kräftigen Backen nach oben.

„Ja mei! Die beiden Fräulein Kommissarinnen! Wenn ich des g'wusst hätt'! Müssn'S scho entschuldigen, Fräulein! Und vielleicht guckn'S des nächschte Mal, wo Sie hinlauf'n." Er tippte sich an die altmodische Ledermütze und zog mit seinem Mittagessen davon.

Helena kochte vor Wut. Schon wieder war sie mit diesem Augsburger Rindviech aneinander gekracht. Wie es so ein Hornochse zur Polizei geschafft hatte, war ihr ein Rätsel.

Franzi schwang sich auf ihr Fahrrad und fuhr grüßend davon. Also machte sich auch Helena auf den
Weg zu ihrem Auto. Als sie nur noch ein paar Meter von
ihrem Audi entfernt war, sah sie eine Blaue, so wurden
hier in Augsburg die Mitarbeiterinnen des Ordnungsdienstes genannt, die Strafzettel verteilten. Zunächst
machte sie sich noch keine Gedanken, dann bemerkte
sie, wie die Blaue ausgerechnet von Helenas Fahrzeug
ein Bild machte. Eilig überbrückte sie die letzten Meter
zu der eifrigen Ordnungsdienstmitarbeiterin.

„Entschuldigen Sie bitte, aber was genau tun Sie da?"

„Meinen Job", entgegnete die Dame spitz und entnahm ihrem Gerät einen Strafzettel, den sie Helena in
die Hand drückte.

„Ich habe einen Parkschein gelöst! Das sehen Sie
doch!", empörte sich die junge Hamburgerin und deutete auf den Beweis hinter ihrer Windschutzscheibe.

„Sie stehen mit einem Rad auf dem Gehweg und Parken auf'm Gehweg isch hier net gestattet", klärte die
Blaue die verdutzte Kommissarin auf.

Helenas rechter Hinterreifen stand tatsächlich leicht
auf dem Gehweg, wobei es sich dabei höchstens um ein
paar Zentimeter handelte. Jetzt reichte es der jungen
Frau! Zuerst der ungehobelte Streifenpolizist und nun
die unverschämte Blaue, die ihr für verbotswidriges
Parken auf dem Gehweg einen Bußgeldbescheid über
30 Euro ausgestellt hatte. Helena zog ihre Dienstmarke
aus ihrer Tasche.

„Kriminalkommissarin Helena Hansen", erklärte sie
knapp.

Aber wenn sie davon ausgegangen war, dass sie die
Blaue mit ihrer Marke beeindrucken würde, hatte sie

sich getäuscht. Die Frau blickte sie weiterhin unverwandt an.

„Und weiter? Woll'n Sie jetzt vielleicht meine Marke sehen?"

Die freche Antwort der Mitarbeiterin des Ordnungsdienstes verschlug Helena für einen Moment die Sprache, sodass die Blaue sich nach kurzem Warten mit einem Achselzucken dem nächsten Auto zuwandte. Helena fasste sich wieder und lief der Frau hinterher.

„Jetzt werden Sie mal nicht frech! Sie sehen doch meine Marke! Ich bin im Einsatz!"

Normalerweise missbrauchte Helena ihre Dienstmarke nicht für so profane Zwecke, aber diese impertinente Person ging ihr entschieden zu weit.

„Gute Frau, wenn Sie im Einsatz sind, müssn'S das Schild ‚Polizei im Einsatz' anbringen", erklärte die uniformierte Dame kühl. Mit einem Seitenblick auf Helenas Hamburger Kennzeichen fügte sie hinzu: „Aber des hat man Ihnen in Hamburg wahrscheinlich net beigebracht. In Augschburg laufen die Dinge anders. Hier herrscht Ordnung und Dienscht nach Vorschrift. Schönen Tag noch."

Mit diesen Worten entfernte sie sich und ließ eine wutschnaubende Kommissarin zurück, die den Strafzettel zerknüllte und ihn der Frau hinterherwarf. Helena stieg in ihren Wagen und ließ den Motor aufheulen. Sie scherte so schnell aus ihrer Parklücke aus, dass sie beinahe einen Rentner auf seinem E-Bike übersehen hätte. Von ihm trotz ihrer Entschuldigung mit liebevollen Augsburger Schimpfwörtern bedacht, fuhr Helena mit rotem Kopf weiter. Sie drehte das Radio auf und fuhr wutschnaubend zum Präsidium.

Franzi erwartete ihre Kollegin bereits. Sie schien auf den ersten Blick zu bemerken, dass was nicht stimmte.

„Ja Lena, was für ne Laus ist dir denn über die Leber g'laufen?" Energisch drückte sie Helena auf ihren Bürostuhl und setzte sich auf die Kante ihres Schreibtisches. Obwohl Helena eigentlich keine Lust verspürte, über den Vorfall von eben zu sprechen, ließ Franzi nicht locker, sodass der Hamburgerin nichts anderes übrigblieb, als ihrer Partnerin von der Begegnung mit der Ordnungsamtmitarbeiterin zu erzählen.

„Oh mei, wenn's weiter nix isch!", lachte die Augsburger Kommissarin und griff zum Telefonhörer. Sie tippte ein paar Zahlen ein, lauschte kurz und sprach dann in breitem schwäbisch ins Telefon.

„Grüß Dich, Hans! Ja mei, geh, wie lang ham mer uns jetzt nimmer g'sehn?" Sie lauschte eine Zeitlang auf die Antwort am anderen Ende der Leitung.

„Wie geht's denn dem Stefan? Isch der scho fertig mit'm Gymnasium?"

Wieder andächtiges Lauschen. Helena wurde ungeduldig und wollte aufstehen. Lena legte ihr die Hand auf die Schulter und lächelte sie beschwichtigend an.

„Du Hans, warum i di anruf, meine Partnerin, die Lena, hatte heute eine Begegnung mit einer deiner netten Damen."

Sie lauschte wieder.

„Helena Hansen", kurzes Zuhören. „Ja, richtig. Und da hab i mir 'dacht, dass da der gute, alte Hans doch der richtige Ansprechpartner wäre."

Erneutes Lauschen. Dann nickte Franzi befriedigt.

„Ja prima, Hans! Vielen Dank, geh! Hasch was gut bei mir! Grüß mer die Uschi und sei net so streng mit dem Stefan. Pfiat di!"

Sie wandte sich ihrer Partnerin zu.

„Alles in Ordnung, Lena. Die Sache isch g'regelt."

Helena freute sich aufrichtig über die nette Geste ihrer Kollegin und bedankte sich bei ihr.

„Du Lena, passt scho! Kei Thema!", erwiderte ihre Kollegin mit einem dicken Grinsen. „I hab übrigens scho in der JVA Gablingen ang'rufen. Der Strakowic wird in den Vernehmungsraum 1 gebracht und isch in ner halben Stunde für's Verhör bereit. Bisch soweit?"

Die beiden Frauen schnappten sich ihre Unterlagen und verließen das Büro. Sie brauchten fast zwanzig Minuten für die achtzehn Kilometer. Als sie ankamen, wartete Damian Strakowic in einem kargen, weißgestrichenen Zimmer bereits auf sein Verhör. Auf dem Tisch vor ihm standen eine dampfende Tasse Kaffee und ein fest installiertes Aufnahmegerät. Nervös sah er auf, als die beiden Kommissarinnen eintraten, und fing an seine Hände zu kneten.

„Grüß Gott, Herr Strakowic", eröffnete Franzi das Gespräch. Die beiden Frauen ließen sich gegenüber dem Tatverdächtigen nieder, und Helena schaltete das Aufnahmegerät ein, bevor sie das Wort ergriff.

„Sie wurden darüber belehrt, dass Sie einen Anwalt bei dem Gespräch dabeihaben dürfen und haben auf eigenen Wunsch auf dieses Recht verzichtet. Ist das richtig?"

„Ja", antwortete Strakowic leise.

„Bitte sprechen'S laut und deutlich", schaltete sich Franzi ein.

„Ja, das ist richtig", wiederholte der Mann mit etwas festerer Stimme.

„Schildern Sie uns bitte die letzte Begegnung mit Ihrem Bruder", forderte Helena ihn zu erzählen auf.

„Ich habe ihn vor drei Tagen zum letzten Mal gesehen, als ich ihn in seiner Wohnung besucht habe. Adrian war wie immer betrunken und aggressiv. Ich wollte ihn da rausholen, verstehen Sie!"

Der Mann schlug die Hände vors Gesicht und schluchzte auf.

„Ich wollte ihm doch nichts Böses! Das müssen Sie mir glauben!"

Die starre Maske, die Damian Strakowic auf dem Schrottplatz zur Schau getragen hatte, war gefallen. Der Mann weinte nun hemmungslos und wischte sich mit dem Ärmel seines ausgewaschenen Pullovers über die Nase. Franzi holte eine Box Papiertaschentücher aus dem kleinen Schränkchen in der Ecke und reichte sie dem sichtlich aufgelösten Mann. Die beiden Frauen warteten einen Moment, bis dieser sich soweit beruhigt hatte, dass er wieder vernehmungsfähig war. Geräuschvoll schnäuzte sich der Verdächtige und atmete einmal tief durch.

„Können Sie uns sagen, was dann passiert ist?", fragte Helena sanft weiter.

„Ich hab ihm gesagt, dass es so nicht weitergehen kann. Den ganzen Tag saufen und keine Arbeit! Dabei war er mal ein richtig guter Mechaniker! Die werden doch gesucht heutzutage, oder etwa nicht?" Hilfesuchend sah er die beiden Kommissarinnen an, bevor er mit seiner Erzählung fortfuhr.

„Gelacht hat er! Ausgelacht hat er mich! Wieso er denn arbeiten solle, wenn ihm der Staat sowieso alles hinten reinschiebt?" Damian starrte in die Luft. Er schien in seiner Erinnerung gefangen. Franzi und Helena ließen ihm Zeit. Sie waren erfahren genug, um zu wissen, dass sie den Angeklagten jetzt nicht drängen durften. Am Ende verweigerte er sonst die Aussage!

„Irgendwie hatte Adrian ja Recht, wissen Sie? Wenn man von der Stütze genug Kohle kriegt, fehlt einem die Motivation zu arbeiten oder etwa nicht? Warum tagein, tagaus malochen, in der Früh aufstehen, sich den Arsch aufreißen, um dann am Ende des Monats seine Rechnungen kaum bezahlen zu können!" Die letzten Sätze hatte der Angeklagte beinahe geschrien. Die Stimmung drohte zu kippen. Die beiden Frauen mussten eingreifen, um zu dem angestrebten Geständnis zu kommen.

Helena beugte sich nach vorne und blickte den Verdächtigen fest in die Augen.

„Und trotzdem haben Sie genau das getan, nicht wahr, Herr Strakowic? Sie haben hart gearbeitet, um ihren Lebensunterhalt selbst zu verdienen. Ihnen ist Unabhängigkeit wichtig."

Erstaunt zog Damian Strakowic seine linke Augenbraue nach oben. Sein Wutausbruch schien vergessen zu sein. Er starrte die junge Hamburgerin verblüfft an.

„Woher wollen Sie das wissen?"

„Ganz einfach. Ihr Schrottplatz ist tadellos in Schuss, Herr Strakowic. Ihnen ist Ordnung wichtig. Das ist mehr als offensichtlich", fasste sie ihre Beobachtungen kurz und prägnant zusammen.

Helena meinte, etwas wie Anerkennung in den Augen des Mannes aufblitzen zu sehen. Er nickte und hob die Tasse an seine Lippen, um einen Schluck Kaffee zu nehmen.

„Sie haben recht. Ich könnte nie von der Stütze leben." Er nippte noch einmal an seinem Kaffee und schien sich an der Tasse festzuhalten.

„Ihr Bruder war da wohl andrer Meinung", schaltete sich Franzi in das Verhör ein.

Der Blick des Verdächtigen zuckte nach rechts. Es schien, als habe er völlig vergessen, dass eine zweite Kommissarin im Raum war.

„Erzählen'S uns von Ihrer Begegnung mit Adrian vor drei Tagen", forderte sie ihn auf.

„Wie gesagt, Adrian war betrunken und auf Streit aus. Zuerst wollte er mich gar nicht reinlassen, aber ich hab ihn einfach zur Seite gedrängt. Er konnte ja sowieso kaum gerade stehen in seinem Zustand! Wir sind ins Wohnzimmer gegangen. Ich war wütend, weil Adrian in einem solchen Saustall hauste und stellte ihn zur Rede. Er schubste mich, aber das ließ ich mir nicht gefallen und schubste ihn zurück. Daraufhin gab er mir eine heftige Ohrfeige und wollte mich wieder aus der Wohnung drängen. Es kam zu einer Rangelei und ich gab Adrian einen kräftigen Nackabatsch." Bei diesen Worten warf Franzi ihrer Kollegin einen triumphierenden Blick zu. Siehst du, ich hab's dir doch gesagt, sollte der wohl heißen.

„Wir haben schon oft miteinander gerauft, müssen Sie wissen. Es ist noch nie was Schlimmes passiert! Mal ne blutige Nase oder 'n blaues Auge, aber doch nicht mehr!" Wieder schluchzte der Mann auf. Diesmal dauerte es länger, bis er sich soweit im Griff hatte, dass er weitersprechen konnte.

„Er ist einfach umgefallen!" Er flüsterte nun. „Wie ein Stein ... Einfach umgefallen!" Tränen liefen ihm über das Gesicht. Er schloss die Augen und sprach weiter.

„Er ist auf den Couchtisch gefallen, und der ist unter seinem Gewicht zusammengebrochen. Dann hat er sich nicht mehr gerührt! Ich hab ihn gerüttelt und seinen Namen gerufen, aber er hat sich nicht mehr bewegt! Dann hab ich Schiss bekommen und bin aus der Wohnung gerannt."

Er nahm ein weiteres Papiertaschentuch aus der Box und wischte sich damit über das Gesicht.

„Es war ein Unfall! Ich wollte ihm nicht wehtun!" Sein flehender Blick zuckte von einer Kommissarin zur anderen.

„Wir danken Ihnen für Ihre Kooperationsbereitschaft, Herr Strakowic. Ob's a Unfall war oder net, wird die Staatsanwaltschaft ermitteln. Bis zum Ende der Ermittlungen verbleiben'S erscht mal in U-Haft."

Franzi erhob sich und öffnete die Tür. Sie gab dem Schließer, der auf dem Gang wartete, ein Zeichen, woraufhin der den Verhörraum betrat und dem Verdächtigen wieder Handschellen anlegte. Damian Strakowic erhob sich gehorsam und verließ nach einem letzten verzweifelten Blick auf die Kommissarinnen mit dem Beamten das Zimmer.

Helena schaltete das Aufnahmegerät aus und sah ihre Kollegin fragend an.

„Meinst Du, dass es wirklich ein Unfall war?"

Nachdenklich erwiderte Franzi ihren Blick.

„Er wirkte durchaus glaubwürdig, wenn'd mi fragsch. Aber alles Weitere muss die Staatsanwaltschaft entscheiden."

Helena nickte verstehend. Ihre Aufgabe war es lediglich, die Fakten zu ermitteln. Schlüsse daraus zu ziehen, fiel nicht in ihrem Aufgabenbereich. Das übernahm die Staatsanwaltschaft.

Zurück in ihrem Büro erledigten die Frauen den Papierkram, der angefallen war. Das war der Teil ihres Berufs, auf den Helena liebend gerne verzichtet hätte, aber er gehörte leider dazu. Also teilten sie sich die Arbeit auf und bearbeiteten die Akten jede für sich bis zum Feierabend. Der Tag war äußerst erfolgreich für die Kommissarinnen verlaufen. Es war ihnen gelungen, einen Fall nach nur zwei Tagen aufzuklären und ihr Chef würde zufrieden sein. Franzi hatte für den Folgetag um zehn Uhr morgens einen Gesprächstermin mit Kriminalhauptkommissar Meier ausgemacht, wo sie ihm über ihre Ermittlungen berichten wollten.

Mit einem langen Seufzer schaltete Helena ihren PC aus und streckte sich auf ihrem Bürosessel aus. Vom langen Sitzen waren ihre Beine ganz steif geworden und ihr Rücken schmerzte. Franzi zog gerade ihre Jeansjacke an und hob ihre Tasche vom Boden auf, an die sie ihren Fahrradhelm gehängt hatte.

„Was hasch heut Abend no vor?", wollte sie von ihrer Kollegin wissen.

„Ich bin fix und alle", antwortete Helena wahrheitsgemäß. „Mein Rücken sehnt sich nach einer warmen Badewanne und danach mache ich es mir mit einem Glas Wein auf der Couch gemütlich und sehe mir einen kitschigen Film an. Was ist mit dir?"

„Waschtl hat mer heut morgen gar net g'fallen."
Franzi sah besorgt drein. „Mal sehn, was er hat. Außerdem hat i vor, aus mei'm getrockneten Kräutervorrat Tee herzustellen. Meine Patentante Lotte hat mi drum gebeten. Ihr Vorrat isch scho wieder auf'braucht. Außerdem muss i demnächscht au mal wieder Ringelblumensalbe herstellen. Lotte hat trock'ne Haut und schwört auf meine Calendula-Salbe."

Helena blickte interessiert auf. Sie war gerade dabei gewesen, ihre Siebensachen zusammenzupacken. Da sie Franzi erst seit ein paar Tagen kannte, wusste sie noch nichts von deren Familie. „Wohnt deine Tante auch in Augsburg?"

„Ne, leider net. Sie wohnt schon seit langem in Ganzenheim in der Pfalz. Wir verstehen uns richtig gut und b'suchen uns immer wieder mal. Waschtl und Lottes Bulldogge Käthe mögen sich auch gern. Sie lieben es, gemeinsam durch die Pfälzer Weinberge oder hier durch die Wertachauen zu streifen."

Helena merkte, wie nahe sich Franzi und ihre Tante Lotte waren. Für sie war Familie auch sehr wichtig. Die junge Hamburgerin kam aus einer Lehrerfamilie. Ihr Vater war Rektor einer Mittelschule gewesen, ihre Mutter hatte als Grundschullehrerin gearbeitet und ihre beiden Geschwister waren ebenfalls Lehrer. Helena hatte immer geglaubt, dass sie auch einmal Lehrerin werden würde. In die Freundschaftsbücher ihrer Freundinnen hatte sie bei Berufswunsch jedenfalls immer „Lehrerin" eingetragen, etwas anderes wäre ihr gar nicht in den Sinn gekommen. Als sie älter wurde, fing sie dann aber an, sich für andere Dinge zu interessieren. Sie las für ihr Leben gern, am liebsten Krimis. In ihren Augen waren die Polizisten, die Verbrechen lösten, schon immer die größten Helden gewesen. Sie hatte sich daraufhin im Internet die Seite der Hamburger Polizei angesehen und war sofort fasziniert gewesen. Gleich als Erstes sah sie ein großes Foto, auf dem komplett in schwarz gekleidete Beamte an Seilen kopfüber vor einer Hauswand hingen. In der Hand hielten sie Maschinengewehre. Wie cool! Als sie jedoch die Einstellungsvoraussetzungen durchlas, musste sie feststellen, dass es richtig schwer werden würde, in ihrem Traumjob zu arbeiten. Der Einstellungstest war hart. Als Bewerber um einen Studienplatz musste sie an einem anspruchsvollen Verfahren teilnehmen, welches schriftliche, sportliche sowie mündliche Testteile beinhaltete. Des Weiteren musste sie sich einer körperlichen Tauglichkeitsuntersuchung durch den personalärztlichen Dienst unterziehen. Vor allem den Sporttest bestanden nur wenige Bewerber. Zwei Jungs aus dem Jahrgang über ihr hatten ihn nicht geschafft, obwohl sie ihrer Meinung nach durchaus sportlich gewesen waren. Helena durchlief von da an ein richtiges Sportprogramm. Sie fing an, täglich zu joggen und ging mindestens zweimal die Woche zum Schwimmen. Ihre Eltern hatten nicht schlecht gestaunt, als ihre Tochter ihnen eröffnete, zur Polizei zu wollen, aber sie hatten ihr keine Steine in den Weg gelegt. Als sie ihr sehr gutes Abitur schließlich in der Tasche hatte, bewarb sich Helena dann tatsächlich bei der Hamburger Polizei. Nach den Tests, dem Vorstellungsgespräch und dem bestandenen Sporttest war Helena zu ihrer großen Freude der Kriminalpolizei zugeteilt worden. Nach ihrem Studium arbeitete sie zwei Jahre lang in einem kleineren Präsidium am Stadtrand Hamburgs. Die Arbeit machte ihr Spaß, aber sie hatte kaum eigene Verantwortung und fühlte sich dort mehr als Mitläufer. Dann las sie im Internet von der Stelle in Augsburg, wo sie ein wesentlich größeres Aufgabenspektrum haben würde und darüber hinaus die Chance, sich von ihrer Heimat zu lösen und einen großen Schritt in die Unabhängigkeit zu wagen, weg von Familie und Freunden. Erst jetzt fühlte sie sich richtig erwachsen, auch wenn ihr die vertrauten Gesichter und ihre Heimatstadt doch mehr fehlten als ursprünglich gedacht. Helena freute sich jedoch, in Franzi eine zwar zugegebenermaßen unkonventionelle, aber äußerst liebreizende Kollegin gefunden zu haben.

„Ich drücke dir die Daumen, dass mit deinem Hund alles in Ordnung ist, Franzi. Und du musst mir unbedingt einmal zeigen, wie man eine Salbe herstellt. Sowas hat mich schon immer fasziniert!", verabschiedete sich Helena von Franzi, die sie kurz umarmte, um dann mit ihrem Helm auf dem Kopf nach draußen zu huschen. Helena musste lächeln. Franzi scherte sich wirklich überhaupt nicht darum, was andere von ihr dachten! Und trotzdem kreidete ihr das niemand an. Im Gegenteil, jeder schien sie zu mögen und so zu nehmen, wie sie war. Franzis unbekümmerte, ehrliche Art wurde von allen akzeptiert. Helena beschloss, sich diesbezüglich an ihrer Partnerin zu orientieren. Ihre eher kühle, nordische Art schien gerade hier, im Süden der Republik, die Leute vor den Kopf zu stoßen. Sie seufzte. Leicht würde das nicht werden mit den Augsburger Hornochsen! Sie musste grinsen. Zum Glück verstand sie nicht einmal die Hälfte der Verwünschungen, die ihr im Lauf der Zeit hier an den Kopf geworfen worden waren, und das war eindeutig ein Bonus. Helena grinste immer noch, als sie auf den Gang trat.

„Was gibt's 'n da so zu grinsen, Fräulein?"

Oh nein! Ausgerechnet der dicke Streifenbulle Schorsch! Helena erinnerte sich an ihr Vorhaben. Was würde Franzi jetzt sagen?

„Ich grüße Sie, Schorsch und wünsche noch einen angenehmen Abend!"

Dem dicken Beamten fielen fast die Augen aus dem Kopf, als Helena diese Worte flötete und lachend an ihm vorbeiging.

Nach kurzer Fahrt zuhause angekommen, plagte sie ihr Rücken gar nicht mehr. Immer wenn sie sich Schorschs blöden Gesichtsausdruck von eben vorstellte, musste Helena grinsen. Sie war bester Stimmung und beschloss, joggen zu gehen. Sie kramte ihre Joggingschuhe aus der Sporttasche, die ganz unten im Schrank vergraben war, heraus und schlüpfte in ihre enge Sporthose, bevor sie die Laufschuhe anzog. Dann streifte sie sich noch einen Kapuzenpulli über, schnappte sich Handy und Schlüssel und verließ wieder ihre Wohnung. Helena hatte sich schon vor Längerem im Internet informiert, wo sie in der Nähe ihrer Wohnung gut laufen konnte und bereits einige Strecken ausprobiert. Heute wählte sie den Weg am Roten Tor vorbei, entlang an der alten Stadtmauer. Die Luft war ungewöhnlich lau und sie genoss den würzigen Duft der herbstlich verfärbten Blätter, die auf dem Boden lagen und unter Helenas gleichmäßigen Schritten aufwirbelten. Der jungen Frau gefiel es, an der ehemaligen Stadtmauer entlang zu laufen. Kaum zu glauben, dass hier einmal die Grenze der früher so bedeutenden Bischofsstadt verlaufen war! Jetzt lag sie mitten im Stadtzentrum. Die rote Ziegelmauer bröckelte an manchen Stellen ab, war aber größtenteils erstaunlich gut erhalten. Sogar ein Freilufttheater, genannt Freilichtbühne, gab es hier. Sie war in die Stadtmauer integriert und ein beliebtes Freizeitvergnügen der Augsburger Bevölkerung im Juli und August. Meistens wurden dort Musicals aufgeführt. Helena konnte sich gut vorstellen, dort an einem warmen Sommerabend ein paar unterhaltsame Stunden zu verbringen. Sie joggte weiter durch die Roten Torwall-Anlagen und kam an einem kleinen Kräutergarten vorbei. Helena lief langsamer und schaute sich den idyllischen Garten genauer an. Auf verschiedenen, von Buchs eingefassten Beeten, wuchsen allerlei Tee- und Heilkräuter. Die zahlreichen Rosenbüsche verströmten sogar um diese Jahreszeit noch einen herrlichen Duft. Kleine Schilder erklärten den Besuchern die Namen der Kräuter. Helena musste unwillkürlich an ihre Partnerin Franzi denken, die sich ja liebend gerne mit Kräutern beschäftigte. Franzi war so ganz anders, als sie sich ihre Partnerin vorgestellt hatte. Sie war sehr eigen, gar schrullig und oft unmöglich angezogen. Trotzdem war sie ein liebenswerter Mensch, der sie von Anfang an willkommen geheißen hatte. Nur Franzis Hund war zugegebenermaßen mehr als gewöhnungsbedürftig und beste Freunde würden Helena und Waschtl sicher nicht werden. Die Sache mit den Kräutern fand Helena aber richtig interessant, hatte sie sich doch schon immer für Naturheilkunde interessiert und Leute bewundert, die sich mit Heilkräutern auskannten. Sie fand es toll, dass Franzi ihrer Patentante Lotte Care-Pakete mit liebevoll hergestellten Salben schickte und nahm sich vor, Franzi zu bitten, ihr ein wenig von ihrem Wissen weiterzugeben. Vor ihrem inneren Auge sah sie sich schon in einer geblümten Schürze in Franzis Gewächshaus beim Blütenzupfen und musste schmunzeln. Dafür würde sie sogar die wandelnde Flohmatte Waschtl in Kauf nehmen. Franzi würde ihr diesen Wunsch mit Sicherheit nicht abschlagen. Sie war einfach ein herzensguter Mensch! Sogar so sture Schwaben wie den doofen Streifenbullen Schorsch konnte Franzi um den Finger wickeln. Beim Gedanken an den dicken Polizisten verschwand das Grinsen aus Helenas Gesicht schnell wieder. Solche ausgeprägten Augsburger Prachtexemplare waren ihr inzwischen schon häufiger begegnet. Wenn sie nur an den Metzger und sein blödes Grinsen dachte ...

Inzwischen bediente sich Helena der Hilfe einer Parkbank, um sich ausgiebig zu dehnen. Sie sog tief den Duft der Kräuter und Rosen ein. Hier war es bezaubernd! Helena konnte sich gut vorstellen, hier einen Lieblingsort in der neuen Heimat gefunden zu haben. Vor ihrem inneren Auge sah sie sich gemütlich in einem guten Buch schmökernd auf einer der zahlreichen Parkbänke sitzen und die frische Luft genießen. Sie würde sich einen Thermobecher mit selbstgebrühtem Kaffee mitnehmen und somit auch kühlerer Luft trotzen.

Helena hatte sich fertig gedehnt und nahm ihren leichten Lauf wieder auf. Sie folgte dem Stadtgraben und nachdem sie rechterseits ein großes Einkaufszentrum liegengelassen hatte, lief sie kurz darauf an einem wunderschönen hölzernen Wasserrad vorbei. Durch das Wasser des Stadtgrabens angetrieben, lief es munter Runde um Runde und wirkte vor der Stadtmauer, die mit dem feuerrot leuchtenden, herbstlichen Laub des wilden Weins geschmückt war, richtig idyllisch, ja geradezu kitschig. Danach führte sie der Weg an urigen Reihenhäusern am Oberen Graben vorbei, durch deren kleine Gärten das Wasser des Stadtgrabens munter sprudelte. Fast alle Gärten verfügten über eigene Brückchen über den Graben. Helena trabte auf der Stelle und bestaunte die originellen Vorgärten. Wie schön es hier war!

„Was glotsch jetzt du so?", riss sie eine unfreundliche Stimme aus ihrer Bewunderung.

Eine stämmige Frau mit Kittelschürze stand in ihrem Garten und war dabei, den Inhalt eines vollen Abfalleimers in die bereitstehende Mülltonne zu schütten. Misstrauisch beäugte sie Helena. „Hasch wohl no nie a Wasserle in nem Gart'n g'sehn?"

Helena sah die Hausfrau schockiert an. Sprach die Frau Deutsch? Sie hatte keine Ahnung, was sie von ihr wollte!

„Entschuldigen Sie bitte, ich habe Sie leider nicht verstanden." Hilflos sah sie die Frau an, die inzwischen auf die kleine Brücke getreten war, die den Stadtgraben vor ihrem Haus überspannte.

„Ach du meine Güte! A Saupreiß!" Die Frau rollte ihre Augen. „Ob Sie noch nie ein Wasser in einem Garten gesehen haben, hab ich Sie g'fragt", versuchte sie angestrengt ihre Worte ins Hochdeutsche zu übersetzen. Sie sprach dabei äußerst langsam, wie alle Augsburger, die versuchen, Hochdeutsch zu sprechen. Man hatte immer den Eindruck, als wollten sie einem Kleinkind oder einem geistig Minderbemittelten etwas erklären.

„Ach so, nein, ich habe so etwas tatsächlich noch nie gesehen. Ich finde, Sie wohnen wunderschön!"

Die Frau lachte auf. „Ja, da hams recht, Fräulein! Ich meinte, da haben Sie recht. Ständig steh'n da irgendwelche Japsen und knipsen ununterbrochen Bilder. Richtig idyllisch!" Sie schnaubte verächtlich. Vor lauter Aufregung verfiel sie wieder in Dialekt. „Und am beschtn sind die Ratt'n, die immer versuch'n, was aus meiner Tonne zu klau'n, die Drecksviecher, die damischen, die verreckten!"

Helena war wieder raus und hatte keine Ahnung, wovon die Frau sprach. Sie beschloss, weiterzujoggen und die offensichtlich in Fahrt gekommene Frau sich selbst zu überlassen, also hob sie kurz die Hand zum Gruß und lief weiter.

„Ja, lauf nur weiter, Saupreiß, damischer", hörte sie die Frau noch schimpfen, bevor sie endlich um die Ecke bog.

Ihre gute Stimmung war wieder verflogen. So schön diese Stadt auch war, wie sollte sie sich nur jemals an die Augsburger Ureinwohner gewöhnen? Dieser Menschenschlag schien irgendwie immer grantig zu sein, ständig darauf bedacht, alles und jeden auszuschimpfen. Entweder war es zu kalt oder zu warm, zu nass oder zu trocken, zu laut oder zu leise ... Sie schienen es geradezu darauf anzulegen, nichts für gut zu befinden, nie zufrieden zu sein. Beim Autofahren war es besonders schlimm. Der normale Augsburger Autofahrer schien an unheilbarem Auto-Tourette zu leiden. Mit wild fuchtelnden Armen, grotesk verzerrten Fratzen und laut hupend bahnte er sich seinen Weg durch die Augsburger Innenstadt, ohne Erbarmen für Fahrer mit auswärtigen Kennzeichen, Radfahrer oder Fußgänger. Ganz anders der typische Hamburger! Immer höflich und aufmerksam begegnete er anderen Menschen respektvoll und zeigte sich hilfsbereit. Der typische Augsburger hingegen ... Helena konnte gar nicht mehr zählen, wie oft sie „liebevoll" als „Saupreiß" tituliert worden war. Dem normalen Augsburger schien überhaupt nicht bewusst zu sein, dass dieser Titel durchaus als Beleidigung aufgefasst werden konnte. Oder es war ihnen vielleicht einfach nur egal. Helena tippte auf Zweiteres. Auf dem Heimweg versuchte die Kommissarin, jeden Kontakt mit Augsburger Urviechern zu vermeiden und joggte mit gesenktem Blick zurück. Als sie wieder an dem hübschen Kräutergarten vorbeikam, beruhigte sie sich langsam. Ihr fiel ihre Partnerin ein, die ja gebürtige Augsburgerin war. Wenn Franzi anders war, waren bestimmt noch mehr Augsburger „normal"! Dieser Gedanke stimmte Helena friedlicher und sie lief den Rest des Weges beschwingt nach Hause, wo sie es sich nach einer ausgiebigen Dusche endlich mit einem Glas Wein auf der Couch bequem machte.

4.

Am nächsten Morgen stand Helena beschwingt um halb sieben auf. Heute hatte sie mit ihrer Kollegin einen Termin bei Kriminalhauptkommissar Meier, um ihm Bericht über die laufenden Ermittlungen zu erstatten. Diesmal wollte sie unbedingt einen besseren Eindruck hinterlassen als bei der Tatortbegehung und sah sich nach einem kurzen Müslifrühstück deshalb aufmerksam in ihrem Kleiderschrank um. Jeanshosen schloss sie für so einen wichtigen Termin aus, aber sie wollte auch nicht gleich im Kostümchen vor ihrem Chef auftreten. Helena peilte einen klassischen Business-Look an. Ihre Absicht war, seriös, aber nicht überkandidelt zu erscheinen. Nachdem sie ihre zahlreichen Outfits im Schrank hin- und hergeschoben hatte, entschied sie sich schließlich für einen grauen Hosenanzug mit weißer Bluse. Dazu schlüpfte sie in schwarze Pumps, deren Absätze nicht allzu hoch waren und besah sich anschließend kritisch im Spiegel. Der Hosenanzug stand ihr ausgezeichnet und betonte ihre langen Beine. Nur ihre Haare waren wie immer eine mittlere Katastrophe. Seufzend angelte Helena die Bürste von ihrer Frisierkommode und strich sich kräftig durch die Haare.

Es ziepte unangenehm, was sich jedoch nicht vermeiden ließ. Dann machte sie einen hohen Pferdeschwanz und drehte die Haare anschließend zu einem Dutt, den sie mit Haarnadeln befestigte. Etwas Haarspray darauf und fertig war die Frisur. Jetzt musste sie nur noch ihr Make-up auflegen und dann konnte es losgehen. Helena war es wichtig, sich nur leicht zu schminken. In ihren Augen war es nicht miteinander vereinbar, wenn eine Kommissarin aufgetakelt wie ein Weihnachtsbaum durch das Präsidium stöckelte. Niemand würde sie mehr ernst nehmen. Also trug Helena nur einen dezenten Lippenstift auf und etwas Lidschatten. Fertig. Zufrieden betrachtete sie ihr Spiegelbild. So konnte sie sich sehen lassen. Mit dem Hauch eines schlechten Gewissens entschloss sich Helena aufgrund ihrer Pumps mit dem Auto zum Präsidium zu fahren. Als sie ihr Haus verließ, zerrte der kräftige Herbstwind an ihren Haaren. Besorgt fasst sich Helena an den Dutt, der zum Glück aber bombenfest hielt. Erleichtert zog sie ihren Mantel fester um sich und eilte zu ihrem Audi. Auf dem Autodach und der Motorhaube lagen zahlreiche welke Kastanienblätter, die der Wind herumgewirbelt hatte. Helena stieg ein und fuhr los. Der Verkehr war um diese Zeit zähfließend, weshalb sie doppelt so lange zur Arbeit brauchte als auf dem Rückweg am Vortag. Dennoch war sie rechtzeitig da und parkte ihren Wagen um Viertel vor acht in der Parkgarage des Polizeipräsidiums.

Heute saß ein junger Beamter am Empfang und telefonierte. Er nickte der Kommissarin zu und widmete sich dann weiter seinem Gesprächspartner. Als Helena die Tür zu ihrem Büro aufstieß, sah sie, dass ihre Partnerin Franzi bereits angekommen war. Sie wollte sie gerade begrüßen, als ihr ein eigentümlicher Geruch in die Nase stieg. Es roch modrig und gleichzeitig durchdringend nach Schwefel, einfach ekelhaft!

„Ja, grüß dich, Lena! Schön, dass du au scho da bisch." Franzi stand von ihrem Stuhl auf, um ihre Kollegin erstmal ausgiebig zu drücken.

„Guten Morgen", stammelte Helena und verzichtete darauf, Franzi darauf hinzuweisen, dass ihr Name Helena lautete und keinesfalls Lena. Es hatte ja doch keinen Zweck.

Der Geruch nach faulen Eiern wurde unerträglich, und Helena hielt sich erschrocken die Nase zu.

„Ach geh, Waschtl! Du bisch vielleicht ein Saubär!" Franzi beugte sich nach vorne und sah unter den Schreibtisch, wo Helena zu ihrem Entsetzen einen großen braun verfilzten Haufen ausmachen konnte. Waschtl!

„Mußsch scho entschuldigen, Lena, dass i den Waschtl heut mit'bracht hab! Aber ihm geht's doch net so gut, weißsch?" Liebevoll strich Franzi dem riesigen Hund über den Kopf.

„Er hat's mit 'm Magen, weißsch? Da will i ihn net so lang allein lassen."

Helena nickte überrumpelt und hängte ihren Mantel an der Garderobe auf. Danach eilte sie zum Fenster und riss es auf, um frische Luft hereinzulassen. Sofort fegte ein heftiger Windstoß sämtliche Unterlagen vom Schreibtisch und ließ die Fensterscheibe gefährlich klirren. Helena blieb nichts anderes übrig, als zähneknirschend das Fenster wieder zu schließen. Sie musste sich sogar dagegen lehnen, leistete der Wind doch kräftige Gegenwehr. Dann half sie Franzi, die Unterlagen vom Boden aufzuheben, wobei Helena peinlich genau darauf achtete, dem pupsenden Ungetüm nicht zu nahe zu kommen. Als sie fertig war und sich an ihrem Schreibtisch niederlassen wollte, bemerkte Helena ein Blatt Papier, das der Wind offenbar unter den Schrank geweht hatte. Nur ein kleines Eckchen schaute noch darunter hervor. Die Kommissarin ließ sich auf alle viere nieder, um das Papier hervorzuangeln. In dem Moment öffnete sich die Bürotür.

„Frau Danner, Frau Hansen", verdutzt unterbrach sich der Mann. Er hatte erwartet, die zwei Damen an ihren Schreibtischen vorzufinden, stattdessen sah er nur Franzi an ihrem Arbeitsplatz. Als er sich umblickte, sah er direkt auf Helenas Hinterteil, das sie in die Luft streckte, um besser an das Papier unter dem Schrank heranzukommen. Mit vor Anstrengung hochrotem Kopf tauchte die junge Kommissarin endlich wieder auf und schwenkte triumphierend das verlorene Papier in der Luft. „Ich hab es!"

Entsetzt bemerkte sie, dass sie nicht mehr alleine mit Franzi in ihrem Büro war. Sie hatte den Besucher nicht hereinkommen gehört.

Helena sprang vom Boden auf und ihre Gesichtsfarbe wechselte zu einem bedrohlichem lila.

„Herr Meier, ich meine Herr Kriminalhauptkommissar Meier", stammelte sie und strich sich mit fahrigen Bewegungen über ihre Bluse.

Ihr Chef sah sie mit hochgezogener Augenbraue zunächst stumm an, was Helenas Nervosität definitiv steigerte. Schnell ging sie zu ihrem Schreibtisch und setzte sich.

„Ich habe Ihren Bericht gelesen, meine Damen. Ich müsste jedoch aus terminlichen Gründen unser Gespräch von 10 Uhr auf 9.30 Uhr vorverlegen, wenn Ihnen beiden das passt."

„Kei Problem, Chef. Des passt uns prima."

Helena bewunderte ihre Partnerin in diesem Moment dafür, dass sie sogar vor Herrn Meier keine Angst hatte. Sie wollte es ihrer Kollegin nachmachen und ebenfalls ein paar nette Worte an ihren Chef richten, doch bevor sie dazu kam, hörte man in die Stille hinein einen deutlich wahrnehmbaren Furz. Sofort stieg der bereits bekannte Geruch nach faulen Eiern auf und verpestete die Luft. Helena lief zum zweiten Mal puterrot an. Wie peinlich, dass Waschtl ausgerechnet jetzt einen seiner berühmt berüchtigten Darmwinde ablassen musste! Als sie ihren Chef ansah, bemerkte sie zu ihrem Erstaunen, dass er seine ganze Aufmerksamkeit ihr zugewandt hatte. Ihr lief es eiskalt den Rücken hinunter. Zuerst der Furz, dann ihr rotes Gesicht! Was musste Herr Meier von ihr denken?! Er konnte den Hund unter dem Schreibtisch ja gar nicht sehen! Während Helena fieberhaft überlegte, wie sie den Verdacht von sich auf Franzis Ungetüm lenken konnte, ergriff Herr Meier bereits das Wort. „Ich hoffe, Sie haben sich gut eingelebt bei uns, Frau Hansen. Das deftige Essen hier in Schwaben ist ja nicht jedermanns Sache. Habe die Ehre, meine Damen." Und fort war er.

Sprachlos starrte Helena auf die geschlossene Tür. Sie war fassungslos! Erst die Geschichte mit den Pflanzen und der besudelten Bluse am Tatort und jetzt fand ihr

Chef sie mit in die Luft gerecktem Hinterteil in ihrem Büro vor und vermutete, dass sie aufgrund der ungewohnten Nahrung unter Blähungen litt, die sie noch dazu nicht unter Kontrolle hatte!

„Des passt uns ja au ganz gut, net wahr, Lena?"

Irritiert sah Helena ihre Kollegin an.

„Die Uhrzeit vom Treffen mit dem Chef, mein i. Was gucksch du denn so?"

Franzi schien keine Ahnung von Helenas Gemütszustand zu haben.

„Was denkt denn der Herr Meier jetzt von mir? Der hat doch den denkbar schlechtesten Eindruck von mir bekommen!"

„Warum jetzt des?"

„Zuerst die Sache mit der Bluse, jetzt der Furz." Helena fehlten die Worte.

„Ach was! Kann schließlich jedem mal passieren. Gell Waschtl, da kannsch du ein Lied davon singen!" Wieder wurde der braune Fellsack unter dem Schreibtisch ausgiebig liebkost.

Helena gab auf. Franzi schien überhaupt keinen Wert auf ihre Außenwirkung zu legen, im Gegensatz zu Helena. Allein, wie sie heute wieder aussah! Die Augsburger Kommissarin trug eine braune, an etlichen Stellen abgescheuerte Cordhose, die unten an den Beinen doch tatsächlich einen Schlag hatte. Eine Schlaghose! Sowas gab es noch? Aber ihrem Aussehen nach zu urteilen, war die Hose wohl schon in Woodstock dabei gewesen. Zu dem Relikt von Hose trug Franzi eine gelbe Bluse mit rotem Mohnblumenmuster. Sie sah aus, als ob sie geradewegs aus einem Artikel über die 68er Generation entsprungen war. Im Gegensatz zu Helena hatte sie sich garantiert keine Gedanken darüber gemacht, was sie zu ihrem Termin mit dem Chef anziehen wollte.

Die beiden Frauen besprachen sich noch, was sie bei dem Gespräch mit ihm vorbringen wollten, bevor sie sich schließlich zu dessen Büro aufmachten. Im Vorzimmer des Kriminalhauptkommissars saß eine brünette Sekretärin mittleren Alters, die sich sorgfältig die Nägel feilte. Als sie die beiden Frauen erblickte, seufzte sie theatralisch und beugte sich zu ihrer Sprechanlage vor. Sie drückte einen Knopf und säuselte los: „Die Kommissarinnen Danner und Hansen wären jetzt da."

„Danke, Frau Schultheiß. Soll'n reinkommen", tönte Herrn Meiers Stimme blechern durch den Lautsprecher.

„Sie haben den Chef ja gehört." Frau Schultheiß deutete mit dem Kopf in Richtung Tür, um sich danach wieder ausgiebig ihren Fingernägeln zu widmen.

Das Büro des Kriminalhauptkommissars war eher spartanisch eingerichtet. Neben einem großen Schreibtisch mit ledernem Bürostuhl, der der Eingangstür genau gegenüber stand, befand sich in der linken vorderen Ecke ein runder Tisch mit vier Lederstühlen. Neben der Sitzgruppe fristete ein fast zwei Meter großer Ficus das typische Dasein aller Büropflanzen, indem er in der Ecke vor sich hin staubte. Die Wände waren kahl, bis auf ein gerahmtes Foto, das Herrn Meier stolz neben dem bayerischen Ministerpräsidenten zeigte. Ein großer Aktenschrank, der rechts vom Schreibtisch stand, bildete das letzte Möbelstück.

Der Kriminalhauptkommissar erhob sich von seinem Platz hinter dem Schreibtisch und deutete auf die Sitzgruppe.

„Bitte nehmen Sie doch Platz, die Damen. Darf ich Ihnen eine Tasse Tee oder Kaffee anbieten?"

„Kamillentee für mich, bitte," erbat sich Franzi.

„Für mich nichts, vielen Dank", sagte Helena unsicher. Sie liebte Kaffee, wollte aber in Anbetracht ihrer weißen Bluse kein Risiko eingehen.

„Sind Sie sicher? Kamillentee ist gut für den Magen." Forschend sah der Chef Helena an, die bei der Anspielung auf den Vorfall in ihrem Büro wieder rot anlief.

Die Hamburgerin schüttelte den Kopf. Sie konnte Kamillentee nicht ausstehen. Allein der Geruch gab ihr das Gefühl, krank zu sein, was sicher daran lag, dass sie als Kind bei jeder Krankheit Kamillentee vorgesetzt bekommen hatte.

Herr Meier drückte auf den Sprechknopf. „Frau Schultheiß, bringen Sie uns bitte eine Tasse Kamillentee und eine Tasse Kaffee. Danke."

„Kommt sofort, Herr Meier", ertönte prompt die säuselnde Stimme der Sekretärin aus dem Lautsprecher.

„So, die Damen", Herr Meier griff sich Unterlagen von seinem Schreibtisch und setzte sich an den runden Tisch zu den beiden Kommissarinnen. „Dann schießen Sie mal los."

Helena und Franzi fassten ihren Bericht noch einmal zusammen und trugen ihrem Chef abwechselnd die Ergebnisse ihrer Ermittlungen vor. Herr Meier hörte schweigend zu und strich sich hin und wieder mit dem Zeigefinger über die Oberlippe.

Es klopfte an der Türe.

„Herein."

Frau Schultheiß balancierte auf einem Tablett zwei dampfende Tassen und einen Teller durch den Eingang.

„Hier kommen die gewünschten Getränke, Herr Meier." Sie stellte zuerst die Tasse Kaffee vor ihren Chef und wandte sich dann den Kommissarinnen zu. „Wer von Ihnen bekommt den Tee?" Auf Franzis Meldung hin, bekam auch sie ihr Getränk. Frau Schultheiß wandte sich nochmal an Herrn Meier. „Ich habe Ihnen einen Teller von meinen selbstgebackenen Schokoladenkeksen mitgebracht. Sie wissen schon, die, die Sie so gerne mögen."

„Sehr aufmerksam von Ihnen, Frau Schultheiß. Vielen Dank."

Die Sekretärin strahlte ihren Chef an und verließ anschließend mit dem leeren Tablett dessen Büro.

„Wo waren wir?" Herr Meier zog nachdenklich die Stirn kraus. „Ja, richtig, beim Bruder des Opfers, diesem Herrn …"

„Strakowic. Damian Strakowic", kam Helena ihm zu Hilfe. Herr Meier nickte ihr anerkennend zu.

„Sie sind sich also über den Tötungsvorgang im Klaren?"

„Herr Strakowic hat zugegeben, seinem Bruder einen heftigen Nackenschlag verpasst zu haben", erteilte Helena ihrem Chef Auskunft.

„'nen Nackabatsch halt", warf Franzi fröhlich ein. Der Kriminalhauptkommissar blätterte in seinen Unterlagen. „Richtig, da haben wir es ja. Als Todesursache haben Sie ‚Nackabatsch mit Todesfolge' festgehalten …" Er sah die beiden Kommissarinnen über seine Lesebrille hinweg irritiert an.

„Wie auch immer", Helena warf ihrer Partnerin einen strafenden Blick zu, die sich dadurch jedoch nicht aus der Ruhe bringen ließ, sondern ihr mit fröhlich glitzernden Augen über die Tasse hinweg zuzwinkerte. Helena konnte nicht fassen, dass Franzi so etwas in den offiziellen Polizeibericht geschrieben hatte! Sie nahm sich fest vor, in Zukunft alle Berichte genauestens zu prüfen, bevor sie zum Chef gingen. Sie versuchte die Situation zu retten: „Jedenfalls ist das Opfer durch den Schlag ins Genick wohl unglücklich gestürzt und dadurch zu Tode gekommen. Abschließend wird der Staatsanwalt entscheiden müssen, ob er Anklage wegen vorsätzlichem oder minder schwerem Fall von Totschlag erheben wird", fuhr Helena mit ihrem Vortrag fort.

„Sehr gute Arbeit, meine Damen. Bitte halten Sie mich über alles Weitere auf dem Laufenden." Herr Meier erhob sich. Pflichtschuldig stand Helena sofort auf, während Franzi in aller Seelenruhe ihren Tee austrank, bevor sie sich ebenfalls erhob. Sie verabschiedeten sich von ihrem Vorgesetzten und verließen sein Büro. Im Vorzimmer war Frau Schultheiß immer noch mit Nagelfeilen beschäftigt. Sie sah kurz auf, nickte den beiden Kommissarinnen kurz zu und widmete sich dann weiter ihrer Aufgabe.

Zurück im Büro musste Helena feststellen, dass Waschtl sich inzwischen genau unter ihrem Schreibtisch niedergelassen hatte und dort tief brummend vor sich hin schnarchte. Die schwefelige Luft war ein eindeutiger Beweis dafür, dass sich an den Beschwerden des Hundes nichts geändert hatte. Helena wünschte sich inbrünstig eine Duftkerze ins Büro, musste sich dann aber schmunzelnd eingestehen, dass sie eine solche aufgrund der Explosionsgefahr wegen der gashaltigen Luft wohl sowieso nicht hätte anzünden können.

„Mei, wie liab der schläft", säuselte Franzi glückselig und ließ sich an ihrem Arbeitsplatz nieder, wo sie anfing einige Dokumente zu sortieren.

Helena begab sich vorsichtig zu ihrem Schreibtisch und setzte sich auf den Bürostuhl. Sie stellte die Beine weit auseinander, um den Hund nicht zu berühren, was es aufgrund ihrer bisherigen Erfahrungen mit Waschtl auf alle Fälle zu vermeiden galt. Leider musste sie feststellen, dass die Intensität des Gestankes exponentiell zunahm, je näher man dem Tier kam. Der modrige, schwefelige Geruch war geradezu unerträglich. Kurz entschlossen zog Helena ein Fläschchen Lavendelöl aus ihrer Schreibtischschublade. Sie hatte das Aromaöl immer an ihrem Arbeitsplatz vorrätig, da sie die beruhigende Wirkung des Krauts sehr schätzte. Vor allem bei Kopfschmerzen massierte sie gerne ein paar Tropfen des Öls auf ihre Schläfen und konnte es so manchmal umgehen, Kopfwehtabletten nehmen zu müssen, die ihr hin und wieder auf den Magen schlugen. Helena öffnete den Verschluss des Öls. Sofort stieg ihr der aromatisch würzige Lavendelduft in die Nase. Dankbar atmete sie den angenehmen Geruch tief ein. Dann drehte sie das Fläschchen kurz entschlossen auf den Kopf und ließ etliche Tropfen des stark riechenden Öls auf Waschtls zotteliges Fell fallen. Anschließend verschloss sie die Flasche und stellte sie wieder in die Schublade. Aufgrund ihres genialen Einfalls sehr mit sich zufrieden, lehnte sich Helena in ihrem Bürostuhl zurück. Nach kurzer Zeit musste die junge Frau leider feststellen, dass der gewünschte Effekt ins Gegenteil verkehrt worden war. Der modrige Eigengeruch Waschtls, verschmischt mit dem stark riechenden Lavendelöl und den Flatulenzen des Tiers, war zu viel für die Kommissarin. Eilig stand sie auf und stellte sich an das Fenster, das sie trotz des heftigen Windes draußen kippte. Gierig schnappte sie nach der frischen Luft, die durch den Fensterspalt hereinwehte.

Plötzlich klingelte das Telefon auf Franzis Schreibtisch. Die Augsburgerin nahm den Hörer von der Gabel und meldete sich. Dann lauschte sie angestrengt.

„Alles klar ... Verstanden ... Schicken'S mir die Adresse bitte glei per E-Mail. Wiederhörn."

Franzi stand auf und schnappte sich ihre Jacke und rief Waschtl zu sich, der sich sogleich folgsam erhob und zu seinem Frauchen trottete.

„Lena, wir müss'n glei los. In Willisried ham's nen Toten g'funden."

Helena schnappte sich ihr Notizbuch und schlüpfte ebenfalls in ihre Jacke. Als sie das Präsidium verließen, mussten die beiden Frauen feststellen, dass es inzwischen heftig zu regnen begonnen hatte.

„Am beschten, wir setzen den Waschtl no schnell daheim ab, dann muss er net mit uns in der Gegend rumkutschieren."

Entsetzt sah Helena, wie Franzi mit ihrem inzwischen nassen Fellknäuel zielstrebig auf Helenas weißen Audi zulief. Zähneknirschend betätigte sie den Knopf auf der Fernbedienung, um das Auto zu öffnen, und lief schnell nach hinten, um den Kofferraum für Waschtl herzurichten. Sie hatte ein paar Einkaufstaschen im Fond ih-

res Wagens, aus denen sie eine Unterlage für den triefnassen Hund bauen wollte. Das Wasser lief ihr vom
Kofferraumdeckel in den Nacken, um ihr dann eiskalt
den Rücken hinunterzurieseln. Der Wind zerrte an Helenas Haaren und klatschte ihr immer wieder nasse
Strähnen ins Gesicht, was ihr die Sicht erheblich erschwerte. Endlich war sie fertig. Suchend blickte sie
sich nach dem Hund um, konnte ihn jedoch nirgendwo
sehen. Als sie ihren Blick hob, hechelte sie ein fröhlich
dreinblickender Waschtl vom Rücksitz ihres Wagens
aus an.

„Lena, kommsch du? Es wird langsam kalt hier drin!",
ertönte auch prompt Franzis Stimme von vorne.

Frustriert zog Helena den Kofferraumdeckel zu und
begab sich auf den Fahrersitz. Gerne hätte sie ihren
triefnassen Mantel ausgezogen und auf den Rücksitz
gelegt, entschloss sich aber aufgrund ihres gegenwärti-
gen Passagiers dagegen. Wer wusste schon, was der
schmuddelige Hund mit ihrem schicken Mantel so an-
stellen würde?

Die Fahrt in die Wertachauen gestaltete sich sehr ungemütlich. Zu Waschtls modrigem Eigengeruch, kom-
biniert mit seinen Eierfürzen und dem Lavendelöl, ge-
sellte sich nun zu allem Überfluss noch ein durchdringender Gestank nach nassem Hund. Es war nicht aus-
zuhalten! Franzi schien davon nichts zu bemerken. Sie
summte fröhlich vor sich hin und schaute aus dem
Fenster. Helena vermutete, dass das Riechorgan ihrer
Partnerin aufgrund von Waschtls langjähriger Gesellschaft ernsthaft Schaden genommen hatte.

Endlich bogen sie in die Wertachauen ein. Die Straße war wie ausgestorben. Bei dem Schmuddelwetter tollten die Kinder natürlich nicht auf der Straße herum, sondern gingen wohl ihren Eltern zu Hause auf die Nerven, nahm Helena an. Sie parkte in Franzis Einfahrt und stellte den Motor ab, während sie darauf wartete, dass ihre Partnerin den Hund ins Haus brachte. Sie traute sich nicht, ihren Rücksitz zu inspizieren, als Waschtl endlich ausgestiegen war, aus Furcht, was der nasse, schmuddlige Hund ihrem hellen Lederinterieur angetan hatte. Darum würde sie sich später kümmern. Stattdessen nutzte sie Franzis kurze Abwesenheit und öffnete trotz des heftigen Regens alle vier Fenster, um den Hundegestank hinauszubekommen. Der Wind peitschte ihr ins Gesicht, doch Helena hielt eisern durch. Hauptsache, sie war den Geruch los.

Als sie Franzi, die ihre nasse Jeansjacke gegen ihren quietschgelben Regenmantel ausgetauscht hatte, zurückkommen sah, schloss sie schnell die Fenster wieder. Ihre Kollegin ließ sich ins Auto plumpsen. „So a Tier isch scho was Feines, gell Lena? Wenn die einen mit ihren treuherzigen Augen so anschau'n, vergisst man halt all seine Sorgen."

Vor allem, weil man aufgrund akuter Vergiftungserscheinungen durch die vom Tier ausgestoßenen Gase an Wahrnehmungsverzerrung leidet, hätte Helena gerne hinzugefügt, ließ es aber lieber bleiben, um Franzi nicht vor den Kopf zu stoßen. Sie tippte auf ihrem Handy die Adresse in Willisried ein, die ihr Franzi diktierte und ließ den Wagen an. Sie würden eine gute halbe Stunde unterwegs sein. Inzwischen telefonierte

Franzi wieder mit den Kollegen vor Ort und erkundigte sich nach dem letzten Stand.

„Also, die ham da in Willisried ne Leiche g'funden", informierte sie Helena, nachdem sie das Gespräch beendet hatte.

„Wie kommen die Kollegen darauf, dass es sich um einen Tötungsdelikt handeln könnte?", wollte Helena wissen.

„Na ja, die Tatsache, dass der Tote mit'm Gsicht nach unten in nem Mischthaufn liegt, gibt Anlass zu der Vermutung, dass der Herr ...", sie sah kurz auf ihren Block, auf dem sie sich Notizen gemacht hatte, „Hillbrand, Rainer Hillbrand, net eines natürlichen Todes g'schtorben ist."

„Der Tote lag wo?" Helena hatte mal wieder nichts verstanden.

„Auf – einem – Mischthaufen." Wie alle anderen Augsburger Ureinwohner, die versuchten, mit ihr hochdeutsch zu sprechen, betonte Franzi die Wörter sehr langsam und deutlich.

„Der Nachbar des Toten hat die Leiche zufällig auf seinem alten Mischthaufen entdeckt, den er zur Zeit gar nicht benutzt, weil er wohl nen neuen ang'legt hat. Jedenfalls hat er das Opfer anhand seiner Kleidung identifiziert und glei die Polizei verständigt. Die Kollegen vor Ort ham bereits die SpuSi ang'fordert, die jeden Moment eintreffen müsst'", beendete Franzi ihren Bericht.

„Wenigstens lässt der Regen etwas nach", stellte Helena erleichtert fest. Der heftige Regen würde sämtliche Spuren in Nullkommanix beseitigen, wobei sowieso zu befürchten stand, dass man in einem Misthaufen wohl eher schwerlich Spuren finden würde.

Die beiden Frauen hatten die Augsburger Innenstadt bereits hinter sich gelassen und fuhren nun an einem beliebten Einkaufsgebiet am Rande der Fuggerstadt vorbei. Da es gerade erst Mittagszeit war, waren die Straßen zum Glück leer und die Kommissarinnen kamen rasch voran. Sie fuhren am Stadtschild vorbei und den Sandberg hinauf. Franzi zeigte Helena den Bismarckturm und erklärte ihr, wo man gut radeln konnte. Inzwischen nieselte es nur noch leicht und der Himmel klarte langsam auf. Die kleinen Orte im Augsburger Umland wiesen schon einen deutlich dörflichen Charakter auf, wenn auch nur wenige Bauernhöfe zu sehen waren. Je weiter sie sich von der Stadt entfernten, umso ländlicher wurde es und die Zahl der Bauernhöfe stieg stetig.

„Schau, Lena, da isch das Kloster Oberschönenfeld. Da kann man ein sau gutes Holzofenbrot kaufen, das die Nonnen backen", schwärmte Franzi ihrer Kollegin vor. „Da musch du unbedingt mal hinfahren!"

Helena freute sich, mal ein wenig vom Augsburger Umland zu sehen. Bis jetzt hatte sie sich die ganze Zeit in der Stadt aufgehalten und fand sich dort halbwegs zurecht. Es war schön, mehr von der neuen Umgebung kennenzulernen, vor allem, wenn man wertvolle Informationen aus erster Hand erhielt. Die Gegend gefiel ihr richtig gut. Ihr Weg führte sie an weitläufigen Feldern vorbei. Die Stoppeln der abgeernteten Maisfelder verrieten, dass die Pflanzen erst vor kurzem abgeschnitten worden waren. Am Wegesrand warteten große Berge von Kürbissen, in allen Formen und Farben, auf Käufer. Dort konnte man sich den gewünschten Kürbis aussuchen und direkt an Ort und Stelle bezahlen. Allerdings nicht bei einem Verkäufer, das lief augenscheinlich auf Vertrauensbasis, da nur eine Kasse vor Ort angebracht war, was Helena wirklich verwunderte.

„Des isch scho seit Jahren so“, bestätigte Franzi. „Anscheinend zahlen die meischten, sonst würden die Bauern des ja net mehr machen, denk i. Stell dir vor, inzwischen kann man an diesen Kassen sogar mit PayPal b'zahlen!“

Ungläubig starrte Helena ihre Kollegin an. Sie wusste nicht, was sie mehr verwunderte, die Tatsache, dass man die Kürbisse mit PayPal bezahlen konnte oder dass ihre eher altmodisch wirkende Kollegin von diesem Bezahlsystem wusste.

Nach zehn weiteren Minuten bog Helenas Audi schließlich in eine große Hofeinfahrt in Willisried ab. Ein Polizeiauto stand mit eingeschaltetem Blaulicht neben einem teuren SUV, der auf dem Hof vor einer großzügigen Doppelgarage geparkt war. Helena stellte den Wagen ab und die beiden Frauen stiegen aus und sahen sich um. Der Boden glänzte nass und die verstreut liegenden Blätter und einzelne abgebrochene Zweige verrieten, dass der Herbststurm hier draußen ebenso heftig getobt haben musste wie in der Stadt. Zum Glück hatte es inzwischen aufgehört zu regnen. Blaue Stellen zeigten sich verstohlen zwischen den dunklen Wolken am Himmel. Dicke Sonnenstrahlen, die den Kampf mit den grauen Ungetümen für sich entschieden hatten, fielen auf das Wohnhaus, das mit seinen toskanisch anmutenden Säulen eigentümlich fehl am Platz wirkte. Es handelte sich um einen quadratischen, zweistöckigen Bau. Das Dach zierten helle, bräunliche Ziegel, die den Eindruck verstärkten, vor einem Landhaus in der Toskana zu stehen. Eine breite Treppe führte zu einer weißen Eingangstüre, neben der zwei große Buchsbaumkugeln in hohen steinernen Pflanztrögen wachten. Im kleinen, gepflegten Vorgarten standen säulenartig getrimmte Eiben in immer gleichen Abständen hinter dem teuren Schmiedeeisenzaun Spalier. Der Zaun, den auffällige Zierelemente schmückten, grenzte das Grundstück von der Straße ab. Die Hofeinfahrt konnte mit einem wuchtigen, zum Zaun passenden Tor verschlossen werden, welches aber momentan offen stand. Suchend sah Helena sich um. Einen Misthaufen konnte sie auf dem auffallend sauberen Hof weit und breit nicht entdecken. Franzi zog Helena am Arm auf die Seite, als ein weiteres Auto in den Hof gefahren kam. Helena erkannte Dr. Lysander gleich wieder, den sie ja bereits am letzten Tatort kennengelernt hatte. Er parkte das Auto und stieg aus. Der Pathologe trug eine beige Tweetjacke und lässige Jeans. Vom Rücksitz seines BMWs angelte er einen weißen Arztkittel, den er sich überzog, und vergaß auch seine schwarze Ledertasche nicht.

„Grüß Sie Gott, die Damen.“

„Grüß Sie, Dr. Lysander.“

„Wo ist jetzt eigentlich die Leiche?“, wollte der Pathologe wissen und sah sich suchend um. Die Kommissarinnen zuckten die Schultern. Gute Frage!

Ein Polizist näherte sich von der Straße her und winkte.

„Hier drüben.“

Folgsam setzten sich die beiden Kommissarinnen und der Arzt in Bewegung und folgten dem Beamten auf das Nachbargrundstück. Sie rochen den Misthaufen, weit bevor er in Sichtweite kam. Helena fragte sich ernsthaft, ob ihre Nase sich von den heutigen Herausforderungen jemals wieder erholen würde. Der Polizist führte sie auf einen Hof, der völlig anders aussah als der benachbarte. Es handelte sich um einen alten Bauernhof, der offensichtlich immer noch bewirtschaftet wurde. Neben dem größeren Bauernhaus, vor dessen Fenstern grüne Blumenkästen mit roten Geranien hingen, stand noch ein wesentlich kleineres Häuschen. Dahinter befanden sich die Stallungen. Franzi erklärte Helena, dass diese Kombination auf dem Land relativ häufig zu finden war. Der Bauer lebte mit seiner Familie in dem großen Haus, während seine Eltern, der Alt-Bauer und dessen Frau, ihr Altenteil in dem sogenannten Austragshäusel verbrachten. Üblicherweise halfen sie trotz ihres „Ruhestandes" kräftig bei allen anfallenden Arbeiten mit, zum Beispiel bei der Ernte, dem Misten und Melken und auch beim Enkelhüten. Vor dem Austragshäusel stand eine hölzerne Bank, auf der ein älterer Mann saß und Pfeife rauchte. Er beobachtete die Vorgänge auf dem Hof, ließ sich dadurch aber nicht aus der Ruhe bringen. Sein langer, blauer Arbeitskittel verdeckte kaum die derben, verdreckten Stiefel, in die er seine alte, braune Cordhose gestopft hatte. Auf seinem Kopf thronte ein abgegriffener Filzhut, um den eine grüne Kordel gewickelt war. Seine blauen Augen richteten sich aufmerksam auf die Besucher, denen er höflich zu nickte. Der wettergegerbten Haut in seinem Gesicht nach, verbrachte er die meiste Zeit im Freien.

„Hier ist der Tote." Inzwischen hatte sie der Beamte zur Fundstelle der Leiche geführt. Der Misthaufen war auf drei Seiten von einer circa ein Meter fünfzig hohen Betonwand eingefasst, an der linkerhand eine rostige Schubkarre nebst einer Mistgabel lehnte. Der Geruch war so durchdringend, dass Helena sich den Schal vor die Nase presste. Dr. Lysander zog eine kleine Dose aus seiner Jackentasche und öffnete sie. Dann rieb er sich etwas Salbe unter die Nase.

„Möchten Sie auch?" Er reichte den Damen die Dose.

Dankbar nahm Helena das Angebot an. Sofort stieg ihr ein intensiver Mentholgeruch in die Nase. Er überdeckte zwar nicht den Geruch des Misthaufens, machte ihn aber erträglicher. Franzi lehnte ab, was Helenas Verdachte nährte, dass ihr Riechorgan durch Waschtls Ausdünstungen wohl permanenten Schaden davongetragen hatte.

„I bin den Geruch g'wöhnt", ließ sie ihre Partnerin sogleich wissen. „I hab meine Sommerferien oft auf'm Bauernhof meiner Großeltern verbracht."

Das erklärte natürlich einiges. Helena wandte ihre Aufmerksamkeit dem Tatort zu. Der Misthaufen war mit Stroh vermengten Fäkalien gut gefüllt. In einer großen Jauchepfütze lag ein Mann mit dem Gesicht nach unten. Seine Kleidung war von der braunen Jaucheflüssigkeit durchtränkt. Trotzdem konnte man erkennen, dass das Opfer einen teuren maßgeschneiderten Anzug trug. Helena zog ihr Handy aus der Tasche und machte ein paar Aufnahmen des Tatorts von verschiedenen Seiten. Danach zog Dr. Lysander ein Paar weiße Gummihandschuhe aus seiner Tasche. Er streifte sie über und ging dicht neben der Leiche in die Hocke. Seine Knie knackten vernehmlich. Franzi, die daheim wohlweislich ihre Gummistiefel angezogen hatte, ging auf die andere Seite des Toten und half dem Pathologen dabei, die Leiche vorsichtig umzudrehen. Helena musste schlucken. Das Gesicht des Mannes war voller Gülle. Auch Franzi wurde etwas blass um die Nase. Obwohl beide Kommissarinnen schon einige Leichen gesehen hatten, war ihnen solch ein Anblick bisher erspart geblieben.

„Bevor ich die Leiche nicht gründlich gesäubert habe, kann ich nicht viel sagen", befand Doktor Lysander. „Da sich der Mann mit dem Gesicht nach unten in einer Güllepfütze befand, gehe ich von Tod durch Ertrinken aus. Aber wie gesagt, Genaueres kann ich erst nach der Obduktion sagen."

Inzwischen war die Spurensicherung eingetroffen und riegelte den Tatort ab. Helena borgte sich von einem der Kollegen ein paar Gummihandschuhe, da sie ihre vergessen hatte und trat vorsichtig an den Misthaufen heran. Obwohl sie sich größte Mühe gab, in nichts Ekliges hineinzutreten, waren ihre schicken Pumps in kürzester Zeit braun gesprenkelt. Helena zog angewidert die Nase kraus und seufzte. Die Schuhe würde sie mit ziemlicher Sicherheit nicht mehr retten können. Dann ging sie in die Hocke und tastete vorsichtig die Taschen des Toten ab. Sie angelte einen Schlüsselbund aus einer Hosentasche. Die anderen Taschen waren leer. Franzi reichte ihr eine kleine Plastiktüte, in die sie die Schlüssel fallen ließ.

„Auf Wiedersehen, die Damen." Dr. Lysander zog sich die braun verschmierten Handschuhe aus und griff nach seiner Tasche, die er vorsorglich auf der Betonwand abgestellt hatte, damit sie nicht schmutzig wurde.

„Wann könn' mer denn mit dem Obduktionsbericht rechnen?", wollte Franzi wissen.

„Da Sie mich momentan mit mehr als genug Arbeit eingedeckt haben, müssen Sie schon mit drei bis vier Tagen rechnen. Die Laborergebnisse von Ihrem Toten aus Oberhausen sind ja auch noch nicht da. Auf Wiederschau'n."

„Auf Wiedersehen, Herr Doktor." Helena sah ihm kurz nach, dann wandte sie sich ihrer Partnerin zu.

„Lass uns auch wieder zum Hof des Opfers gehen und unser weiteres Vorgehen besprechen." Der Gestank machte ihr zu schaffen. Der Mentholgeruch wurde langsam aber sicher von dem durchdringenden Güllegeruch überdeckt.

Die beiden Frauen überließen den Tatort der Spurensicherung, die sich gerade daran machte, den Misthaufen großzügig mit gelb-schwarzen Absperrbändern abzuriegeln. Die Männer in den weißen Ganzkörperanzügen wurden dabei von der Straße aus von mehreren neugierigen Dorfbewohnern beobachtet, die die Hälse reckten, um etwas sehen zu können. Zum Glück zeigte der Misthaufen von der Straße weg, sodass der Tote von dort aus nicht zu sehen war. Der Vorfall würde sicherlich noch lange Gesprächsgegenstand in Willisried bleiben. Auf dem Rückweg kamen sie auch wieder an dem alten Mann auf seiner Bank vorbei, der jedoch offenbar keine Lust verspürte, sich an dem Dorftratsch zu beteiligen und stattdessen in Ruhe seine Pfeife genoss.

Dr. Lysanders blauer BMW fuhr gerade aus der Hofeinfahrt, als Helena und Franzi dort eintrafen. Er hob seine Hand zum Abschied und fuhr davon.

„Sie da, was is'n jetzt nachher da passiert, da drüben auf'm Meierhof?"

Eine kleine, dickere Frau, die den beiden Kommissarinnenauf den Hof gefolgt war, sah sie neugierig an.

„I wüsst net, was des Sie angeht, Frau …?" Franzi zog eine Augenbraue hoch und sah die ungebetene Besucherin streng an.

„Huber, Elsbeth Huber. Ich wohn da drüb'n." Sie wies in eine unbestimmte Richtung. „Is was Schlimmes passiert? Ich mein ja nur, wenn ihr glei mit der ganzen Mannschaft ausrückt … Is was mit dem Hillbrand?"

„Wie kommen Sie jetzt darauf?", fragte Helena misstrauisch nach.

„Erstens, tät's mich bei dem Hallodri net wundern, wenn der was ang'schtellt hätt! Und zweitens stehen Sie doch grad auf seinem Hof, oder etwa net?"

Die Hamburger Kommissarin, die wieder mal nur Bahnhof verstand, wandte sich hilfesuchend an ihre Kollegin. Die deutete Helenas hilflosen Blick richtig und übernahm die Gesprächsführung.

„Wieso isch jetzt der Hillbrand ein Hallodri, Frau Huber?"

„Na schauen Sie sich doch einfach mal um! Was der für ne Protzkarre fährt!" Sie zeigte auf den weißen Porsche Cayenne vor der großzügigen Doppelgarage. „Was der für Kohle haben muss! Das kann doch net mit rechten Dingen zugehen!" Frau Huber hatte sich richtig in Rage geredet und hielt nur kurz ein, um Luft zu holen. Ihr ausladender Busen wogte bedrohlich auf und ab. Helena fürchtete schon, dass die blauweiß gestreifte Bluse dem Druck nicht mehr lange würde standhalten können.

„Seit vier Jahren wohnt der jetzt bei uns in Willisried. Wissn'S, hier kennt jeder jed'n! Wir sind eine eingeschworene Dorfgemeinschaft. Bei uns ist jeder willkommen! Wir ham sogar nen Schwarzafrikaner, so nen Flüchtling, hier bei uns." Voller Stolz blickte sie die Kommissarinnen an, gerade so, als erwarte sie Lob von den beiden. „Aber der Hillbrand, dieser Hundling, der g'scherte, der hat sich überhaupt net integriert! Meinen'S, der wär auch nur einmal zu einem Dorffescht erschienen?" Das Beben der gewaltigen Oberweite nahm wieder beunruhigende Ausmaße an. Helena überlegte schon, wo sie in Deckung gehen sollte, falls die Blusenknöpfe dem Druck nicht mehr standhalten konnten.

„In'd Kirch isch der au nie ganga! I mein ja nur, also normal isch des net!"

Während der Schimpftirade der echauffierten Tratschtante, versuchte Franzi der hoffnungslos überforderten Helena die wichtigsten Informationen simultan zu übersetzen.

„... und in die Kirche ist er auch nicht gegangen", beendete sie ihren Vortrag.

Frau Huber beäugte Helena neugierig. Ihr war wohl nicht ganz klar, ob mit der jungen Kommissarin alles seine Richtigkeit hatte. Vorsichtshalber sprach sie einfach etwas lauter, wie wenn sie es mit einer Schwerhörigen zu tun hätte.

„Wissen'S scho'", plärrte sie los. „Bei uns wird wirklich jeder aufg'nomma, wenn der sich aber au integrieren tut! Und das hat der Hillbrand halt so gar net g'macht!"

„Können Sie uns sagen, was Herr Hillbrand beruflich gemacht hat?“, wollte Helena wissen. Sie hoffte, dass sie wenigstens diese Antwort verstehen würde.

„Mit Immobilien hat der z'tun g'habt. Mehr weiß i aber net. Aber ganz koscher war des sicher net“, beharrte sie auf ihrer Einschätzung.

„Immobilienmakler war er“, raunte Franzi Helena zu, die sich so etwas schon zusammengereimt hatte.

„Wissen Sie etwas über Familienangehörige?“, führte Helena die Befragung fort.

„I'wo! Des isch ja des Komische! Der hat ja überhaupt koi Familie g'habt! Der hat ganz alloinigs in dem Riesenhaus da g'lebt!“

„Keine Familie“, kam diesmal von Franzi.

„Manchmal ham den so zwielichtige G'schtalten b'sucht. Aber meischtens war der ganz für sich, der Hillbrand. Net a mal gegrüßt hat der, wenn i rein zufällig mal vorbeigekommen bin.“

Die Kommissarinnen konnten sich lebhaft vorstellen, was es mit diesem „rein zufälligen Vorbeikommen“ auf sich hatte. Wahrscheinlich hatte sie sich beinahe den Hals verrenkt, um zu sehen, was auf dem Hof von Rainer Hillbrand vor sich ging, um ihre Freundinnen mit dem neuesten Tratsch versorgen zu können. Einer, der sich aus der Dorfgemeinschaft absonderte, war sicherlich nicht gut gelitten und diente als Zielscheibe des Dorftratsches.

„Was is jetzt nachher mit dem Hillbrand?“

Beharrlich war die Frau ja, das musste man ihr lassen.

„Wie g'sagt, wir können Ihnen zum momentanen Zeitpunkt kei Auskunft geben." Franzi nahm Frau Huber am Arm und führte sie zur Hofeinfahrt und schob sie auf den Gehweg.

„Aber von mir habt's ihr scho alles Mögliche wissen woll'n!", empörte sich die Frau und watschelte dann leichtfüßiger, als es ihre Körperfülle vermuten ließ, davon, zweifellos, um sämtliche Dorfbewohner auf den neuesten Stand zu bringen. Franzi kehrte zu Helena zurück, die sich aufmerksam umblickte.

„I denk, als Erschtes sollten wir uns hier genauer umsehen, meinsch du net? Wo wir doch praktischerweise die Schlüssel ham ..." Grinsend zog Franzi die Tüte mit dem verschmierten Schlüsselbund aus ihrer Tasche. Helena rümpfte die Nase, als Franzi die Tüte öffnete und ihr sofort wieder durchdringender Jauchegestank in die Nase stieg. Die Augsburger Kommissarin achtete darauf, den Schlüssel nicht anzufassen, schließlich musste er ja noch erkennungsdienstlich untersucht werden. Geschickt wickelte sie die Tüte um den Schlüsselring und verwendete ein Taschentuch, mit dem sie die Schlüssel anfasste. Der dritte Schlüssel passte schließlich ins Schloss und ließ sich problemlos drehen. Die Tür schwang geräuschlos nach innen auf. Als die beiden Frauen den Eingangsbereich betraten, bemerkten sie rechts neben der Tür eine Alarmanlage. Sie erwarteten jede Sekunde einen markerschütterten Alarmton, bis ihnen klar wurde, dass die Anlage offensichtlich nicht eingeschaltet war. Erleichtert gingen sie den kurzen Gang entlang. Rötlich-orangefarbene Terrakotta-Fliesen zierten den Boden. Neben der Alarmanlage war eine Garderobe an der Wand angebracht. Die

Wandgarderobe hatte eine Hut-Ablage aus Glas, der Wandrücken bestand aus stabilem Stahl in Alusilber. Fünf Kleiderbügel hingen an den Kleiderhaken, aber lediglich eine einsame Kaschmir-Wolljacke wartete hier auf ihren Besitzer. Die Kommissarinnen zogen ihre besudelten Schuhe aus und stellten sie auf den Boden. Dann zogen beide Handschuhe über und fingen an, sich umzusehen.

Gegenüber der Garderobe ging eine Tür ab. Wenig überraschend verbarg sich dahinter das Gäste-WC. Auch in diesem Raum war alles vom Feinsten und sehr sauber. Die Terrakottafliesen setzten sich hier fort. Ein edles Terrazzowaschbecken, das wie eine Schale geformt war, stand auf einem Hängeschrank aus Walnussholz. Darüber hing ein hübscher Spiegel, der entweder antik war oder in diesem Stil gestaltet war. Neben der wandmontierten Toilette befand sich eine Keramikvase mit einer WC-Bürste. Ein frischer Geruch nach Zitrone und Lavendel hing in der Luft und umschmeichelte die geplagten Nasen der Kommissarinnen.

Der kurze Gang, von dem aus eine geschwungene Treppe ins Obergeschoss führte, öffnete sich in einen großzügigen Wohn-Essbereich, der mit Parkett ausgelegt war. Die moderne Küche auf der rechten Seite wurde von einer Theke begrenzt, an der gemütlich wirkende, lederne Hochsessel zum Verweilen einluden. Helena fuhr mit der Hand bewundernd über die glatte Holzoberfläche des runden Esstisches, der in der Mitte des Raumes stand und so groß war, dass man dort ohne Probleme mindestens zehn Personen bewirten konnte. Links befand sich eine elegante L-förmige Couch aus

weißem Leder einem überdimensionalen Flachbildfernseher gegenüber. In der Ecke wartete ein neumodi-
scher Schwedenofen auf seinen Einsatz. Die Kommissarinnen sahen sich alles genau an. Sie wollten sich einen ersten Eindruck vom Leben des Opfers verschaffen.

„I weiß net genau, warum, aber des Haus wirkt seltsam auf mich", meinte Franzi.

„Ich weiß, was du meinst. Mir geht es genauso. Es
wirkt wie in einem Möbelhaus. Alles so steril. Irgendwie unbewohnt."

„Des isch es!", freute sich Franzi. „Also bei mir daheim
sieht man, dass i dort leb. Da stehen überall Sachen
rum."

Das konnte sich Helena allerdings bei ihrer chaoti-
schen Kollegin lebhaft vorstellen, was sie zum
Schmunzeln brachte.

„Hier stehen überhaupt keine persönlichen Sachen
herum. Keine Zeitschriften, keine Bücher, nichts. Der
Kamin sieht aus, als ob er noch nie benutzt wurde. Lass
uns mal oben nachsehen. Ich bin gespannt, wie es dort
aussieht."

Die beiden Frauen verließen den Wohnraum wieder.
Sie stiegen die Treppe ins Obergeschoss hoch. Oben
war der gesamte Boden mit flauschigem Teppich ausgelegt. Helena war froh darüber, dass sie nicht mit
schmutzigen Schuhen hier herumlaufen musste. Sie
genoss das Gefühl, auf dem flauschig-weichen Teppich
zu laufen. Bei jedem Schritt sank sie etwas ein, als
würde sie auf Watte gehen. Am oberen Treppenabsatz
verlief ein kurzer, relativ dunkler Gang, von dem vier
Türen abgingen. Franzi öffnete die erste Türe und die

beiden Frauen betraten ein großzügiges Schlafzimmer. Ein mächtiges Doppelbett aus Walnussholz thronte mitten im Zimmer. Der gegenüberliegende Kleiderschrank war aus demselben Holz gefertigt, ebenso die beiden Nachtkästchen, die links und rechts des Bettes standen. Auf einem der Nachtkästchen stand ein Wecker und daneben lag eine Brille. Das Bettzeug war auf dieser Seite des Bettes zerknautscht, während die andere Seite auffallend akkurat gemacht war.

„Hier ham mer wohl das Schlafzimmer von Herrn Hillbrand", stellte Franzi überflüssigerweise fest. Auf einem Stuhl vor dem Fenster türmten sich Klamotten. Auf dem Fußboden standen unordentlich gestapelt Bücher. Neben dem Bett lagen getragene Socken.

„Dies entspricht schon viel eher meiner Vorstellung von einem bewohnten Haus", stellte Helena fest und betrachtete pikiert die Unterhose, die zerknüllt auf dem Boden lag. Franzi öffnete die Schranktüren. Mindestens zehn weiße Hemden hingen neben ebenso vielen teuren, grauen und schwarzen Anzügen ordentlich in Reih und Glied. Zwei Krawattenhalter boten Krawatten in allen möglichen Farben und Mustern feil. Auf dem Schrankboden standen mehrere Paare unterschiedlich farbiger Leder-Designerschuhe nebeneinander. Als Franzi die letzte Schranktüre öffnete, hinter der sich Regale mit Unterwäsche und Socken befanden, die ordentlich zusammengefaltet auf ihren Einsatz warteten, pfiff die Augsburgerin durch die Zähne.

„Na, sieh mal einer an."

An die Innenseite der Tür war ein Bild geklebt, das eine nur sehr spärlich bekleidete Frau in aufreizender Pose zeigte.

„Komm lass uns weitergehen." Helena war neugierig auf die anderen Zimmer. Sie fragte sich, wozu ein einzelner Mann ein solch großes Haus benötigte.

Hinter der nächsten Tür verbarg sich ein großzügiges Badezimmer, das im gleichen Stil wie das unten gelegene Gäste-WC ausgestattet war. Zusätzlich befand sich hier eine freistehende Design-Badewanne mit glänzenden Chrom-Armaturen. Eine barrierefreie Dusche in der Ecke, die Raum für eine ganze Familie bot, rundete die großzügige Ausstattung ab. Auf der Ablage des Waschbeckens war eine geöffnete Zahnpastatube deponiert, die hässliche, eingetrocknete Flecken auf dem edlen Walnussholz hinterlassen hatte. Ein Nassrasierer lag nebst einzelnen Barthaaren achtlos im Waschbecken. Auf dem Boden vor der Dusche befand sich ein zusammengeknülltes Handtuch und über dem Rand der Badewanne hing ein gestreifter Pyjama. In der Duschwanne fanden sich noch mehr Haare und unschöne Kalkflecken. Der in der Ecke stehende Wäschesammler quoll dermaßen über, dass der dazugehörige Deckel wohl nicht mehr darauf gepasst hatte, weshalb er auf dem Boden lag. Nachdem die beiden Frauen die Schubladen des Badezimmerschrankes inspiziert hatten, in denen sie keine ungewöhnlichen Sachen fanden, verließen sie den Raum, um das nächste Zimmer zu inspizieren. Sie betraten ein riesengroßes Arbeitszimmer. Ein enormer Schreibtisch dominierte den Raum, der an allen Wänden von Regalen bedeckt war, in denen sich unzählige Bücher und Ordner tummelten. Auf dem Schreibtisch standen ein riesiger 43 Zoll-Monitor nebst Tastatur. Der PC selbst war an einer

Wandhalterung angebracht. Auf der Arbeitsfläche stapelten sich jede Menge Ordner. Helena nahm ein paar davon auf und blätterte sie flüchtig durch. Sie fand eine Reihe von Namen und Adressen mit allen möglichen Details, wie Grundstücksgrößen und -preisen, aber auch Informationen zu den Namen, wie Alter, Beruf usw. Helena fiel auf, dass es sich bei den meisten Namen um alleinstehende Frauen handelte, die schon weit jenseits der 60 waren.

„Die sollten wir auf alle Fälle mitnehmen", bemerkte sie über die Schulter hinweg zu Franzi, die interessiert die Bücher im Regal durchsah.

„Immobilienrecht, Vermögensaufbau mit Immobilien, Grundlagen der Immobilienwirtschaft ...", las sie halblaut vor.

„Ich sehe mir noch den letzten Raum an, ok?" Helena wartete Franzis Nicken ab, die sich weiter durch die Bücherregale vorarbeitete und betrat das letzte Zimmer. Offensichtlich wurde der Raum so gut wie nicht gebraucht und diente als Abstellkammer. Helena sah leere Koffer und Kisten mit noch mehr Büchern, jedoch kein Bett und keine Schränke. Bei der Größe des Hauses wunderte sich die junge Frau nicht, dass Herr Hillbrand nicht alle Räume nutzte. Sie ging zurück ins Büro und berichtete Franzi von ihrer Beobachtung. Plötzlich vernahmen sie Schritte auf der Treppe.

„Hallo? Herr Hillbrand? Sind Sie zu Hause?"

Franzi und Helena traten in den Gang und standen kurz darauf einer stämmigen Frau Mitte fünfzig gegenüber, die sie überrascht musterte.

„Wer sind Sie? Und was machen Sie hier? Wo ist Herr Hillbrand?", verlangte sie zu wissen.

Die beiden Kommissarinnen zückten ihre Ausweise und hielten sie der Frau hin.

„Kriminalpolizei …", las sie laut vor. „Ja, um Himmels willen, was ist denn geschehen?"

„Jetzt sagen Sie uns erst einmal, wer Sie sind und was Sie hier machen, dann sehen wir weiter." Helena nahm die Frau sanft am Arm und schob sie in das Büro, wo die Lichtverhältnisse besser waren.

„Mein Name ist Anna Niedermeier. Ich bin seit vier Jahren die Zugehfrau von Herrn Hillbrand. Bitte, sagen Sie mir doch, was passiert ist." Ihre Augen füllten sich mit Tränen. Franzi ließ die Frau erstmal auf dem Bürostuhl Platz nehmen.

„Frau Niedermeier, Ihr Arbeitgeber Herr Hillbrand wurde heut tot aufg'funden."

Mit schreckgeweiteten Augen starrte die Haushälterin Franzi an.

„Aber wie? Ich meine, was ist denn nur passiert?"

„Genaueres könn' mer Ihnen leider zum jetzigen Stand der Ermittlungen no net mitteilen. Fühl'n Sie sich in der Lage, uns ein paar Fragen zu beantworten?"

Frau Niedermeier betupfte sich mit einem Taschentuch die Augenwinkel und nickte tapfer.

„Der arme Herr Hillbrand", murmelte sie leise.

„Wann haben Sie Herrn Hillbrand das letzte Mal gesehen?", fragte Helena.

„Letzte Woche. Ich komme jeden Freitag hierher, um für Ordnung zu sorgen. Letzte Woche war er zu Hause, als ich hierher kam." Eine Träne rollte über Frau Niedermeiers Wange.

„Wie war Ihr Verhältnis zu Herrn Hillbrand?", wollte nun Franzi wissen.

„Wir haben uns sehr gut verstanden, wenn Sie das meinen. Er hat großzügig gezahlt und war immer sehr freundlich zu mir. Ich hatte wirklich keinen Grund, mich zu beklagen."

„Können Sie uns etwas zu etwaigen Familienangehörigen sagen?" Helena hoffte, dass Frau Niedermeier ihr mehr Informationen über mögliche Angehörige geben konnte als Frau Huber.

„Da kann ich Ihnen leider nicht weiterhelfen. Wir haben nie über persönliche Dinge gesprochen."

„Hatte Herr Hillbrand denn nie Besuch, wenn Sie da waren?", bohrte Helena nach.

„Nein, nie." Bedauernd schüttelte die Haushälterin den Kopf. „Oft war er ja selbst gar nicht hier, wenn ich aufgeräumt habe. Und Besuch habe ich hier noch nie gesehen."

„Uns isch aufg'fallen, dass das untere Stockwerk eher unbewohnt wirkt." Franzi deutete auf die unordentlichen Stapel im Büro. „Ganz im Gegensatz zu hier oben."

„Herr Hillbrand hat sich nicht oft zu Hause aufgehalten. Er verbrachte meistens den ganzen Tag im Büro und reiste viel geschäftlich. Ein einzelner Mann macht ja auch bei Weitem nicht so viel Dreck wie eine ganze Familie."

„Stimmt scho", pflichtete Franzi ihr bei. „Dennoch sieht die Küche unbenutzt aus. I hab weder Gewürze noch sonstige Gebrauchsgegenstände entdecken können, die normalerweise in jeder Küche einfach so rumstehen."

Frau Niedermeier lachte leise. „Herr Hillbrand und kochen? Nein, Frau Kommissar, das konnte er wirklich nicht. Herr Hillbrand nahm seine Mahlzeiten immer auswärts ein. Ich habe oft zu ihm gesagt, dass es richtig schade um die schöne, große Küche ist. Ich habe ihm sogar angeboten, für ihn zu kochen, aber wie gesagt, er ist oft unterwegs ...", sie unterbrach sich kurz mit einem kleinen Schluchzer, „... er war oft unterwegs. Da hat sich das einfach nicht gelohnt."

„Können'S uns was über seine Arbeit erzählen?", änderte Franzi das Thema.

„Ich weiß nur, dass er mit Immobilien gehandelt hat. Mehr kann ich dazu leider nicht sagen. Ich habe im Büro zwar gesaugt, aber aufräumen durfte ich hier nicht. Sie sehen ja das Chaos." Sie deutete auf die schiefen Bücherstapel.

„Wissen'S was über Freunde oder Bekannte?"

„Nein, bedaure. Wie gesagt, hier war nie jemand, wenn ich da war."

„Wie war denn Herrn Hillbrands Verhältnis zur Nachbarschaft?", wollte Helena nun wissen.

Frau Niedermeier wurde auf einmal zornig. „Diese Dorftrottel haben ihm das Leben schön schwer gemacht. Immer ist einer von denen am Zaun herumgelungert. Und das Maul haben sie sich über den armen Herrn Hillbrand zerrissen, nur weil er geschäftlich erfolgreich war. Die Huberin, die alte Dorftratschen, hat öfter mal versucht, mich auszuhorchen." Sie änderte ihren Tonfall: „Wie sieht's denn aus, beim Hillbrand?", ahmte sie Frau Huber so täuschend echt nach, das kein Zweifel daran bestehen konnte, dass es sich bei ihr um ihre Bekanntschaft von vorhin handeln musste. „Am liebsten wäre es ihr gewesen, wenn ich sie hier herumgeführt hätte, damit sie sich ihr Schandmaul weiterhin zerreißen kann."

„Warum regt Sie des so auf, Frau Niedermeier?“ Franzi sah interessiert in ihr vor Empörung gerötetes Gesicht.

„Na, hören sie! Der Herr Hillbrand war ein feiner Mensch. Nur weil er keine Lust hatte, sich mit diesen Dorfschranzen abzugeben, heißt das noch lange nicht, dass man über ihn herziehen darf. Sogar Eier haben sie auf das Haus geworfen! Stellen Sie sich das mal vor! Wenn das nicht der Enkel von der Huberin war, dann fress ich nen Besen!“

„Warum sollten die Dörfler so etwas tun?“, wollte Helena wissen.

„Neid! Der pure Neid! Herr Hillbrand war ein äußerst fleißiger und erfolgreicher Geschäftsmann. Als er das alte Bauernhaus abreißen ließ und an dessen Stelle diese Villa stellte, fingen sie schon an zu zetern.“ Wieder veränderte sie ihren Tonfall: „Das passt hier nicht ins Dorfbild. Sowas wollen wir hier nicht. Wenn jeder so etwas bauen würde ...“

Sie sah von Helena zu Franzi. „Er hatte von Anfang an keine Chance bei denen, verstehen Sie? Ich wohne schon mein Leben lang hier und kann diese Haltung einfach nicht nachvollziehen. Ich finde es toll, wenn hier endlich mal neuer Wind reinkommt! Aber dann steht da noch ein Porsche vor und ein Cabrio in der Garage ...“

„Wir danken Ihnen für Ihre Aussage.“ Franzi angelte eine Visitenkarte aus ihrer Tasche. „Wenn Ihnen noch was einfällt, zögern’S net, uns anzurufen.“

Frau Niedermeier nickte und steckte die Karte in ihre Handtasche. Dann brachten die Kommissarinnen die geknickte Haushälterin zur Tür und verabschiedeten sie. Sie stieg in ihren Fiat Punto, den sie neben Helenas Audi geparkt hatte und fuhr davon.

„Lass uns noch die Ordner vom Schreibtisch holen und dann ebenfalls aufbrechen." Franzi nickte und folgte Helenas Vorschlag. Nachdem sie schwer beladen die Treppe wieder heruntergestiegen waren, legten sie die Ordner kurz ab, um ihre Schuhe anzuziehen. Dann nahmen sie ihre Last wieder auf und verließen das Haus, um die Ordner zum Auto zu bringen. Inzwischen war der Polizist wieder auf dem Hof erschienen, wohl um seinen Streifenwagen abzuholen.

„Warten'S, ich helf Ihnen", bot er großzügig an und nahm Helena den Stapel Ordner aus dem Arm. Dankbar nickte sie ihm zu und schloss ihr Auto auf. Sie räumten die Ordner in den Kofferraum und sperrten anschließend sorgfältig die Haustüre zu.

„Würden Sie die Schlüssel der SpuSi zukommen lassen?", bat Helena den Uniformierten, der ihrer Bitte bereitwillig nachkam. „Ich halte auf dem Heimweg drüben nochmal an", ließ er sie wissen, bevor er in seinen Streifenwagen stieg. Er tippte sich an die Mütze und fuhr davon.

Die Kommissarinnen stiegen nun ebenfalls in ihr Auto. Nachdem Helena vom Hof gefahren war, blieb sie nochmal kurz stehen, damit Franzi das Tor zur Hofeinfahrt schließen konnte. Wer konnte schon wissen, was den neugierigen Dorfbewohnern sonst noch einfiel!

Auf dem Weg durch das Dorf fuhren sie an einer größeren Gruppe von Menschen vorbei, die auf dem Platz vor der Kirche beisammen standen und sich unterhielten. Im Zentrum des Geschehens stand – wie könnte es anders sein – Frau Huber und genoss sichtlich die Aufmerksamkeit der Menge. Als sie die beiden Kommissarinnen erkannte, zeigte sie aufgeregt auf den Audi und redete wild gestikulierend auf ihr Publikum ein. Ein Dutzend Köpfe drehte sich zur Straße und begaffte die Kommissarinnen, die langsam vorbeifuhren.

„Reizendes Dorf", bemerkte Helena zynisch. Franzi lachte.

„Lena, sowas findesch du doch in jedem Dorf. Die Dörfler sind ne eing'schworene Gemeinschaft und Auswärtige werden misstrauisch beäugt. Wenn du da hinziehscht und net glei allen möglichen Vereinen beitrittsch, gehörsch sowieso net dazu. Wenn du dich au no bewusst abschottest, wie Rainer Hillbrand es offensichtlich g'macht hat, hasch du auf'm Dorf verloren."

Helena hörte gespannt zu. Diese Welt war ihr völlig fremd. Sie war in der Großstadt Hamburg aufgewachsen und hatte im Gegensatz zu Franzi keine Verwandtschaft auf dem Land.

„I erinnere mich gern an meine Besuche bei den Großeltern", fuhr Franzi mit ihrer Erzählung fort. „Die frische Luft, die Arbeit mit den Tieren, all das fand i total schön!", schwärmte sie. „Oma und Opa hatten Kühe und Hühner. I durft beim Melken helfen und die Eier einsammeln." Franzis Gesichtsausdruck wurde schwärmerisch. „Oma hat den weltbesten Apfelkuchen g'macht. Das ganze Haus hat danach geduftet!" Jetzt schaute sie wieder ernster. „Fremde waren im Dorf net gern g'sehen. I kann mir scho vorstellen, dass das Leben auf dem Land für Auswärtige net grad spaßig isch."

„Herr Hillbrand war selten zu Hause. Wahrscheinlich hatte er einfach kein Interesse daran, in die Dorfgemeinschaft integriert zu werden. Oder kein Bedürfnis danach", warf Helena ein.

Franzi nickte zu ihren Worten. „Trotzdem ham die Dörfler des wohl net einfach so akzeptiert. Denk an die g'worfenen Eier. I stimme Frau Niedermeier zu, wenn sie meint, dass die Leute neidisch waren. Da zieht 'n Auswärtiger auf's Dorf, hat augenscheinlich viel Geld und bleibt für sich. Des erregt Argwohn."

„Genug Argwohn für einen Mord?", gab Helena zweifelnd zu bedenken.

Franzi zuckte mit den Schultern.

„Des werd' mer rausfinden müssen." Sie blickte nachdenklich aus dem Fenster, an dem Felder und Wiesen vorbeizogen. „Freunde hat er sich in Willisried jedenfalls net g'macht!", stellte sie nüchtern fest.

Inzwischen war es später Nachmittag. Die beiden Kommissarinnen beschlossen, noch im Büro vorbeizuschauen, um einen ersten Bericht zu verfassen. Gemeinsam erledigten sie die lästige Arbeit in weniger als zwei Stunden. Draußen dämmerte es bereits.

„Jeden Tag wird es früher dunkel", stellte Helena nach einem Blick aus dem Fenster bedauernd fest.

„Stimmt scho, aber mir war der Herbscht immer die liebschte Jahreszeit", warf Franzi fröhlich ein. „Die Blätter verfärben sich golden oder leuchtend rot, und sie rascheln so schön, wenn man drüber läuft."

Helena erinnerte sich an ihren Lauf an der Stadtmauer und stimmte ihrer Kollegin zu.

„Ach übrigens, ich bin gestern Abend beim Joggen an einem hübschen Kräutergarten vorbeigekommen."

Interessiert blickte Franzi auf.

„Wo warsch denn joggen?“

„Ich bin an der Stadtmauer entlanggelaufen. Wirklich hübsch da.“

„Dann meinsch du den Apothekergarten“, stellte Franzi fest. „Ja, der isch wirklich wunderschön. I geh gern mit’m Waschtl durch’n Park und hol mir dort ’n paar Kräuter.“

Helena sah sie erstaunt an.

„Darf man das denn?“

„Klar. Jeder darf dort für den Eigengebrauch Kräuter mitnehmen. Isch doch ne tolle Sache, findsch net?“

Helena nickte begeistert. Jetzt erinnerte sie sich auch wieder an die Schilder, die die Besucher über die Pflanzen aufklärten. Heute war es leider zu spät zum Joggen, da es ja schon dunkel wurde, aber morgen war Samstag, da konnte sie gleich nach dem Frühstück los.

„Sag mal, Lena, wie hat dir denn deine erste Woche bei uns so g’fallen?“ Franzi sah sie aufmerksam an.

Helena dachte kurz nach. Die erste Woche in ihrer neuen Stelle war richtig schnell vergangen. Es gab zugegebenermaßen schon ein paar Dinge, an die sie sich lieber nicht erinnern wollte, wie die Begegnungen mit ihrem Chef oder mit Schorsch, dem Streifenbullen. Aber alles in allem konnte sie schon zufrieden sein. Besonders mit ihrer Partnerin hatte sie es gut getroffen, wenn man mal von deren Vierbeiner absah, auf den Helena gut hätte verzichten können.

„Mir gefällt es echt gut hier in Augsburg“, antwortete sie ehrlich. „Ich glaube, der Dialekt wird mir noch eine ganze Zeitlang zu schaffen machen, aber solange ich dich an meiner Seite habe, wird das schon klappen.“

Franzi lachte glucksend. „I werd weiterhin gern für dich dolmetschen. Kei Problem!", versicherte sie grinsend. Dann zog sie ihren Mantel an und wandte sich zur Tür.

„Erhol dich gut, Lena. Immerhin ham mer zwei Morde aufzuklären, wobei einer ja so gut wie g'löst isch." Franzi zwinkerte ihrer Partnerin zu und verließ ihr gemeinsames Büro.

Helena räumte noch ihren Schreibtisch auf und machte sich dann endlich auch auf den Weg. Als sie ihren Wagen daheim abstellte, warf sie mutig einen Blick auf die Rücksitzbank. Wie befürchtet fanden sich dort etliche schlammige Pfotenabdrücke von Franzis verstunkenem Vierbeiner. Helena seufzte und holte sich einen Eimer Wasser und eine Bürste. Eine halbe Stunde später sah das Ergebnis ganz annehmbar aus. Helena strich sich die Haare aus der von der Anstrengung feuchten Stirn und beschloss, in Zukunft immer eine Decke über den Rücksitz zu legen, für den Fall, dass sie mal wieder einen ungebetenen tierischen Fahrgast mitnehmen musste. So wie sie ihre Kollegin einschätzte, lag dies durchaus im Bereich des Möglichen.

Zum Abendessen machte Helena sich leckere Quarkkartoffeln, ein einfaches Gericht, das satt machte, aber nicht stopfte. Danach streckte sie sich genießerisch in ihrer Badewanne aus und fing endlich das spannende Buch zu lesen an, das schon seit ihrem Geburtstag ungeduldig darauf wartete, verschlungen zu werden. Sogar ein Glas Rotwein hatte sie mit ins Bad genommen und sicher gegen jede Etikette verstoßend, auf dem Klodeckel abgestellt. So konnte sie gemütlich lesen und

hin und wieder an dem vollmundigen Wein nippen.
Der flauschige, nach Hibiskusblüten duftende Schaum
umschmeichelte ihren Körper und Helena fühlte sich
herrlich entspannt und träge. Das Buch fesselte ihre
Aufmerksamkeit und ließ keine Gedanken an ihren Job
mehr zu. Genau das war es, was Helena am Lesen so
liebte. In ihrem Beruf sah und hörte sie oft Dinge, die
nicht leicht zu verarbeiten waren. Bücher boten ihr einen Ausweg aus dem sich ständig drehenden Gedan-
kenkarussell. Dazu noch eine Badewanne und ein Glas
Wein ... Manchmal war das Leben einfach herrlich!

5.

Das Wochenende schien der ganzen Welt unbedingt beweisen zu wollen, dass der Herbst die schönste aller Jahreszeiten war. Die Sonne strahlte von einem leuchtend blauen Himmel und ließ die wunderschön gefärbten Bäume erstrahlen. Immer wieder segelten bunte Blätter durch die Luft, um den Boden nach und nach mit einem kunterbunten, knisternden Teppich zu bedecken. Obwohl es inzwischen Anfang Oktober war, war es herrlich warm.

Helena schlief erstmal gemütlich aus, was bei ihr hieß, dass sie bis halb neun im Bett blieb. Sie war noch nie eine Langschläferin gewesen. Da sie grundsätzlich nie später als halb elf, elf Uhr ins Bett ging, reichte ihr das voll und ganz. Sie setzte sich erstmal mit einer Tasse dampfenden Kaffee auf ihren Balkon und genoss die Aussicht über die Augsburger Innenstadt. Der nahegelegene Kirchturm von St. Ulrich und Afra schlug dreimal. Während sie an ihrem Kaffee nippte, dachte sie über ihre aktuellen Fälle nach. Helena hatte ihr immer griffbereites Notizbuch vor sich liegen, um sich ein paar Stichpunkte zu machen. Der Fall Strakowic stand offensichtlich kurz vor seiner endgültigen Aufklärung. Sie mussten lediglich noch den Bericht der Pathologie abwarten, bevor sie den Fall ad acta legen konnten. Helena war sich relativ sicher, dass auch der Staatsanwalt eher von einer unabsichtlichen Tötung ausgehen würde. Bei Rainer Hillbrand war die Lage nicht ganz so klar. Sie schrieb seinen Namen auf eine neue Seite und notierte sich zunächst einmal die genaue Adresse des Opfers und sämtliche Fakten, die sie gestern über ihn in Erfahrung gebracht hatte.

Beruf: Immobilienmakler; Haushälterin: Frau Nieder-meier; Status im Dorf: unbeliebt.

Auch Tatort und die Position der Leiche beschrieb sie ausführlich. Als Letztes notierte sie:

Motiv?

Nachdenklich steckte sich Helena das Ende ihres Stifts in den Mund und kaute darauf herum. Das war der Punkt, an dem sie und Franzi am Montag anknüp-fen würden. Wer hatte ein gesteigertes Interesse am Ableben von Herrn Hillbrand? Wer profitierte davon? Gab es ein Testament und wenn ja, wer wurde darin be-günstigt? Welche Rolle spielten die Dorfbewohner beim Ableben des unbeliebten Nachbarn?

Helena trank ihren Kaffee zu Ende, dann beschloss sie, ihr Vorhaben von vorgestern wahrzumachen und schlüpfte in ihre Joggingklamotten. Sie packte noch ei-nen Jutebeutel, ein Taschenmesser und ihr Buch, das sie gestern begonnen hatte, in einen Rucksack und machte sich auf den Weg Richtung Stadtmauer. Heute rollte wesentlich weniger Verkehr durch die Innenstadt als unter der Woche, dafür waren viele Augsburger auf Fahrrädern unterwegs. Seltsamerweise schienen die Ureinwohner auf ihren Drahteseln wesentlich friedlichere Gesellen zu sein, als wenn sie in ihren Autos unterwegs waren. Viele grüßten freundlich oder nickten der Joggerin wenigstens zu. Helena joggte gemächlich durch die Roten Torwall-Anlagen bis sie zu dem kleinen Apothekergarten gelangte. Sie wusste natürlich, dass der Weg für eine richtige Trainingseinheit viel zu kurz war, beruhigte sich aber mit dem Gedanken, dass etwas Bewegung immerhin besser war als gar keine. Wieder dehnte sie sich ausgiebig an einer Parkbank, bevor sie sich darauf niederließ und erstmal tief durchatmete. Die warme Luft trug eine intensive Mischung aus dem süßlichen Duft der immer noch blühenden Rosensträucher und würzigen Kräutern zu ihr. Minze und Zitronenmelisse wuchsen in ihrer unmittelbaren Nähe und verströmten ihr unvergleichlich frisches, intensives Aroma. Helena schloss für einen Moment die Augen und genoss die wärmenden Sonnenstrahlen auf ihrem Gesicht und die betörenden Gerüche, die ihre Nase umschmeichelten. Dann zog sie ihren Roman aus dem Rucksack und vertiefte sich in ihre Lektüre. Der herannahende Herbst war eine Stunde später doch zu spüren und Helena fröstelte leicht auf ihrer Bank. Sie packte ihr Buch wieder ein und nahm ihr Taschenmesser nebst Jutebeutel aus dem Rucksack. Dann schlenderte sie interessiert durch den Kräutergarten und las die Schilder. Sie entdeckte ihr wohlbekannte mediterrane Kräuter, Rosmarin und Thymian. Helena zupfte jeweils ein paar Blättchen ab und zerrieb sie zwischen Daumen und Zeigefinger. Dann schnupperte sie genießerisch daran. Herrlich! Die junge Frau öffnete ihr Taschenmesser und schnitt sich jeweils ein paar Stängel ab. Helena kochte gerne mit frischen Kräutern, da konnte sie die Pflanzen gut gebrauchen. Anschließend holte sie sich noch ein paar Stängel Minze und Melisse und verstaute ihre Beute in dem mitgebrachten Jutebeutel. Auf dem Heimweg joggte Helena gemütlich nach Hause, den baumelnden Beutel locker über dem Arm, in eine zitronig-minzige Wolke gehüllt.

Zuhause angekommen, setzte Helena Wasser auf und kramte nach der Teekanne, die natürlich im untersten Küchenschrank ganz hinten stand. Sie holte die Minze und Melisse aus dem Beutel und streifte vorsichtig ein paar Blätter ab, die sie gleich darauf in die Kanne gab. Als das Wasser endlich kochte, goss sie die heiße Flüssigkeit über die Kräuter. Sofort erfüllte ein herrlicher Duft die Küche. Während der Tee zog, entfernte Helena die restlichen Blätter von den Stängeln. Dann breitete sie sorgfältig ein sauberes Küchenhandtuch aus und legte die Blätter anschließend lose darauf, um sie zu trocknen. Als sie damit fertig war, war ihr Tee trinkbereit. Helena goss das köstliche Getränk durch ein Sieb in eine große Tasse und setzte sich damit wieder auf ihren Balkon, auf dem es sich um diese Uhrzeit prima aushalten ließ, da er nach Süden ausgerichtet war und Sonnenstrahlen den windgeschützten Platz erwärmten. Der Tee schmeckte wirklich ausgezeichnet. Der vertraute Geschmack des Kräutertees katapultierte die junge Kommissarin in Gedanken zurück nach Hamburg, wo ihre Mutter einen eigenen kleinen Kräutergarten besaß. Helena sah sich mit ihrer Mutter in dem gemütlichen Garten sitzen, Tee trinken und schnacken. Diese behaglichen gemeinsamen Stunden fehlten ihr sehr. Helena griff spontan nach ihrem Handy, um ihre Mutter anzurufen. Schon nach dem zweiten Klingeln wurde abgenommen, und die vertraute Stimme meldete sich. Während sie ihrer Mutter von ihrer ersten Arbeitswoche erzählte und diese mit ihrer dilettantischen Nachahmung des Augsburger Dialekts zum Lachen brachte, dankte Helena in Gedanken der Technik. Obwohl sie im fernen Augsburg auf ihrem Balkon saß, ermöglichte diese ihr, bei einer köstlichen Tasse Tee mit ihrer Mutter zu reden. Nach dem Gespräch fühlte sich Helena tatsächlich besser. Ihre Mutter schaffte es immer, sie wieder aufzurichten, wenn das Heimweh sie niederzudrücken drohte.

Am Nachmittag nahm Helena kurz entschlossen ihr Fahrrad, um Franzi einen spontanen Besuch abzustatten. Die Bewegung würde ihr guttun, und sie könnte sich außerdem nach Waschtls Befinden erkundigen und dabei ganz nebenbei herausfinden, ob das Ungeheuer am Montag wieder die Luft im Büro verpesten würde. Sie radelte am Augsburger Hotelturm vorbei, der stark an einen Maiskolben erinnerte. Um den Turm herum entdeckte sie einen großen Park. Neugierig sah sie sich um. Fußball spielende Kinder, Studenten, die Boule spielten oder auf der Slackline balancierten, Familien, die picknickten ... Einfach herrlich! Wie viel Grün hier mitten in der Stadt geboten war! Riesige Kastanien und Buchen säumten die weitläufigen Wege, die sich Radfahrer und Spaziergänger miteinander teilten.

Helena radelte weiter und war bereits eine Viertelstunde später schon im Stadtteil Göggingen, im Augsburger Süden. Als sie in die Wertachauen einbog, bot sich ihr das gewohnte Bild: jede Menge Kinder unterschiedlichen Alters tummelten sich auf der Straße, während deren Eltern sich bei einem Pläuschchen die Zeit vertrieben und gleichzeitig ihre Sprösslinge beaufsichtigten, die auf Tretrollern, Kettcars und Laufrädern die Straße unsicher machten. Helena stellte ihr modernes Mountainbike neben Franzis altem Drahtesel ab und sah sich suchend um. Wo war nur die Klingel? Sie konnte keine entdecken.

„Hallo?", rief sie fragend in Franzis Garten hinein.

„Kannsch ruhig reingehen. Die Franzi ist beschtimmt in ihrem Gartenhäuschen", ließ sie ein freundlicher Nachbar wissen.

Helena dankte dem Mann, der mit einer Kaffeetasse in der Hand auf dem Gehweg stand und ging in den Garten. Ganz wohl war ihr dabei nicht, so unangemeldet einzutreten, rechnete sie doch jederzeit damit, von einem großen Ungetüm angefallen zu werden. Waschtl ließ sich zum Glück aber nirgends blicken.

„Hallo?", rief sie wieder.

„Ja?" Franzis wuscheliger Kopf erschien in der Tür des Gartenhauses. „Ach Lena, du bisch's! Wie schön! Komm doch rein."

„Ich hoffe, ich störe nicht. Ich wollte mich nur erkundigen, ob es deinem Vierbeiner besser geht."

Franzi klopfte Erde aus ihren Gartenhandschuhen und zog sie aus.

„Des isch aber lieb von dir! Dem Waschtl geht's prima! Er liegt im Haus auf den kühlen Fliesen und schnarcht, dass sich die Balken biegen."

„Das freut mich aber sehr."

„Und i freu mi' über deinen B'such! Hättesch vielleicht Luscht, ein Gläschen Sekt mit mir zu trinken?" Franzi musste lachen, als sie Helenas zweifelnden Gesichtsausdruck bemerkte.

„Jetzt komm scho! Isch doch schließlich Wochenende, und wir müssen doch auf deine neue Stelle hier in unserem schönen Augschburg anstoßen!"

Sie nahm ihre junge Kollegin energisch am Arm und führte sie um das Haus herum zu einer gemütlichen Terrasse, die mit Holzdielen belegt war.

„Setz dich doch. I hol schnell die Gläser und den Sekt." Schon war Franzi durch die Terrassentüre ins Haus verschwunden. Helena setzte sich. Der Freisitz war wunderschön eingewachsen. Neben der Sitzgruppe stand ein Kräuterhochbeet und verströmte einen betörenden Duft. Helena konnte nicht widerstehen und strich mit der Hand leicht über die Pflanzen. Ein seltsam vertrauter Geruch stieg ihr in die Nase. Helena runzelte die Stirn. Was war das bloß für ein Geruch?

„Des isch ein Colastrauch." Franzi war unbemerkt wieder zurückgekehrt und an ihre Seite getreten. Helena sah sie staunend an. Davon hatte sie noch nie gehört, aber es stimmte. Die Pflanze verströmte tatsächlich einen intensiven Geruch nach dem Getränk.

„I hab hier 'n paar Duftkräuter angepflanzt", erklärte Franzi, während sie liebevoll über ihre Pflanzen strich. „Eigentlich verwend i sie nur selten in der Küche, aber wenn i hier sitz, freu i mi einfach über ihren G'ruch."

Helena konnte ihre Partnerin gut verstehen. Es roch einfach himmlisch.

Franzi hatte inzwischen die Sektgläser auf den kleinen Tisch gestellt, der vor der gemütlichen Loungegruppe stand, und füllte sie mit der köstlich perlenden Flüssigkeit.

„Was für ne schöne Idee von dir, mich zu b'suchen", freute sich Franzi. „Proscht, Lena!"

Sie hob ihr Glas und stieß mit Helena an.

„Prost, Franzi."

Helena nahm einen Schluck Sekt. Das Getränk war angenehm kühl und erfrischend. Die Kohlensäure lief prickelnd ihren Hals hinab. Köstlich! Helena hörte die Kinder auf der Straße lärmen, konnte sie aber wegen der dichten Hecke, die Franzis Garten umgab, nicht sehen. Was für ein Paradies dies doch war! Obwohl sie sich in einer großen Stadt befanden, saßen sie mitten in einem grünen Kleinod. Bewundernd sah sie sich um. Neben einem großen Bambus, dessen Blätter sich immer leicht zu bewegen schienen, stand ein hübscher Zierhaselnussstrauch, dessen gekringelte Äste in den Garten hineinragten. Im Beet, das direkt vor der Sitzgruppe angelegt war, stand ein anmutiger Rosenstrauch, der von zierlichen, rosa Blüten übersät war, neben Lavendelsträuchern, die in voller lilafarbener Pracht standen und ihren unnachahmlichen Geruch verströmten. Helena liebte den Lavendelduft sehr. In dem gut gefüllten Beet tummelten sich noch mehr Rosen und verschiedenfarbige Dahlien in gemütlichem Miteinander.

„Wirklich schön hast du es hier."

„Danke dir", freute sich Franzi. „I lieb meinen Garten. Nur schad, dass bald alles verblüht sein wird." Sie blickte über das Blütenmeer. „I find, grad bei uns'rem Job, braucht man nen schönen Ausgleich."

Helena nickte. „Ich weiß, was du meinst. Alleine in der letzten Woche hatten wir es mit zwei Toten zu tun."

„Keine Sorge!" Franzi lachte ihr typisches glucksendes Lachen. „Normalerweise geht's hier ruhiger zu."

„Sonst kämen wir ja mit dem Aufklären auch nicht mehr nach", stellte Helena pragmatisch fest.

„Hasch du dich wirklich gut eing'lebt?" Franzi musterte sie besorgt. „I mein, vermisst du deine Familie sehr?"

„Ja, schon", gab Helena offen zu. „Ich war noch nie so lange von ihr getrennt." Sie erzählte Franzi von ihren Eltern und ihrer Heimatstadt Hamburg.

„I war no nie im hohen Norden", sagte Franzi bedauernd. „Wahrscheinlich hätt i da au so meine Verständigungsprobleme, genau wie du hier."

Helena lachte. „Ich glaube nicht. Es gibt nur noch sehr wenige Menschen, die echtes Plattdeutsch sprechen. Wir anderen – wie sagt ihr immer …? – ach ja, Saupreißn, sprechen alle hochdeutsch."

Ihre Kollegin lachte schallend. „Du Arme! Du machsch bei uns ganz schön viel mit, stimmt's?"

Helena fiel in Franzis Lachen ein und hob ihr Glas Sekt.

„Auf die ewig grantigen Augsburger!"

„Proscht!"

Zwei Stunden und eine weitere Flasche Sekt später verabschiedete sich Helena mit wackeligen Beinen von ihrer Partnerin. Sie hatte einen wundervollen Nachmittag mit ihr verbracht. Ein warmes Gefühl breitete sich in ihrem Magen aus, das sicher nicht nur dem Alkohol zuzuschreiben war. Sie hatte sich so sehr gewünscht, sich mit ihrer Kollegin gut zu verstehen! Ihr Wunsch war Wirklichkeit geworden.

Am nächsten Tag hatte Helena nur vage Erinnerungen an ihre Heimfahrt. Sie hatte sich unterwegs einen leckeren Döner mitgenommen, was normalerweise so gar nicht ihrer Art entsprach, und war dann nach ihrem Abendessen vor dem Fernseher eingeschlafen. Irgendwann mitten in der Nacht war sie wach geworden, hatte die Flimmerkiste ausgeschaltet und war ins Bett gegangen, wo sie tief und traumlos geschlafen hatte. Am Morgen erwachte sie mit einem schalen Geschmack im Mund, den energisches Zähneputzen und eine Mundspülung zum Glück schnell beseitigten. Helena beschloss spontan, ihren Morgenkaffee in den bereitstehenden Thermobecher zu füllen und gleich zu ihrer Bank im Apothekergarten zu spazieren. Sie packte ihr Buch ein und dachte sogar daran, einen wärmenden Wollschal mitzunehmen, den man sich prima um die Schultern legen konnte, und spazierte los. Viele Leute schlenderten durch die Parkanlage am Roten Tor und genossen ihren freien Tag. Dank ihres wärmenden Schals verbrachte Helena viel Zeit im Apothekergarten mit ihrer Lektüre und konnte sich so von der anstrengenden Woche im Augsburger Präsidium erholen. Sie genoss den Sonntag an der frischen Luft und freute sich über den schönen Platz im Apothekergarten, der von ihrer Wohnung aus schnell erreichbar war.

6.

Am Montagmorgen fiel es Helena schwer, aus dem Bett zu kommen, obwohl sie, wie gewohnt, früh zu Bett gegangen war. Erst als sie nach einer ausgiebigen Dusche mit einer großen Tasse Kaffee in der Hand an ihrem Küchentisch saß, erwachten ihre Lebensgeister wieder. In Gedanken ging sie nochmal den Besuch in Willisried vom vergangenen Freitag durch. Sie blätterte durch ihre Notizen und klickte sich durch die Aufnahmen, die sie mit ihrem Smartphone vom Tatort gemacht hatte. Heute würden Franzi und sie sich durch die Unmengen an Ordnern wühlen müssen, die sie am Freitag mit ins Präsidium genommen hatten. Helena seufzte. Das bedeutete, sie würden den ganzen Tag im Büro sitzen müssen und Akten durchsehen. Ein Blick aus dem Fenster sagte ihr, dass wenigstens der Wettergott ein Einsehen mit ihnen hatte. Graue Wolken hingen tief über der Stadt und Windböen wirbelten vertrocknete Blätter durch die Luft. Da fiel einem der Gedanke, den ganzen Tag im Büro herumsitzen zu müssen, doch gleich viel leichter.

Im Präsidium, zu dem sie aufgrund des Wetters – inklusive schlechtem Gewissen – wieder mal mit dem Auto gefahren war, traf sie im Eingangsbereich auf

Schorsch, den dicken Streifenbullen, wie sie ihn heimlich nannte. Helena fand, dass es eigentlich noch viel zu früh am Morgen war, um sich mit diesem Augsburger Prachtexemplar herumzuärgern und versuchte, sich möglichst unauffällig an ihm vorbeizuschlängeln. Schorsch, der sich gerade mit einer hübschen Beamtin hinter dem Eingangstresen unterhielt, sah ihr zwar mit missbilligend erhobenen Augenbrauen hinterher, war aber aufgrund seiner Flirtversuche mit der Uniformierten nicht auf Preußenjagd ausgerichtet. Die Beamtin winkte Helena kurz zu, um sich danach sichtlich genervt wieder Schorsch zuzuwenden, dessen enormer Bauch gegen den Tresen drückte.

Als Helena ins Büro trat, saß Franzi bereits an ihrem Schreibtisch. Helena begrüßte ihre Kollegin herzlich, während sie heimlich überprüfte, ob Waschtl, das Ungetüm, wieder mit von der Partie war. Gott sei Dank war der Stinker nirgendwo zu entdecken. Es roch auch ganz normal, nach Büro und Akten und solchen Dingen. Hauptsache nicht nach Waschtl!

Die beiden Frauen wandten sich dem Riesenstapel Aktenordner zu, der sich neben der Tür auf dem Boden stapelte. Jede nahm sich einen Ordner und ging damit zurück zu ihrem Schreibtisch. Eines musste man Herrn Hillbrand ja lassen, fand Helena. Er war wirklich äußerst akribisch gewesen. Alle Einträge waren höchst säuberlich abgeheftet und mit Namen und Datum versehen. Helena fand eine Inhaltsübersicht mit einer langen Namensliste und fortlaufender Nummerierung. Die erste Akte enthielt die Skizze eines Grundstückes in Oberhausen, das 800 Quadratmeter Grund umfasste und auf dem ein älteres Einfamilienhäuschen von 120

Quadratmetern stand. Der Wert des Grundstückes war mit 350.000 Euro angegeben. Helena pfiff durch die Zähne. Die Immobilienpreise schienen in Augsburg genauso gepfeffert zu sein wie in Hamburg. Interessiert blätterte sie weiter. Als Nächstes folgte ein detaillierter Gebäudeplan des kleinen Häuschens. Es handelte sich um einen Nachkriegsbau von 1952 und war offensichtlich renovierungsbedürftig. Danach kamen Kostenvoranschläge von verschiedenen Abrissunternehmen und Pläne für eine Neubebauung des Grundstücks. Augenscheinlich sollte dort ein Mehrfamilienhaus mit zwölf Wohnungen errichtet werden. Das letzte Blatt in der Akte machte sie stutzig. Helena fand einen Kaufvertrag über besagtes Anwesen zwischen einer Frau Anna Meier, offensichtlich die Besitzerin des Grundstücks, und Herrn Rainer Hillbrand. Der Verkaufswert war mit 75.000 Euro angegeben. Die Kommissarin überprüfte nochmal die Zahlen. Wie es aussah, hatte Rainer Hillbrand ein Wahnsinnsschnäppchen gemacht und dieser Frau Meier ihr Grundstück viel zu günstig abgekauft. Helena notierte sich den Namen der Verkäuferin und fand auch ein Geburtsdatum: 21. Mai 1929. Die Frau war über 90 Jahre alt. Eine schnelle Überprüfung der Daten in Helenas PC ergab, dass die alte Dame vergangenen Dezember verstorben war. Als letzte bekannte Adresse war ein Caritas Pflegeheim in Oberhausen angegeben, in dem sie das letzte halbe Jahr ihres Lebens zugebracht hatte. Helena wandte sich der nächsten Akte zu. In dem Moment läutete das Bürotelefon. Franzi nahm das Gespräch an.

„Oh, guten Morgen, Dr. Lysander. Sie sind aber schon früh auf den Beinen." Sie lauschte wieder in den Hörer.

„Moment, ich stelle Sie mal auf Lautsprecher, damit Lena mithören kann." Sie drückte auf einen Knopf.

„Guten Morgen, Frau Hansen", ertönte gleich darauf Dr. Lysanders sonore Stimme aus dem Lautsprecher.

„Guten Morgen, Dr. Lysander. Sagen Sie bloß, Sie haben eine Wochenendschicht eingelegt und schon den Bericht über Herrn Hillbrands Obduktion für uns?"

Ein heiseres Lachen ertönte aus dem Lautsprecher.

„Wirklich nicht, Frau Kollegin, alles was recht ist. Ich habe das Wochenende bei wunderschönem Wetter mit meiner Frau in den Alpen verbracht. Herr Hillbrand kommt erst heute auf den Tisch. Ich rufe an wegen der Laborergebnisse von ..." Sie hörten den Pathologen durch den Lautsprecher mit Papier rascheln. „... Strakowic, Adrian Strakowic."

„Viel aufzuklären gibt's da ja net mehr", warf Franzi ein. „Immerhin hat sein Bruder Damian den Nackabatsch und den anschließenden Unfall, der zum Tode seines Bruders führte, bereits zugegeben."

Helena nickte ihrer Kollegin zufrieden zu. Der Fall war leicht zu lösen gewesen.

„Ganz so einfach ist es nicht, meine Damen." Die Kommissarinnen blickten sich erstaunt an. Dr. Lysander räusperte sich und fuhr mit seinem Bericht fort: „Adrian Strakowic ist nicht, wie Sie vermuten, an den Folgen eines harmlosen Nackenschlages verstorben."

„Wie jetzt?" Franzi war völlig überrascht.

„In seinem Blut wurde eine hohe Konzentration Ethylenglykol festgestellt."

„Ethylen ..." Helena stockte.

„... glykol. Richtig."

„Aber Damian Strakowic hat doch bereits zugegeben, den Tod seines Bruders verursacht zu haben!" Verwirrung stand Helena ins Gesicht geschrieben.

„Solange Herr Strakowic ihm nicht Ethylenglykol eingeflößt hat, kann man ihm die Schuld am Tod seines Bruders wohl nicht in die Schuhe schieben, Frau Hansen", gab der Pathologe zu bedenken.

„Was können'S uns über des Mittel sagen?", wollte Franzi nach einer kurzen Denkpause wissen.

„Nun, es handelt sich um einen zweiwertigen Alkohol. Hergestellt wird das Mittel durch die Kombination von Wasser mit Ethylenoxid, welche bei einer Temperatur von 200 Grad Celsius erfolgt. Es handelt sich dabei um eine farblose, viskose Flüssigkeit, deren Schmelzpunkt bei −16 Grad Celsius liegt. Nicht das Ethylenglykol selbst wirkt toxisch auf menschliche Zellen, sondern dessen Metaboliten Glycolaldehyd, Glyoxal und Glyoxylsäure."

Jetzt wurde es Franzi zu viel. „Dr. Lysander, genug mit Ihrem Fachchinesisch! Sie ham es hier schließlich mit Normalsterblichen z' tun." Wieder ertönte das heisere Lachen des Pathologen durch den Lautsprecher.

„Frostschutzmittel, meine Damen. Herr Strakowic starb aufgrund einer Vergiftung durch Frostschutzmittel."

„Wie kam jetzt der Strakowic an Frostschutzmittel?", fragte Helena ratlos.

„Das, meine Damen, ist an Ihnen, herauszufinden." Dr. Lysander schien sich über die Ratlosigkeit der Kommissarinnen zu amüsieren.

„Noch ne Frage, Herr Doktor", warf Franzi ein. „Würde ein Mensch dieses Ethy ... Ethyl ..."

„Ethylenglykol", wiederholte der Pathologe geduldig.

„Richtig! ... dieses Ethylendingsda net schmecken?"

„Das Wort Glykol leitet sich aus dem Griechischen ab und bedeutet „süß". Wenn also jemand Ethylenglykol in ein Getränk gäbe, wäre es tatsächlich relativ simpel, den Geschmack zu überdecken."

„Vielen Dank, Dr. Lysander. Sie ham uns sehr g'holfen. Würden'S die Ergebnisse bitte wie üblich ins Büro faxen?", bat Franzi.

„Schon geschehen. Ich wünsche Ihnen noch einen angenehmen Tag. Die Obduktionsergebnisse von Herrn Hillbrand können sie spätestens Mittwoch oder Donnerstag erwarten. Auf Wiederhören, meine Damen." Die Leitung knackte, als der Pathologe das Gespräch beendete.

„Da hört sich doch alles auf!", empörte sich Franzi lautstark, nachdem sie den Hörer mit mehr Schwung als nötig zurück auf die Gabel befördert hatte. „Da hält man einen Fall für gelöst, hat sogar 'n Geständnis und – Bämm", Helena fuhr erschrocken hoch, als Franzi mit flacher Hand auf den Schreibtisch hieb, „... fängt ma wieder von vorne an!"

Die Hamburger Kommissarin konnte den Frust ihrer Kollegin sehr gut nachvollziehen. Aber war das nicht irgendwie typisch für ihren Beruf? Manchmal lagen die Dinge eben doch anders, als sie ursprünglich erschienen. Plötzlich musste sie an das Gespräch mit Kriminalhauptkommissar Meier am Freitag denken, und Helena wurde kurz übel. Er hatte ihnen zu dem gelösten Fall gratuliert, und sie hatte sich in seiner Anerkennung gesonnt! Nun mussten sie ihm wohl oder übel beichten, dass die Glückwünsche verfrüht gewesen waren.

„Jetzt ham mer wieder zwei Morde aufzuklären", stellte Franzi überflüssigerweise fest. Sie sah zerknirscht aus, und Helena hatte Mitleid mit ihrer Kollegin. Sie stand auf, ging um den gemeinsamen Schreibtisch herum und legte Franzi tröstend ihren Arm um die Schulter, um sie kurz zu drücken.

„Weißt du was, Franzi, so schlimm ist das doch gar nicht. Wir sind doch zu zweit. Das kriegen wir locker hin!"

Franzi sah hoch. „Meinsch du echt?" Sie hatte sich noch nicht daran gewöhnt, eine Partnerin an ihrer Seite zu haben.

„Aber klar!", sagte Helena zuversichtlicher, als sie sich fühlte. „Wir teilen die Fälle einfach unter uns auf und unterstützen uns gegenseitig. Wäre doch gelacht, wenn wir das nicht hinbekommen würden!"

Franzi musste trotz ihres Frustes lachen. „Ach Lena, wie froh i bin, dass du jetzt mit an Bord bisch! Allein hätt i des net hinbekommen!"

„Klar hättest du das! Jetzt geht es eben nur etwas schneller." Helena zwinkerte ihrer Kollegin zu und lief zurück zu ihrem Platz.

„Was hältst du davon, wenn ich mich erstmal um den Fall Strakowic kümmere?", schlug Helena nach kurzem Nachdenken ihrer Kollegin vor. „Ich war ja schon beim Bruder des Opfers und bin etwas vertrauter mit dem Fall als du?"

„Guter Vorschlag!" Franzi nickte eifrig. „Dann kümmer i mi um den Fall Hillbrand, und wir halten uns gegenseitig immer auf 'm Laufenden. Was hältsch du davon, wenn wir uns jeden Morgen hier um acht Uhr zur Lagebesprechung treffen?"

„So machen wir es", stimmte Helena bereitwillig zu. „Lass uns noch kurz unser weiteres Vorgehen besprechen. Wie willst du zum Beispiel die vielen Ordner alleine bewältigen?" Helena deutete auf den schiefen Stapel mit Ordnern.

„Des krieg i schon hin", gab sich ihre Kollegin zuversichtlich. „Schließlich dauern Ermittlungen eben ihre Zeit!"

„Wir müssen außerdem Kriminalhauptkommissar Meier von der neuen Entwicklung berichten. Das übernehme ich dann", sagte Helena tapfer.

„I wo", winkte Franzi ab. „Dem schick' mer erschtmal nur ne Nachricht über 's Intranet, dann weiß er B'scheid." Sie tippte eifrig. „Scho erledigt."

Helena seufzte zufrieden. Sie war froh, dass sie sich dieser unangenehmen Situation erstmal nicht persönlich stellen musste.

„Ich werde den Bruder von Adrian Strakowic nochmal in der U-Haft aufsuchen und ihn nach dem Frostschutzmittel befragen", ließ Helena ihre Kollegin wissen. „Wenn wir da keine Verbindung finden, müssen wir ihn wohl oder übel gehen lassen."

Franzi nickte. „Tu des. I kann immer no net glauben, dass des alles ein Zufall g'wesen sein soll mit dem Nackabatsch und so."

Helena hob beide Hände, um Franzi zu signalisieren, dass es ihr genauso erging, wie ihrer Kollegin.

In dem Moment öffnete sich ihre Bürotür und ein sichtlich genervter Hauptkriminalkommissar Meier stürmte in ihr Büro.

„Guten Morgen, die Damen. Was soll denn das heißen?" Er hielt ein mitgebrachtes Blatt in die Höhe und las vor: „Fall Strakowic doch nicht gelöst; müssen da nochmal ran?" Ein missbilligender Blick traf die beiden Kommissarinnen.

Helena starrte Franzi sprachlos an. Sie hätte niemals damit gerechnet, dass ihre Kollegin ihrem Chef eine solche Nachricht schicken würde!

„Morgen, Chef", grüßte Franzi zurück. „Na, des bedeutet eben das, was da steht. Der Fall muss nochmal überprüft werden, wir ham neue Erkenntnisse, die die vorherige Einschätzung nun mal überflüssig machen."

Helena schluckte. Die flapsige Art und Weise, in der Franzi mit ihrem Chef sprach, war äußerst gewöhnungsbedürftig für sie. Sie hätte sich nie getraut, so mit Herrn Meier zu sprechen. Sie nahm sich fest vor, die nächste Nachricht an den Chef selbst zu formulieren.

„Wären Sie vielleicht so freundlich und würden mir mitteilen, welcher Art Ihre neuen Erkenntnisse sind?" Die Stimme von Herrn Meier nahm einen drohenden Unterton an. Offensichtlich war er mit Franzis Art auch nicht ganz einverstanden.

„Klaro. Also der Herr Strakowic isch net, wie vermutet, an den Folgen des Nackabatsches verstorben. Er wurde nämlich vergiftet."

Der Kriminalhauptkommissar zog erstaunt die Augenbrauen hoch. „Vergiftet?", hakte er nach.

„Sag i doch. Genauer g'sagt mit Ethyldingsda." Franzi fing an, in ihren Unterlagen zu wühlen, offensichtlich auf der Suche nach dem korrekten Begriff.

„Ethylenglykol", warf Helena schüchtern ein. Sie hatte sich den Begriff in ihr Notizbuch notiert, das aufgeschlagen vor ihr lag.

Der Blick ihres Chefs fiel nun auf die junge Kommissarin. „Können Sie mir vielleicht Genaueres dazu sagen?", fragte er sie streng.

„Ethylenglykol ist in Frostschutzmittel enthalten. Jemand muss Herrn Strakowic dieses Mittel verabreicht haben, was wohl auch der Grund dafür war, dass er nach einem harmlosen Nackenschlag zusammengebrochen ist und verstarb."

Herr Meier nickte ihr anerkennend zu, was Helena prompt erröten ließ.

„Frau Danner und ich teilen die beiden Fälle unter uns auf und halten tägliche Lagebesprechungen ab. Ich schlage vor, dass wir Ihnen einmal die Woche einen Bericht zukommen lassen, in dem wir unsere Ermittlungen für Sie zusammenfassen." Helena sah ihren Chef fest an und hoffte, dass sie selbstsicherer aussah, als sie sich fühlte. Sie spürte Franzis anerkennenden Blick auf sich.

„In Ordnung, meine Damen", stimmte der Kriminalhauptkommissar nach kurzem Zögern Helenas Vorschlag zu. „So machen wir das. Ich erwarte Ihren ersten Bericht kommenden Freitag auf meinem Schreibtisch. Sagen wir, spätestens um 14 Uhr." Er nickte seinen Kolleginnen zu und verließ anschließend den Raum.

„Wow! Des hasch du echt großartig g'macht", lobte Franzi ihre Partnerin. Unsicher sah Helena zu ihrer acht Jahre älteren Kollegin.

„Findest du wirklich?"

„Echt, richtig gut, wie du den Meier wieder losg'worden bisch. Mein Kompliment." Franzi verneigte sich theatralisch vor Helena, die daraufhin lachen musste.

„Ich werde jetzt ein wenig recherchieren, was das Gift angeht und dann Damian Strakowic in seiner Zelle aufsuchen." Helena schaltete ihren PC ein.

„Und i wend mi wieder meiner spannenden Lektüre zu." Seufzend griff Franzi nach dem Ordner auf ihrem Schreibtisch, um weiter darin zu blättern.

„Ich habe hier ein paar interessante Entdeckungen gemacht und angemerkt." Helena reichte Franzi noch den Ordner, in dem sie vorhin gelesen hatte. Ihre Kollegin legte ihn auf die Seite und dankte ihr, bevor sie konzentriert weiterlas.

Nachdem Helena Ethylenglykol bei Google eintippte, machte ihr die Suchmaschine etliche Vorschläge und sie fing zu lesen an. Sie erfuhr, dass bereits 7,5 Milliliter toxisch und 60 Milliliter tödlich für einen erwachsenen Menschen waren und wunderte sich, dass das Mittel dennoch freiverkäuflich war. Für ein Baby reichte sogar schon der Konsum eines Milliliters für schwere Symptome aus. Offensichtlich verlief die Vergiftung in drei Stadien. Auf Schwindel und Unwohlsein folgten Schäden an Herz und Leber bis es zum Koma mit akutem Nierenversagen kam. Je nach Menge des Gifts konnte es recht schnell zum Tod führen. Helena erinnerte sich, von dem Mittel bereits einmal gelesen zu haben. Sie tippte ein paar Worte in die Onlinesuchmaschine ein und fand tatsächlich den entsprechenden Artikel. Ein Erpresser hatte damit gedroht, in Supermärkten Lebensmittel mit Ethylenglykol zu vergiften. Er hatte damals sogar behauptet, bereits Babygläschen vergiftet zu haben. Zum Glück hatte man den Mann rechtzeitig gefasst, bevor jemand zu Schaden gekommen war. Weitere Recherchen ergaben, dass man im Internet und in Baumärkten bereits fünf Liter Ethylenglykol als Frostschutzmittel für unter 40 Euro kaufen konnte.

Helena las interessiert mehrere Artikel über das giftige Mittel. Hersteller ermahnten Eltern, das Mittel nicht in Reichweite von Kindern aufzubewahren, um Vergiftungen zu verhindern. Aufgrund des süßlichen Geschmacks könnten Kinder größere Mengen des Giftes zu sich nehmen, was unbedingt zu verhindern war. Auch Rufnummern des Giftnotrufes waren in den Artikeln zu finden. Helena öffnete Dr. Lysanders Bericht in ihrem PC und las ihn aufmerksam durch. Adrian Strakowics Leber zeigte Spuren jahrelangen Alkoholgenusses, weshalb der Pathologe die Vermutung aufstellte, dass Herr Strakowic Alkoholiker gewesen war. An seiner Lunge waren die geschätzten drei Packungen Zigaretten täglich ebenfalls nicht spurlos vorbeigegangen. Herr Strakowic litt an einer beginnenden chronisch obstruktiven Lungenerkrankung, die wohl im Laufe der kommenden Jahre dafür gesorgte hätte, dass er permanent mit Sauerstoff hätte versorgt werden müssen. Für seine 44 Jahre war der Tote in bemerkenswert schlechter körperlicher Verfassung gewesen. Herr Strakowic hatte außerdem eine relativ hohe Konzentration von

Ethylenglykol im Blut und er musste kurz vor seinem Ableben Alkohol getrunken haben.

Helena überlegte, ob das Opfer das Gift in Alkohol aufgelöst zu sich genommen haben könnte, was der Obduktionsbericht nahelegte. Da Herr Strakowic kurz vor seinem Tod nichts gegessen hatte, lag dies durchaus im Bereich des Möglichen. Irgendwie musste er das Gift ja zu sich genommen haben.

Helena lehnte sich in ihrem Stuhl zurück und dachte nach. Ihre Recherchen hatten ergeben, dass Alkohol das Gift verlangsamte und wie ein Gegenmittel wirkte. Sie schloss daraus, dass Herr Strakowic wahrscheinlich keinen hochprozentigen Alkohol zu sich genommen hatte. Hätte er Schnaps oder Ähnliches zu sich genommen, hätte dies wie ein Gegenmittel zu dem Gift gewirkt. Da er jedoch aufgrund der Vergiftung umkam, war das auszuschließen. Sie schaute nochmal in ihr Notizbuch. In der Wohnung des Toten hatten viele leere Bierflaschen herumgestanden. War das die Lösung? Hatte jemand Ethylenglykol in eine Bierflasche gefüllt? Sie beschloss, nach dem Verhör von Damian Strakowic in die Wohnung seines Bruders zu fahren, um sich nochmal genau umzusehen. Sie gab Franzi kurz Bescheid und holte sich die Wohnungsschlüssel von Adrian Strakowic aus der Asservatenkammer. Anschließend fuhr sie zur JVA Gablingen. Sie meldete sich am Empfang an und wurde dann in einen steril anmutenden Vernehmungsraum geführt, in dem sich lediglich ein Tisch und vier am Boden festgeschraubte Hocker befanden. Helena wusste, dass dies eine Sicherheitsmaßnahme war, da manche verzweifelte Verdächtige, die keinen Ausweg aus ihrer Misere mehr sahen, aggressiv reagierten und mit Möbelstücken warfen. Dies konnte hier nicht passieren. Auf dem Tisch war eine Metallstange montiert, an der man die Handschellen des Verdächtigen befestigen konnte. Helena setzte sich und blätterte nochmal durch ihre Notizen, als schon nach kurzer Zeit der Häftling gebracht wurde. Damian Strakowic sah hagerer aus als bei ihrem letzten Verhör vor ein paar Tagen. Seine Augen lagen tief in den Höhlen und huschten unruhig hin und her. Sein langes Haar hatte er diesmal in einem Pferdeschwanz zusammengebunden. Als der Häftling die Kommissarin bemerkte, entfuhr ihm ein tiefer Seufzer. Sehr erfreut schien er erwartungsgemäß über ihren Besuch nicht gerade zu sein. Strakowic ließ sich von dem Schließer zum Tisch führen und setzte sich. Als der Uniformierte seine Handschellen am Tisch befestigen wollte, winkte Helena ab. „Das wird nicht nötig sein, danke schön. Bitte nehmen Sie Herrn Strakowic die Handschellen ab." Sie bemerkte, dass Damian Strakowic sie erstaunt musterte. Er ließ sich die Handschellen abnehmen und rieb sich erleichtert die Handgelenke. Der Schließer verließ derweil den Verhörraum. Helena hatte keine Angst, von dem Verdächtigen angegriffen zu werden. Er hatte bei den vorherigen Gesprächen nicht gerade bedrohlich auf sie gewirkt. Sie wusste außerdem, dass sich solche kleine Gesten manchmal positiv auf das Verhör auswirkten und die Gesprächsbereitschaft der Verdächtigen unter Umständen steigerten.

„Was woll'n Sie denn schon wieder hier?", begann Damian Strakowic schließlich das Gespräch. Besonders freundlich klang das ja nicht gerade. „Haben Sie mich denn noch nicht genug belästigt? Können Sie mich nicht einfach in Ruhe lassen?" Er sah sie mit funkelnden Augen an. Beinah bereute die Kommissarin, dass sie ihm die Handschellen hatte abnehmen lassen.

„Ich würde gerne noch einige Dinge mit Ihnen besprechen, Herr Strakowic." Helena sah ihm fest in die Augen und stellte erfreut fest, dass sie das Blickduell mit ihm gewann, als er bereits nach kurzer Zeit resigniert den Blick senkte.

„Tun Sie, was Sie nicht lassen können."

„Herr Strakowic, wann haben Sie Ihren Bruder zum letzten Mal gesehen?"

„Das hab ich Ihnen doch schon beim letzten Mal genau erzählt!" Wieder funkelte er sie unfreundlich an.

„Ich würde es gerne noch einmal hören." Helena sprach bewusst freundlich und blieb ganz ruhig und gelassen. Sie war zwar noch jung, aber erfahren genug, um zu wissen, dass man sich von einem Verdächtigen nicht provozieren lassen durfte.

Strakowic rollte theatralisch mit den Augen. „Also gut, wie ich schon mal erklärt habe, sah ich meinen Bruder das letzte Mal vor einer knappen Woche in seiner Wohnung."

Helena ließ sich mit dieser knappen Antwort nicht abspeisen und hakte weiter nach. Während Herr Strakowic antwortete, verglich sie seine Angaben mit ihren Notizen. Sie stimmten überein.

„Haben Sie mit ihrem Bruder etwas getrunken, als Sie bei ihm waren?" Erstaunt sah sie der Verdächtige an. Diese Frage war neu für ihn.

„Ich hab nichts getrunken. Ob Adrian was getrunken hat, weiß ich nicht mehr, aber der hatte ja meistens ne Flasche parat."

„Können Sie das näher erklären? Was meinen Sie damit?"

„Er war ein Säufer! Das sagte ich Ihnen doch schon. Das Saufen hat ihm das Leben zerstört! Zigmal hab ich ihm gesagt, dass er damit aufhören muss, aber er wollte ums Verrecken nicht auf mich hören!" Damian Strakowic stand abrupt auf und lief ein paar Schritte auf und ab. Helena hatte nichts dagegen einzuwenden. Vielleicht tat es dem Verdächtigen gut, sich etwas abzureagieren.

„Saufen, saufen, saufen! Das war alles, was ihn interessierte! Wie er das hinbekommen hat, mit den paar Kröten von der Stütze, ist mir echt ein Rätsel! Dabei war er doch mal so ein guter Automechaniker." Resigniert ließ Strakowic die Schultern hängen und setzte sich wieder auf den Hocker. Er stützte seinen Kopf auf beide Hände und schüttelte den Kopf.

„Ich wollte ihm doch nur helfen! Ich wollte ihm nicht wehtun!" Eine Träne lief über seine Wange, was er aber nicht zu bemerken schien.

„Herr Strakowic, besitzen Sie eigentlich Frostschutzmittel?" Der Verdächtige hob, von dem plötzlichen Themenwechsel überrascht, den Kopf. Helena beobachtete ihn genau. Es war schließlich durchaus möglich, dass Damian Strakowic seinen Bruder vergiftet hatte. Aber sie konnte nur maßloses Erstaunen in seinen Zügen entdecken.

„Frostschutzmittel? Was soll denn das jetzt? Wovon reden Sie eigentlich?"

„Bitte beantworten Sie einfach meine Frage."

„Natürlich besitze ich Frostschutzmittel. Genau wie alle anderen Autofahrer da draußen, die einen Kanister davon in ihrer Garage haben. Warum fragen Sie mich das eigentlich?" Seine Stimme wurde wieder lauter. Er funkelte die Kommissarin wütend an.

„Herr Strakowic, Ihr Bruder wurde mit Frostschutzmittel vergiftet, genauer gesagt mit Ethylenglykol." Wieder beobachtete die Kommissarin den Verdächtigen genau. Damian Strakowic starrte sie sprachlos an.

„Wovon reden Sie da bitte? Vergiftet? Aber ich dachte, der Sturz ...?!" Strakowic strich sich mit beiden Händen wiederholt über das Gesicht. Er war völlig durcheinander. Er blinzelte ununterbrochen und seine Haut wirkte noch fahler als zuvor. Helena ließ ihm Zeit, das Gehörte zu verarbeiten. Nach ein paar tiefen Atemzügen wandte er sich wieder an die Kommissarin.

„Aber wer sollte denn meinen Bruder vergiftet haben? Das macht doch keinen Sinn!"

„Genau das möchte ich herausfinden!" Helena sah ihm fest in die Augen. Der Verdächtige erwiderte ihren Blick.

„Sie denken, ich hätte ihn vergiftet?"

Helena zuckte mit den Schultern. „Wir ermitteln in alle Richtungen, Herr Strakowic. Sie sind nun mal der Letzte, der mit Ihrem Bruder Kontakt hatte."

Damian Strakowic schnaubt empört. „Lächerlich!" Er hieb mit einer Hand auf die Tischfläche. Helena zuckte unmerklich zusammen, zwang sich jedoch, nach außen hin ruhig zu bleiben.

„Herr Strakowic, beruhigen Sie sich bitte, sonst muss ich Sie wieder anketten lassen." Unwillkürlich rieb sich der Mann über die Handgelenke. Dann lehnte er sich zurück und wurde merklich ruhiger. Er sprach leiser weiter. „Wieso sollte ich meinen Bruder denn vergiften? Können Sie mir das mal sagen?"

„Immerhin haben Sie sich ja auch mit ihm geprügelt, Herr Strakowic." Helena zog eine Augenbraue hoch und sah den Verdächtigen prüfend an.

„Prügeln ist doch nicht dasselbe wie vergiften!" Wieder hob er die Stimme, blieb jedoch zurückgelehnt. Seine Hände lagen auf den Knien, die Finger in seine Hosenbeine gekrallt. Nur die weiß hervortretenden Fingerknöchel verrieten die Anspannung von Damian Strakowic.

„Sie waren sehr wütend auf Ihren Bruder", stellte Helena fest.

„Ich wollte ihn zur Vernunft bringen!" Sein Gesicht nahm einen gequälten Ausdruck an. „Ich hatte keinen Grund ihn umzubringen, das hab ich Ihnen doch bereits gesagt!" Resigniert hab er die Arme und ließ sie gleich darauf wieder auf die Knie fallen.

„Können Sie sich vorstellen, wer Ihren Bruder beseitigen wollte? Hatte er Streit mit jemandem?"

Damian Strakowic schüttelte den Kopf.

„Bitte, denken Sie nach! Mit wem hatte Ihr Bruder näheren Kontakt? Alle Hinweise könnten dazu dienen, Sie zu entlasten!"

Strakowic zuckte mit den Schultern und schloss kurz die Augen.

„Ich hatte nur wenig Kontakt mit Adrian." Er starrte auf die Wand hinter der Kommissarin. Kurz sah sie etwas in seinen blaugrünen Augen aufblitzen, doch sofort verschlossen sich seine Gesichtszüge wieder.

„Herr Strakowic, fällt Ihnen wirklich niemand ein?", hakte Helena nach.

Diesmal schüttelte er entschlossen den Kopf. „Ich weiß nichts. Mein Bruder und ich haben uns nur ein paar Mal im Jahr gesehen. Ich hab keine Ahnung, mit wem er Kontakt hatte."

Helena merkte, dass sie so nicht weiterkam.

„Erzählen Sie mir von Ihrer Vergangenheit. Seit wann haben Sie ein unterkühltes Verhältnis mit Ihrem Bruder?"

„Schon seit einigen Jahren." Er dachte nach. „Wir waren noch nie besonders innig, haben uns früher aber öfter mal auf ein Bier getroffen. Wir waren in einer gemeinsamen Schafkopfgruppe, müssen Sie wissen." Er starrte wieder an die Wand. „Das ist aber schon lange her. Irgendwann kam er nicht mehr zu den Treffen, und die Gruppe hat sich aufgelöst."

Helena machte sich Notizen, während Damian Strakowic sprach. Sie sah hoch. „Wann war das genau?"

„Als er seinen Job verlor. Er zog sich immer mehr zurück und blieb die meiste Zeit in seiner Wohnung. Er ging nur raus, um Nachschub zu kaufen. Sie wissen schon, was ich meine." Er machte eine Handbewegung, als würde er eine Flasche zum Mund führen. „Er ließ sich völlig gehen. Ich hab versucht, ihm zu helfen. Hab ihm sogar Arbeit auf meinem Schrottplatz angeboten, aber er wollte nicht. Sagte, er sei doch nicht blöd und geht schaffen, wenn der Staat ihm das Geld doch einfach schenkt."

Plötzlich blickte er auf. „Wenn sich die Sachlage jetzt geändert hat, kann ich gehen, oder? Sie können mich doch nicht länger festhalten?" Sein Gesicht hellte sich merklich auf. Helena hatte sich schon gefragt, wann dem Mann diese Erkenntnis wohl kommen würde, und sie klappte ihr Notizbuch zu. „Sie haben recht. Sie werden ab sofort aus der U-Haft entlassen. Halten Sie sich jedoch bitte zu unserer Verfügung." Herr Strakowic sprang sofort auf die Beine.

„Einen Moment werden Sie sich schon noch gedulden müssen. Die Entlasspapiere müssen erst fertiggemacht werden." Enttäuscht ließ er sich wieder auf den Hocker sinken.

Helena stand auf. „Wir sehen uns bestimmt bald wieder, Herr Strakowic. Der Leichnam ihres Bruders wird übrigens in Kürze freigegeben. Wir werden Sie informieren, damit Sie sich um die Beerdigungsformalitäten kümmern können. Auf Wiedersehen." Sie streckte ihm die Hand entgegen.

Der Mann ignorierte die Hand und knurrte sie an: „Auf Nimmer-Wiedersehen!" Schulterzuckend zog Helena ihre Hand zurück und verließ den Verhörraum.

Nachdem sie die Formalitäten in der JVA geregelt hatte, fuhr sie zurück nach Augsburg, in den Stadtteil Oberhausen, zur Wohnung des Toten, wo sie glücklicherweise einen Parkplatz direkt vor dem heruntergekommenen Mehrfamilienhaus fand. Helena öffnete die Haustür mit dem mitgebrachten Schlüssel und betrat den düsteren Hausflur. Wieder schlug ihr ein durchdringender Geruch entgegen, diesmal nach Curry.

Rechts neben der Tür befanden sich die Briefkästen der Wohnanlage. Der Kasten von Adrian Strakowic quoll über. Auch auf dem Boden lag ein Paket Zeitungen, die mit seinem Namen versehen waren. Helena überprüfte den Schlüsselbund, den sie im Präsidium mitgenommen hatte. Tatsächlich fand sich dort ein kleiner Briefkastenschlüssel. Sie drehte ihn im Schloss, woraufhin sofort die Tür aufsprang und jede Menge Post herausfiel. Die Kommissarin schloss den Briefkasten wieder, bückte sich und klaubte alles auf. Anschließend stieg sie die vier Stockwerke hoch. Aus einer Wohnung im zweiten Stock waren laute Stimmen zu hören, die sich in einer fremden Sprache unterhielten. Endlich oben angekommen, musste Helena kurz verschnaufen. Sie schämte sich wegen ihrer mangelnden Fitness und nahm sich vor, wieder mehr Rad zu fahren und öfter Joggen zu gehen. Die Tür zu Adrian Strakowics Wohnung war mit einem Polizeisiegel versehen, das Helena kurzerhand durchtrennte. Gerade steckte sie den Schlüssel ins Schlüsselloch, um aufzusperren, als plötzlich hinter ihr eine missbilligende Stimme ertönte.

„Sie, Fräulein! Was mach'n Sie denn da?" In der gegenüberliegenden Wohnungstür stand eine kleine, ältere Frau, die ihre Arme in die kräftigen Hüften gestemmt hatte. Sie musterte Helena streng über die Gläser ihrer Lesebrille hinweg, die sie weit nach vorne auf die Nase geschoben hatte. „Sie können doch nicht einfach in die Wohnung da gehen! Und das Siegel haben Sie auch kaputtgemacht!" Empört schnaufte sie durch die Nase.

„Mein Name ist Hansen. Kriminalkommissarin Hansen von der Kripo Augsburg", stellte Helena sich vor.

„Na, das kann ja jeder behaupten. Zeigen Sie mir doch mal Ihren Dienstausweis oder Dienstmarke oder wie das heißt." Helena langte in ihre Jackentasche, um ihren Dienstausweis herauszuholen, als ihr einfiel, dass der noch in ihrer Tasche im Auto lag.

„Hören Sie, ich bin wirklich Kommissarin. Mein Ausweis liegt unten im Auto", versuchte sie an die alte Frau zu appellieren.

„Dann werden Sie ihn wohl holen können, nicht wahr?" Die Frau blieb unerbittlich. Helena seufzte und schloss die Tür wieder zu. Sie legte die Post auf den Boden und stieg kopfschüttelnd die Treppen hinunter, auf sich selbst sauer, weil sie ihren Ausweis im Auto vergessen hatte. Was für ein Anfängerfehler! Ihr Ausbilder hatte den jungen angehenden Polizisten ständig gepredigt, dass der Ausweis immer mitzuführen war, schließlich konnte man nie wissen, wann man ihn brauchte. Der alten Dame war schwerlich ein Vorwurf zu machen. Am Auto angekommen, fand sie ihren Ausweis schnell und machte sich wieder auf den Weg in den vierten Stock. Sie musste noch mehr keuchen als beim letzten Mal, was der alten Dame, die oben auf dem Treppenabsatz auf sie wartete, ein schadenfrohes Grinsen entlockte. „Na, Sie sind aber aus der Puste! Da muss ich ja weniger als Sie schnaufen, wenn ich hochgehe und ich bin schon 76."

Helena sagte dazu nichts. Sie war sowieso viel zu sehr außer Atmen, um reden zu können. Schnaufend zog sie ihren Ausweis aus der Jackentasche und hielt ihn der Frau unter die Nase. Die rückte ihre Lesebrille zurecht und studierte in aller Ruhe das Dokument. „Scheint in

Ordnung zu sein. Nix für ungut, Fräulein." Die Dame drehte sich um, um wieder in ihre Wohnung zu gehen.

„Einen Moment noch", Helena schielte kurz auf das Klingelschild, „Frau Lechhuber." Die alte Frau blieb stehen und drehte sich wieder zu Helena um und sah sie erwartungsvoll an. „Sie haben doch letzte Woche die Polizei verständigt, richtig?" Ihr war eingefallen, dass Franzi ihr erzählt hatte, dass die Nachbarin von Adrian Strakowic die Polizei angerufen hatte, als sie ihn ein paar Tage nicht mehr gesehen hatte. Frau Lechhuber nickte. „Ich hab mir halt Sorgen gemacht, wissen Sie?"

„Dürfte ich Ihnen vielleicht ein paar Fragen stellen?", bat Helena die alte Dame.

„Wenn ich helfen kann, gerne. Aber kommen Sie doch zu mir in die Wohnung. Den Gestank hier hält ja niemand aus." Sie warf einen missbilligenden Blick nach unten. „Was die wieder für ein Zeug kochen ...?"

„Also ich finde, es riecht hier wirklich lecker", konnte Helena sich nicht verkneifen zu sagen.

„Na, wenn Sie meinen." Frau Lechhuber ging zu ihrer Tür und öffnete sie. „Kommen'S, Fräulein."

Helena folgte Frau Lechhuber und stand gleich darauf in deren Wohnungsflur.

„Sind'S so nett und ziehen'S die Schuhe aus", bat die alte Frau die Kommissarin. Helena schlüpfte folgsam aus ihren Stiefeletten und stellte sie unter den wachsamen Augen der alten Dame ordentlich in die dafür vorgesehene Plastikwanne. Danach folgte sie Frau Lechhuber in eine gemütlich eingerichtete Wohnküche. Helena fiel auf, dass die Wohnung offenbar genauso geschnitten war wie die gegenüberliegende, nur waren die Räume spiegelverkehrt angelegt. Das war aber auch schon die einzige Gemeinsamkeit der beiden Wohnungen im vierten Stock. Frau Lechhubers Wohnküche war im Gegensatz zu der von Adrian Strakowic blitzsauber. Das Fenster war von einer geblümten Gardine umgeben und kleine Porzellanfiguren zierten das Fensterbrett. Auf dem Esstisch lag eine Tischdecke aus demselben Stoff wie die Gardinen. Die Eckbank war von dicken, gelben Polstern bedeckt.

„Darf ich Ihnen einen Kaffee und ein Stück Zwetschgendatschi anbieten?"

„Zwetschgendatschi?" Fragend sah Helena die alte Dame an.

„Jetzt sagen'S bloß, dass Sie noch nie einen original Augschburger Zwetschgendatschi gegessen haben." Ein empörter Blick traf die Kommissarin. Helena schüttelte ratlos den Kopf.

„Der Zwetschgendatschi ist eine Augschburger Spezialität", belehrte Frau Lechhuber ihre Besucherin. „Normalerweise macht man ihn mit Hefeteig, aber mir schmeckt der süße Mürbeteig viel besser."

Helena staunte nicht schlecht, als in kürzester Zeit eine dampfende Tasse Kaffee nebst einem großzügigen Stück Kuchen vor ihr standen.

„Leider ist die Sahne alle", sagte Frau Lechhuber entschuldigend. Sie hatte sich ebenfalls ein großzügiges Stück von dem saftigen Zwetschgendatschi abgeschnitten und schien das fehlende Sahnehäubchen aufrichtig zu bedauern.

„Das macht wirklich nichts", beeilte sich Helena der Frau zu versichern und probierte von dem Kuchen. Er schmeckte einfach himmlisch! Genießerisch schloss

Helena kurz die Augen und genoss den leicht säuerlichen Geschmack der Früchte, die in ihrer Heimat nicht Zwetschgen, sondern Pflaumen heißen. Sie harmonierten perfekt mit dem süßen Mürbteig. „Schmeckt der aber lecker!"

Frau Lechhuber strahlte die junge Frau an. „Ist ein altes Familienrezept. Hat schon meine Großmutter genauso gebacken."

Helena verputzte den Kuchen in Nullkommanix und sagte nicht nein, als ihr die Dame ein weiteres Stück anbot. Sie selbst hielt bei Helenas Tempo fleißig mit und bediente sich ebenfalls nochmal. Eine Zeitlang sprachen die beiden Frauen kein Wort, sondern widmeten sich ausgiebig dem leckeren Gebäck. Neben dem leicht kratzenden Geräusch der Gabeln war nur das laute Ticken der altmodischen Wanduhr zu vernehmen, die über der Sitzgruppe an der Wand hing. Unter dem hölzernen Uhrkasten schwang ein langes Pendel zwischen zwei Schnüren, an denen man die Uhr aufziehen konnte, hin und her. Helenas Oma hatte ein ähnliches Modell besessen, das nach ihrem Tod in den Besitz von Helenas Mutter übergegangen war und jetzt in deren Klavierzimmer über dem Flügel hing.

„Ist noch von meiner Großmutter", verriet die alte Dame, die Helenas Blick gefolgt war. „Ein echt antikes Stück. Läuft seit über 80 Jahren. Ja, damals hat man noch Maßarbeit hergestellt, nicht so neumodisches Klump wie heute, das alle Nase lang kaputt geht."

Helena aß ihren Kuchen auf und ignorierte ihr schlechtes Gewissen wegen der vielen Kalorien. Immerhin war sie ja zweimal die vier Stockwerke hochgelaufen! Sie spülte die Reste des Datschis mit ihrem

Milchkaffee hinunter und lehnte sich schließlich pappsatt zurück. Die gelben Polster waren genauso gemütlich, wie sie aussahen.

„Vielen Dank für den köstlichen Kuchen, Frau Lechhuber."

„Datschi! Kein Mensch sagt dazu Kuchen!", folgte
prompt die Belehrung. Alle Menschen, außer den Augsburgern, sagen Kuchen!, schoss es Helena durch den
Kopf.

„In Gesellschaft isst es sich doch viel gemütlicher, finden Sie nicht?", stellte die alte Dame fest.

Helena nickte zustimmend. „Dürfte ich Ihnen jetzt
ein paar Fragen stellen?" Als Frau Lechhuber zustimmend nickte, kramte die Kommissarin ihr Notizbuch
aus der Jackentasche hervor, schlug es auf und nahm
ihren Stift in die Hand.

„Wie lange waren Sie und Herr Strakowic Nachbarn?"

„Ach du meine Güte ... Lassen Sie mich mal überlegen ... Ich wohne schon seit 25 Jahren hier und Herr
Strakowic ist nach mir hier eingezogen. Aber er hat bestimmt auch schon seit über fünfzehn Jahren hier gewohnt."

Helena notierte sich die Antworten auf ihre Frage.
„Wie war Ihr Verhältnis zu Ihrem Nachbarn?"

„Wir haben uns gut verstanden, würde ich sagen. Er
hat mir immer die Post mit hochgebracht, weil er doch
wesentlich besser zu Fuß war als ich. Dafür hab ich ihm
am Wochenende immer ein Stück Kuchen vorbeige-
bracht. Er hat meine Kuchen sehr gern gemocht, besonders den Zwetschgendatschi." Traurig sah Frau Lechhuber auf den restlichen Kuchen.

„Das kann ich mir gut vorstellen. Ihr Kuchen ist aber auch ein Gedicht."

Frau Lechhuber strahlte Helena an.

„Hatte Herr Strakowic oft Besuch?", wollte die Kommissarin als Nächstes wissen.

„Nein, das kann man wirklich nicht behaupten. Außer seinem Bruder kam nie jemand vorbei. Er war kein besonders geselliger Mensch, müssen Sie wissen." Nachdenklich blickte Frau Lechhuber aus dem Fenster. „Ich glaube, ich war die Einzige im Haus, mit der er hin und wieder geredet hat." Sie nahm einen großen Schluck aus ihrer Kaffeetasse.

„Können Sie mir sonst etwas über Ihren Nachbarn erzählen? Was hat er so den ganzen Tag gemacht?"

„Ich weiß leider auch nicht viel. Er hat mir mal erzählt, dass er Automechaniker war. Ich hab ihn aber nicht gefragt, warum er nicht mehr arbeitete. Geht mich ja auch nichts an. Er ist jeden Tag zu dem kleinen Kiosk da unten an der Ecke gegangen." Sie stand auf und ging zum Küchenfenster. „Schauen Sie, wenn Sie unten ganz nach links schauen, können Sie den Kiosk sehen."

Helena erhob sich ebenfalls und stellte sich neben die alte Frau. Sie konnte den kleinen Kiosk am Ende der Straße gut sehen. Es handelte sich um einen der typischen kleinen Straßenkiosks, die neben einer großen Auswahl an Illustrierten auch Zigaretten und Getränke anboten. Direkt daneben war eine Straßenbahnhaltestelle. Im Moment konnte Helena niemanden am Kiosk entdecken, nahm sich aber vor, ihn sich später genauer anzusehen. Sie setzte sich wieder an den Tisch. Frau

Lechhuber richtete die Vorhänge, die sie weit aufgezogen hatte, sorgfältig, bevor sie sich ebenfalls hinsetzte.

„Und was hat er sonst so gemacht?", fragte Helena weiter.

Die alte Frau hob die Hände in die Höhe. „Ich weiß es nicht. Wenn er zurückkam, brachte er mir immer meine Post und zog sich dann in seine Wohnung zurück."

„Sie sagten vorher, dass Herr Strakowic hin und wieder Besuch von seinem Bruder bekam?"

Frau Lechhuber nickte eifrig. „Das stimmt. Er kam aber nicht sehr häufig vorbei. Wobei …", sie zog nachdenklich die Stirn kraus, „In letzter Zeit hab ich ihn öfter hier gesehen. Sie sind sogar hin und wieder zusammen weggegangen."

Interessiert horchte Helena auf. „Weggegangen?", fragte sie nach.

„Sie haben gemeinsam die Wohnung verlassen und meistens kam Herr Strakowic erst nach ein paar Stunden wieder heim. Ich hab mich gefreut, dass er mehr unternimmt."

Helena machte sich eifrig Notizen. Anscheinend hatte Damian Strakowic nicht ganz die Wahrheit gesagt, was das Verhältnis zu seinem Bruder anging. Da musste sie unbedingt nochmal nachforschen. „Wissen Sie zufällig noch, wann die beiden das letzte Mal unterwegs waren?"

Bedauernd schüttelte die alte Frau den Kopf. „So spontan kann ich Ihnen das gar nicht sagen. Irgendwann letzte oder vorletzte Woche, würde ich sagen." Sie zupfte nachdenklich an ihrem Ohrläppchen. „Nein, tut mir leid, ich weiß es nicht mehr genau."

„Das macht nichts, Frau Lechhuber. Sie haben mir sehr geholfen", versicherte Helena der alten Dame. „Falls Ihnen doch noch etwas einfallen sollte, haben Sie hier meine Visitenkarte." Helena reichte ihr eine Karte mit ihren Kontaktdaten, von denen sie immer ein paar im Umschlag ihres Dienstausweises stecken hatte. Dann erhob sie sich und packte ihr Notizbuch in die Jackentasche. „Vielen Dank für Ihre Zeit und die köstliche Verpflegung."

„Nichts zu danken. Ich freue mich, wenn ich Ihnen helfen konnte." Frau Lechhuber folgte Helena in den Flur und sah ihr dabei zu, wie sie ihre Stiefeletten wieder anzog. Dann verabschiedeten sich die beiden Frauen voneinander und Helena trat auf den Hausflur hinaus. Frau Lechhuber winkte ihr noch zu, bevor sie ihre Tür schloss. Helena war sich ziemlich sicher, dass sie sie durch den kleinen Türspion weiter beobachtete. Immerhin war die alte Dame sehr genau über das Kommen und Gehen bei ihrem Nachbarn informiert gewesen. Sie ging die paar Schritte zur Nachbarswohnung und schloss sie auf. Dann hob sie den großen Packen Post vom Boden auf und trat in die Wohnung. Muffige, abgestandene Luft kam ihr entgegen. Alle Türen, die vom Gang weggingen, waren geschlossen. Helena öffnete die Tür, die zur Wohnküche führte, mit dem Ellenbogen und trat hinein. Der Gegensatz zur gemütlichen Wohnküche von Frau Lechhuber war wirklich frappierend. Dieser Raum konnte nur als schmuddelig bezeichnet werden. Das Linoleum klebte und war fleckig. Keine Polster lagen auf der harten Eckbank und natürlich war in der Zwischenzeit auch nicht aufgeräumt worden. Die Wohnung war noch nicht freigegeben worden, da die Ermittlungen noch nicht abgeschlossen waren. Helena legte ihre Last auf die Eckbank, da auf dem Küchentisch kein Platz war, dann nahm sie ihr Notizbuch aus der Jackentasche und skizzierte die Dinge, die auf dem Tisch lagen, bevor sie sie genauer in Augenschein nahm. Ein durchdringender Geruch nach kalter Asche veranlasste sie, den überquellenden Aschenbecher auf die schmuddelige Küchenzeile zu verbannen. Dann öffnete sie das Fenster, das so schmutzig war, dass man durch die Scheibe kaum hindurchsehen konnte. Dankbar sog sie die frische Luft ein. Nach kurzer Zeit wandte sich Helena wieder dem Chaos auf dem Tisch zu und setzte sich seufzend auf die harte Bank neben den Stapel Post, den sie dort hingelegt hatte. Sie fing an, die vielen Zeitungen und Prospekte, die auf dem Tisch lagen, durchzusehen. Herr Strakowic hatte die Augsburger Allgemeine Zeitung zwar abonniert, schien aber kein besonders interessierter Leser gewesen zu sein, wie mehrere noch ungeöffnete Exemplare der Zeitung bewiesen. Etliche zerfledderte Prospekte lagen verstreut zwischen den Zeitungen. Helena legte die Zeitungen auf einen Stapel und die Prospekte auf einen anderen. Zwischen den ganzen Papieren auf dem Tisch fand Helena ein paar ungeöffnete Briefe, die sie gleich aufmachte. Es handelte sich ausnahmslos um Rechnungen, unter anderem von den Lechwerken, dem örtlichen Stromanbieter und der Augsburger Allgemeinen. Letzte Mahnung, Inkassoverfahren ... Erstaunt zog Helena die Augenbrauen hoch und las interessiert die Briefe. Um die Finanzen des Getöteten stand es offensichtlich mehr als schlecht. Auch von seinem Vermieter, einem Herrn Schulze, waren mehrere Schreiben dabei. Offenbar hatte er nur sehr unregelmäßig seine Miete bekommen und stand kurz vor einer Kündigung des Mietsvertrages. Helena packte die Briefe des Wohnungsbesitzers in ihre Tasche. Sie wollte ihn später kontaktieren. Vielleicht konnte er ihr zusätzliche Informationen über Adrian Strakowic geben. Helena stand wieder auf. Ein Blick auf ihre Uhr zeigte, dass sie bereits seit fast zwei Stunden in dem Haus war. Es war schon nach vier Uhr am Nachmittag. So wie es aussah, würde sie heute wieder mal später nach Hause kommen.

Helena erhob sich und ging zu dem alten Radio, das auf dem staubigen Fensterbrett stand und stellte es an. Sofort dröhnte laute Volksmusik aus dem Lautsprecher, woraufhin die Kommissarin das Gerät gleich wieder ausmachte. An diese Art Musik würde sie sich nie gewöhnen können! Ihre Oma hatte liebend gerne Volksmusiksendungen im Fernsehen angesehen und Helena mit allerlei Informationen über die jeweiligen Interpreten versehen, wenn sie zu Besuch kam, wer mit wem verheiratet war, wer gerade geschieden wurde und so weiter. Alles Dinge, die Helena nicht im geringsten interessierten, die sie sich aber ihrer Oma zuliebe mit einem freundlichen Lächeln anhörte. Helena schloss das Fenster wieder und wandte sich der Küchenzeile zu. Jetzt, da sie wusste, dass Adrian Strakowic vergiftet worden war, suchte sie nach möglichen Behältern, Gläsern oder Flaschen, aus denen der Verstorbene das Gift zu sich genommen haben könnte. Da Adrian Strakowic laut Frau Lechhuber seine Wohnung nur selten verlassen hatte, war die Wahrscheinlichkeit hoch, dass er das Gift zu Hause eingenommen hatte. Doch wer hatte es ihm gegeben? Und in welcher Form? Interessiert öffnete Helena den Kühlschrank. Der Griff war klebrig. Angewidert besah sich die Kommissarin den kargen Inhalt des schmutzigen Kühlschrankes: ein paar Dosen Bier, eine halbvolle Flasche Korn und ein kleines Stück schimmliger Käse. Überall lagen angeschimmelte Krümel. Obst oder Gemüse suchte die junge Frau vergeblich. Sie erinnerte sich, bei ihrem letzten Besuch leere Pizzakartons im Wohnzimmer gesehen zu haben. Gesund hatte Herr Strakowic wahrlich nicht gelebt. Sie schloss den Kühlschrank wieder, wobei sie es diesmal tunlichst vermied, den klebrigen Griff zu berühren. Sie überlegte kurz, sich die Hände zu waschen, verwarf diesen Gedanken nach einem Blick in das Waschbecken sofort wieder, das von schmutzigem Geschirr überquoll. Der Griff des Wasserhahns glänzte fettig und war mit einer undefinierbaren braunen Kruste überzogen. Unter dem Fenster stand ein Henkelkorb voller leerer Flaschen. Den Inhalt würde sie auf alle Fälle kriminaltechnisch untersuchen lassen. Vielleicht fanden sich hier Spuren des gesuchten Gifts.

Helena ging weiter ins Wohnzimmer. Der unangenehme Verwesungsgeruch war größtenteils verschwunden, wie sie dankbar feststellte. Die Fenster waren gekippt worden. Ansonsten war der Raum unverändert. Die Reste des zertrümmerten Couchtisches lagen noch auf dem Boden. Auf dem schmutzigen Fensterbrett fanden sich ein paar vergilbte Blätter, deren Besitzer inzwischen in Franzis Gartenhaus aufgepäppelt wurden. Helena interessierte sich vor allem für die Flaschen, die auf dem Boden standen. Sie vermutete, dass Herr Strakowic aus ihnen zuletzt getrunken hatte, also holte sie die Plastikhandschuhe raus, die sie vorsorglich eingepackt hatte und gab die Flaschen sorgfältig in verschließbare Tüten. Auch sie würden ins Labor wandern. Ein Blick ins Schlafzimmer zeigte ihr, dass sich hier keine Flaschen befanden. Die Kommissarin hatte gefunden, weswegen sie gekommen war. Sie nahm den Korb aus der Küche und packte die Tüten mit den leeren Flaschen aus dem Wohnzimmer mit der anderen Hand. Dann verließ sie die Wohnung. Als sie die Wohnungstür zusperrte, hatte sie wieder das unbestimmte Gefühl, beobachtet zu werden. Sie drehte sich kurz um, winkte für alle Fälle in Richtung des Lechhuberschen Türspions und verließ dann mit ihrer Last das Haus. Nachdem sie die Beweismittel im Kofferraum verstaut hatte, überlegte sie, noch kurz dem Kiosk einen Besuch abzustatten, wo sie doch schon da war. Leider hatte der schon geschlossen, also setzte sich die Kommissarin hinter das Steuer ihres Wagens. Die Uhr im Auto zeigte schon kurz vor sechs. Helena seufzte. Sie war fast vier Stunden in dem Haus gewesen. Ihr Magen knurrte vernehmlich. Zeit fürs Abendessen. Beschämt erinnerte sich Helena an die zwei großen Stücke Pflaumenkuchen, die sie vorhin verputzt hatte und beschloss, dass das Essen noch warten konnte. Sie würde die Beweismittel noch im Präsidium abliefern, damit sie auf dem schnellsten Weg ins Labor gelangten.

Der Parkplatz des Präsidiums war weitgehend verwaist, als Helena ihren weißen Audi darauf abstellte. Sie holte ihre Beweismittel aus dem Kofferraum und lief zur Eingangstür. Gerade als sie diese umständlich mit dem Ellenbogen öffnen wollte, wurde sie von innen aufgestoßen. Im letzten Moment konnte Helena verhindern, dass ihr der Korb mit den leeren Flaschen aus der Hand fiel. Nicht auszudenken, wenn die Beweismittel kaputt gingen! Wütend sah sie auf, um zu sehen, wer die Türe von innen so rücksichtslos aufgestoßen hatte, nur um in das feiste Gesicht eines Beamten zu schauen, der sie breit angrinste. Streifenbulle Schorsch! Ausgerechnet!

„Na, ham'S a bissl Durscht g'habt, Fräulein?", fragte er leutselig, nachdem er einen Blick auf Helenas Last geworfen hatte.

Das war ja wohl die Höhe! Was fiel dem denn ein? Empört starrte Helena den Beamten an und setzte gerade zu einer scharfen Erwiderung an, als sich erneut die Tür öffnete.

„Ah, Fräulein Hansen! So spät noch im Haus?" Kriminalhauptkommissar Meier trat mit einer braunen Ledertasche in der Hand auf sie zu.

„S' hat noch Durscht g'habt, das Fräulein", lachte Schorsch und tippte sich an die schmuddlige Ledermütze. „Wiederschaun, die Herrschaften." Dann schlenderte er fröhlich pfeifend in Richtung Parkplatz davon. Herrn Meiers Blick schweifte über Helenas leere Flaschensammlung, die in der Plasiktüte von ihrem Arm baumelte. Die Kommissarin errötete. So ein dämlicher Streifenbulle! Was der Chef nun wieder von ihr denken musste!

„Ich ... Beweismittel ... Aus der Wohnung des Getöteten!" Was stotterte sie denn nun auch noch so herum? Die Röte ihrer Wangen vertiefte sich bedenklich.

„Denken Sie an meinen Bericht am kommenden Freitag, Fräulein Hansen", erinnerte ihr Chef sie knapp, bevor er ebenfalls zum Parkplatz ging, wo sein silberner BMW auf ihn wartete. Nun stand Helena wieder vor der geschlossenen Präsidiumstür. Diesmal warf sie zuerst einen vorsichtigen Blick durch die Glasscheibe, bevor sie sie mit ihrem Ellenbogen öffnete. Sie gab die Beweismittel am Eingang ab und füllte eine Anweisung für die Kollegen vom Labor aus. Kurz überlegte sie, ob sie noch ins Büro gehen sollte, entschied sich dann aber mit Blick auf die fortgeschrittene Uhrzeit doch dagegen und fuhr nach Hause. Dort genehmigte sie sich nur noch einen Salat, um ihr schlechtes Gewissen wegen der nachmittäglichen Kalorien zu beruhigen, bevor sie es sich auf der Couch mit ihrem Buch bequem machte. Dabei durfte ein schönes Glas vollmundigen Rotweins natürlich nicht fehlen. Hatte sie nicht erst kürzlich in einem Artikel gelesen, dass ein Glas Rotwein am Tag förderlich für die Gesundheit war? Oder war es ein Glas in der Woche? Egal, schließlich war Feierabend!

1.

Am nächsten Morgen traf Helena um kurz vor acht im Büro ein, pünktlich zu ihrer Lagebesprechung mit Franzi. Die saß schon an ihrem Schreibtisch und nippte an einer riesigen Tasse, der ein kräftiges Minzaroma entstieg. Nachdem Helena ihre Partnerin herzlich begrüßt hatte und sich zudem wieder heimlich vergewissert hatte, dass das stinkende Ungetüm von einem Hund nicht unter dem Schreibtischen lag, setzte sie sich Franzi gegenüber. Sie berichtete ihrer Kollegin von ihren gestrigen Recherchen. Franzi lauschte aufmerksam ihren Ausführungen.

„Als ich Damian Strakowic gegenüber das Gift erwähnte, war er mehr als erstaunt. Ich bin mir ziemlich sicher, dass er wirklich keine Ahnung davon hatte. Er wirkte sogar erleichtert, dass er nun doch nicht für den Tod seines Bruders verantwortlich war. Mir blieb erstmal nichts anderes übrig, als seine Entlassung aus der U-Haft zu bewirken", schloss sie ihren Bericht.

„Gibt's irgendwelche Anhaltspunkte, wer ihm des Gift sonscht verabreicht haben könnte?", hakte Franzi nach.

„Bis jetzt noch nicht", seufzte Helena. „Adrian Strakowic war laut seiner Nachbarin die meiste Zeit in seiner

Wohnung. Ich werde heute noch den Besitzer des Kiosks, den er täglich aufsuchte, befragen. Vielleicht kann er mir mehr über Strakowic erzählen. Dann will ich noch mit dem Wohnungsbesitzer telefonieren. Mal sehen, was dabei so herauskommt." Helena lehnte sich in ihrem Bürostuhl zurück.

„Aber jetzt berichte du mal, was es im Fall Hillbrand Neues gibt."

Nun musste Franzi seufzen. „I wollt eigentlich geschtern no nach Willisried naus fahr'n, um die Nachbarn zu befragen, aber die vielen Unterlagen koschten doch mehr Zeit als gedacht." Sie deutete auf den Stapel mit Ordnern. „I hab inzwischen Verstärkung von zwei jungen Kolleginnen bei der Auswertung bekommen. Momentan legen wir ne Lischte mit allen Namen und G'schäften an, die Herr Hillbrand in seinen Ordnern aufg'führt hat, und das sind richtig viele, sag i dir. Leider engt das unser'n Verdächtigenkreis net grad ein. Er hat ne Menge Leute über's Ohr g'haun! Seine Masche war dabei eigentlich immer die gleiche. Er suchte nach alleinstehenden, älteren Damen und hat denen dann ihre Grundstücke abg'schwatzt. Wie genau ihm des g'lungen ist, muss i no rausfinden. Fakt isch, dass die Damen ihre Grundstücke allesamt weit unter Wert an Rainer Hillbrand verkauft ham."

„Was durchaus ein Motiv für einen Mord sein könnte", merkte Helena an.

„Du sagsch es!" Seufzend hob Franzi beide Hände und ließ sie auf ihren Schreibtisch fallen.

„Du wirst sehen, es wird sich bald etwas ergeben!", versuchte Helena, ihre Partnerin aufzubauen.

„Dein Wort in Gottes Ohr!"

„Wie wirst du weiter vorgehen?"

„I überlass die Ordner mal für'n Weilchen den fleißigen Kolleginnen und fahr heut mal nach Willisried naus. I horch mi mal in der Nachbarschaft vom Hillbrand um. Irgendjemand in dem Kaff wird schon was g'sehn ham."

„Das klingt doch vielversprechend", bestärkte Helena ihre Partnerin. „Geh bloß der Frau Huber aus dem Weg", bemerkte sie grinsend.

Franzi verdrehte theatralisch die Augen. „Die Huberin! Hör mir bloß mit der auf! Aber mit der werd i schon fertig, kei Sorge." Franzis Augen glitzerten amüsiert. Sie stand auf und schnappte sich ihre Jacke.

„I pack's dann mal, Lena. Viel Erfolg dir und bis später!"

„Tschüss, Franzi!" Helena hob grüßend die Hand.

Nachdem die Augsburger Kommissarin das Büro verlassen hatte, versorgte sich Helena noch schnell mit einem Cappuccino aus der Kaffeeküche, um sich anschließend wieder an ihren Schreibtisch zu setzen, wo sie sorgfältig einen Bericht über ihre gestrigen Ermittlungen tippte, wobei sie immer wieder auf die Aufzeichnungen aus ihrem Notizbuch zurückgriff. In drei Tagen erwartete ihr Chef immerhin einen ausführlichen Bericht. Diesmal würde sie ihn nicht enttäuschen.

Helena war über eine Stunde mit ihrer Schreibarbeit befasst. Dann suchte sie die Telefonnummer des Eigentümers von Adrian Strakowics Wohnung heraus und tippte sie in ihren Apparat ein. Nach dreimaligem Läuten antwortete ein Anrufbeantworter. Die Kommissarin hinterließ ihren Namen und ihre Telefonnummer und bat um einen Rückruf. Dann packte sie ihr Notizbuch ein, schnappte sich ihre Jacke und machte sich abermals auf den Weg nach Oberhausen.

Kurz vor dem Ziel versperrte ihr ein riesiges, orangefarbenes Müllauto den Weg. Es zu umfahren war in den engen Straßen leider unmöglich, deshalb blieb Helena nichts Anderes übrig, als im Schneckentempo hinter dem Müllauto herzufahren, bis es endlich in eine Seitenstraße abbog. Die Suche nach einem Parkplatz war heute deutlich schwieriger als gestern, da überall Mülltonnen an der Straße standen und die freien Plätze belegten. Helena parkte schließlich im eingeschränkten Halteverbot in einer Seitenstraße und machte sich auf den Weg zum Kiosk. Sie lief direkt an dem Mehrfamilienhaus vorbei, in dem die Wohnung des Opfers lag. Sie blickte die Fassade hoch und überlegte, welches der Fenster wohl zu Strakowics Wohnung gehörte. Als ihr Blick nach links schweifte, nahm sie eine hastige Bewegung wahr. Ein geblümter Vorhang wurde abrupt zugezogen. Frau Lechhuber zieht mal wieder Erkundigungen ein, dachte die Kommissarin amüsiert. Sie ging weiter und erreichte den Kiosk nach wenigen Schritten. An der Wand war ein kleines Brett angebracht, das wohl als Abstellfläche diente. Davor stand ein ungepflegter Mann, der Bier aus einer Flasche trank, während er die Bildzeitung las. Der Kioskverkauf wurde durch ein Fenster abgewickelt, hinter dem eine ungefähr fünfzigjährige Frau saß und strickte. An der Wand hinter ihr wurden alle möglichen Zigarettenmarken zum Verkauf angeboten und vor dem Fenster lagen jede Menge Zeitungen und Zeitschriften für die Käufer bereit. Offenbar war der Kiosk auch Anlaufpunkt für Kinder aus der Nachbarschaft, wie die vielen Süßkrambehälter, die neben der Frau auf einem Wandregal aufgetürmt waren, bewiesen. Links von ihr stand ein großer Kühlschrank mit einer Glastür, der hauptsächlich mit Bier- und Speziflaschen bestückt war.

„Kann ich Ihnen helfen?" Freundliche Augen blickten Helena an. Die Kommissarin stellte sich vor und vergaß diesmal auch nicht, ihren Dienstausweis zu präsentieren. Die Frau schien davon nicht sonderlich beeindruckt, sie nickte nur und strickte eifrig weiter. „Geht's wieder mal um die Drogis?", wollte sie wissen.

„Drogis?" Helena war verwirrt.

„Na, die ehemaligen Junkies aus dem Haus dort drüben?" Sie zeigte auf ein graues Haus schräg gegenüber, neben dessen Tür ein blaues Schild mit der Aufschrift ‚Drogenhilfe Schwaben' angebracht war. „Ich hab jedenfalls nichts Ungewöhnliches bemerkt." Offenbar hatte sie diesbezüglich schon öfter Kontakt mit der Polizei gehabt.

Helena schüttelte den Kopf. Der Mann, der an die Theke gelehnt gemütlich sein Bier trank, rülpste vernehmlich.

„Noch eins, Helga", bestellte er Nachschub, der ihm postwendend durch das Fenster gereicht wurde.

„Ich würde Ihnen gerne ein paar Fragen zu einem Ihrer Kunden stellen", präzisierte Helena ihr Anliegen.

Neugierig sah die Frau sie an. „Na, dann schießen Sie mal los." Eifrig klapperten die Stricknadeln weiter.

„Gehört Ihnen der Kiosk, Frau ...?"

„Leuthäuser, Helga Leuthäuser. Ja, der gehört mir."

„Herr Adrian Strakowic war ein häufiger Kunde bei Ihnen", stellte Helena fest.

„Der Straki? Ja, der war täglich hier, Gott hab ihn selig."

„Sie wissen von seinem Ableben?"

„Aber sicher doch! Neulich war hier doch alles voller Tatütata und Blaulicht und so weiter! War ja wohl nicht zu übersehen! Die ganze Straße hat drüber gesprochen."

„Wie gut kannten Sie den Verstorbenen?", hakte Helena nach.

„Mei, wie man seine Pappenheimer halt kennt." Frau Leuthäuser zuckte mit den Schultern. Fasziniert beobachtete Helena, mit welcher Geschwindigkeit sich die Hände der Frau beim Stricken bewegten. Sie konnte den Nadeln mit den Augen kaum folgen. Trotzdem musste Frau Leuthäuser kein einziges Mal auf ihre Arbeit schauen. Das ging alles nebenher.

„Würden Sie bitte etwas genauer sein?", bat sie die Kioskbesitzerin.

„Straki kam jeden Tag gegen eins zu mir. Er kaufte sich ein paar Flaschen Bier und trank eins davon gleich hier." Sie deutete mit dem Kopf in Richtung Theke. „Besonders gesprächig war er nie."

„Trotzdem nannten Sie ihn Straki?"

„Mei, der ist ja schon seit einer Ewigkeit zu mir gekommen! Ab und an spricht man dann doch miteinander. Der Lorenz hier kannte den Straki übrigens auch." Sie deutete auf ihren Kunden, der gerade dabei war, seine zweite Flasche Bier zu leeren. Helena wandte sich ihm interessiert zu.

„Sie kannten also Herrn Strakowic?"

„I wo, kenna isch z'viel g'sagt.“

Helena runzelte die Stirn. Tiefste Augsburger Mundart! Jetzt wurde es haarig! Sie konzentrierte sich, um wenigstens ein paar Wörter zu verstehen.

„Da Schtraki und i ham uns halt ab und zua hia zufällig troffa. Mia ham net so viel mitanand g'schwätzt.“

Helena war raus. „G'schwätzt?“, wiederholte sie das letzte Wort verwirrt.

„Ja, g'red halt! Was isch jetzt da so schwer zu verschtehn?“

„Sie meinen, Sie haben nicht viel mit ihm gesprochen?“, versuchte sie mutig, das Gehörte zusammenzufassen. In diesem Moment fehlte ihr ihre Dolmetscherin Franzi doch sehr.

„Sie ham's erfasst! Ge Helga, gibsch mir no so a feine Bredzg und no a Halbe zum Nunterschpüln, bisch so liab?“

Frau Leuthäuser reichte ihm das gewünschte Laugengebäck, das an einer hölzernen Stange baumelte und öffnete eine weitere Flasche für ihren Kunden.

„Heut hasch aber nen g'höriga Durscht, Lorenz“, stellte sie zufrieden fest.

„Über was haben Sie denn mit Herrn Strakowic so gesprochen?“, unterbrach Helena genervt das Augsburger Kauderwelsch.

„Über Autos halt. Mia ham das gleiche g'lernt.“ Er nahm einen großen Bissen von seiner Breze und spülte sie mit einem Schluck Bier herunter.

„Sie sind auch Automechaniker?“

Lorenz nickte. „I war Mechaniker“, betonte er. „Bevor i so z'samgschafft war. Jetzt hab i's im Kreiz und kann nimma schaffa. I kann nix mehr lupfa.“

Helena starrte ihn sprachlos an. Wie war es möglich, dass die deutsche Sprache so dermaßen abartige Dialekte zuwege brachte? Die Kioskbetreiberin hatte das Gespräch amüsiert verfolgt, während sie munter weiter strickte. Ihr war längst klar geworden, dass die Kommissarin der Augsburger Mundart nicht mächtig war.

„Er hat Rückenbeschwerden und kann nicht mehr arbeiten", übersetzte sie schließlich mitleidig für die Hamburgerin. Helena nickte ihr dankbar zu. „Können Sie mir vielleicht sonst noch etwas über Herrn Strakowic erzählen?", wandte sie sich nochmal tapfer an Lorenz.

„I glob net." Er rülpste wieder vernehmlich und schob das letzte Stück Breze in seinen Mund.

„Ham mer's dann, Frau Polizischtin?" Er trank seine Flasche aus und stellte sie in das Verkaufsfenster. „Schreibsch es mir an, ge Helga."

„Isch scho recht, Lorenz", nickte ihm die Kioskbesitzerin zu und ließ die Stricknadeln weiterklappern.

Helena ließ sich für alle Fälle noch die Personalien des inzwischen ordentlich betankten Oberhauseners geben, um ihn dann erleichtert zu entlassen.

„Isch net so leicht für Sie hier, oder Fräulein?" Neugierig sah Frau Leuthäuser Helena an.

„Das können Sie laut sagen", seufzte die.

„Sie sind aus Hamburg, richtig?"

„Woher wissen Sie das?", fragte Helena überrascht.

„Ich hab ne Nichte da oben. Hat nen Preuß'n g'heiratet." Nach einem hastigen Blick auf Helena schob sie noch schnell ein „Nix für ungut" hinterher.

Die Kommissarin nickte ergeben. Sie war diese Anrede inzwischen gewohnt. „Hatte Herr Strakowic noch weitere Bekanntschaften?", versuchte sie das Gespräch auf das ursprüngliche Thema zurückzulenken.

Frau Leuthäuser dachte nach. „Eher nicht. Meist waren nur er und der Lorenz zur selben Zeit hier. Nach einem Bier ist der Straki gleich wieder gegangen, war höchstens fünf bis zehn Minuten da."

„Hat er jemals über etwas Persönliches mit Ihnen gesprochen? Zum Beispiel über seine Familie?"

„Er hat neulich mal erwähnt, dass er sich beeilen muss, weil sein Bruder ihn bald abholen kommt. Mehr hat er aber net g'sagt."

Helena machte sich ein paar schnelle Anmerkungen in ihr Notizbuch. Sie reichte Frau Leuthäuser noch ihre Visitenkarte, bevor sie ihr Büchlein einsteckte. „Rufen Sie mich bitte an, wenn Ihnen noch etwas einfällt", bat sie die Kioskbetreiberin.

„Mach ich", versprach diese. „Oh Mischt, jetzt hab ich doch glatt ne Masche fallen lassen." Sie beugte sich über ihre Strickarbeit, um das Malheur zu beheben. Helena verabschiedete sich und lief Richtung Auto.

„He Sie, Fräulein!", schallte es hinter ihr her.

Helena drehte sich um. Frau Leuthäuser war aufgestanden und hatte durch ihr Fenster gerufen. Sie winkte die Kommissarin zu sich zurück. Helena kam der Aufforderung nach.

„Mir ist doch noch was eing'fallen", berichtete Frau Leuthäuser eifrig, das Strickzeug vergessen auf ihrem Tresen liegend. „Vor ein paar Wochen hat sich der Straki tierisch über was aufgeregt, was er wohl in der

Zeitung g'lesen hatte." Neugierig sah Helena die Frau an.

„Um was ging es da?"

„Er hat fürchterlich über die Immobilienpreise geschimpft und dass die Makler und die Banken den Leuten doch das Geld aus der Tasche ziehen würden. Für den kleinen Mann blieb da nix übrig, meinte er. Hilft Ihnen das vielleicht weiter?" Hoffnungsvoll sah Frau Leuthäuser Helena an.

„Bestimmt", versicherte die ihr. „Vielen Dank für Ihre Zeit." Sie verabschiedete sich nochmal und lief zu ihrem Auto zurück. Natürlich fand sie wieder ein Knöllchen unter dem Scheibenwischer ihres Audis vor. Helena seufzte. 20 Euro! Sie hatte wieder mal vergessen, das Schild ‚Polizei im Einsatz' unter die Windschutzscheibe zu legen. Verärgert stopfte sie das Knöllchen in ihre Jackentasche und stieg ins Auto. Für den Rückweg ins Präsidium brauchte sie diesmal nur halb so lang, weil die Müllautos mit ihrer Arbeit in diesem Viertel zum Glück fertig waren. Unterwegs kam sie an der Metzgerei vorbei, in der sie letzte Woche erfolglos versucht hatte, ein Mettbrötchen zu erstehen und überlegte kurz, ob sie anhalten sollte, da sie ein leichtes Hungergefühl verspürte. Sie verkniff sich das aber, da sie nach ihrem Geschmack für heute schon genug mit der berühmten Augsburger Freundlichkeit zu tun gehabt hatte. Gerade als sie auf den Parkplatz vom Präsidium fuhr, klingelte ihr Handy.

„Danner?"

„Lena, i bin's, die Franzi. Hör mal, hättsch du net Luscht mit mir was Kleines zu Mittag zu essen? I bin grad auf'm Rückweg aus Willisried."

Helena freute sich aufrichtig über Franzis Vorschlag, war ihr Magenknurren doch in den letzten Minuten deutlich lauter geworden. „Gerne! Wo sollen wir uns treffen?"

„Am beschten, wir treffen uns auf 'm Stadtmarkt. Da kann mich mein Chauffeur glei rauslassen und i fahr dann mit dir z'rück ins Präsidium, ok?" Helena stimmte ihrer Kollegin zu und ließ ihren Wagen wieder an. Sie könnte sich wie Franzi, die offensichtlich keinen Führerschein besaß, von jungen Beamten herumfahren lassen, fuhr aber lieber selbst, um unabhängiger zu sein. Sie brauchte nur fünf Minuten in die Innenstadt und parkte ihr Auto diesmal in einer Parkgarage, direkt neben dem Stadtmarkt. Als sie aus dem Aufzug auf den sogenannten Annahof trat, von dem aus ein Durchgang zum Stadtmarkt führte, sah sie schon Franzi, die am Rande eines großen Betonblockes saß, der die riesige Aufschrift ‚Bibliotheca Publica' trug. Franzi entdeckte ihre Partnerin und winkte ihr zu. Interessiert blickte sich Helena auf dem großzügigen Platz um, der von hellen Gebäuden umsäumt war.

„Das isch des ehemalige Gymnasium bei St. Anna", klärte Franzi sie auf und deutete auf einen hübsch sanierten Renaissancebau. „Des hat unser berühmter Augschburger Baumeister Elias Holl gebaut. Weißsch scho, des isch doch der, der au unser schön's Rathaus gebaut hat." Stolz auf ihre Heimat klang in ihrer Stimme mit. „Und des daneben war unser Stadtarchiv. Das Gebäude isch jedoch kürzlich verkauft word'n und isch nun in privater Hand." Sie deutete auf das Gebäude hinter sich. „Des hier gegenüber isch a nett's Café. Da kann man im Sommer gut draußen sitzen." Der Platz war wirklich bezaubernd. Staunend sah Helena sich um. Sie konnte sich sehr gut vorstellen, dass das Café im Sommer gut besucht war. Vor ihrem inneren Auge sah sie sich schon mit einem Glas Aperol Spritz vor dem Café in der Sonne sitzen.

„Hier geht's durch zum Stadtmarkt." Franzi stand auf und hakte sich bei ihrer Kollegin unter. Sie liefen auf den kleinen Durchgang zu, hinter dem Helena schon die Verkaufsstände des Augsburger Stadtmarktes erkennen konnte.

„Am beschten geh'n wir in die Fleischhalle, da findet sich was für jeden G'schmack", ließ Franzi ihre Partnerin wissen und zog sie schon die Stufen hinunter in eine große, längliche Halle. Jetzt um die Mittagszeit herrschte ziemliches Gedränge in der Fleischhalle. Links und rechts waren etliche kleine Läden an der Wand entlang aneinandergereiht. In der Mitte der Halle warteten jede Menge Tische und Stühle in einem munteren Durcheinander auf Kundschaft. An Stehtischen nahmen hauptsächlich Männer in Anzügen, die wahrscheinlich in den umliegenden Banken arbeiteten, ihr Mittagessen zu sich. Das Angebot war wirklich riesig: Es gab deutsche Speisen neben türkischen, asiatischen, griechischen, italienischen ... Helena wusste gar nicht, wo sie zuerst hinschauen sollte. Zielsicher steuerte Franzi einen Imbiss neben der Treppe an.

„I ess hier am liebschten eine Gulaschsuppe", verkündete sie. Helena betrachtete interessiert die Auslage. Leckere Gerüche stiegen in ihre Nase und ihr lief das Wasser im Mund zusammen. Sie entschied sich schließlich für ein Paar Bratwürste mit Kartoffeln und Sauerkraut. Die Kommissarinnen bezahlten und nahmen ihre dampfenden Teller in Empfang. Nach kurzer Suche entdeckten sie einen kleinen Tisch mit zwei freien Stühlen. Sie setzten sich hin und ließen es sich schmecken. Lecker! Trotz der hohen Geräuschkulisse genossen die beiden Frauen ihr Mittagessen und lehnten sich schließlich pappsatt zurück. Helena berichtete Franzi von ihrer Befragung am Oberhausener Kiosk. Bei ihrer Beschreibung des trinkfreudigen Lorenz musste ihre Kollegin herzlich lachen.

„Du Arme! Was du mit uns Augschburgern mitmachsch!"

Helena fiel in ihr Lachen ein. „Ein wenig wird es schon noch dauern, bis ich mich an euren Dialekt gewöhnt habe", gab sie zu. „Falls das überhaupt möglich ist!"

„Aber freilich schaffsch du des! Des wär ja g'lacht!" Franzi gab ihr einen freundschaftlichen Klaps auf die Schulter. „Wir Augschburger mögen manchmal etwas ruppig erscheinen", sie lachte über Helenas Augenrollen. „Aber im Grunde g'nommen verbirgt sich unter unsrer rauen Schale doch ein weicher Kern."

Helena konnte sich nur schwer vorstellen, dass so ausgemachte Augsburger Urviecher wie der dicke Streifenbulle Schorsch oder der Oberhausener Mechaniker Lorenz irgendwo einen weichen Kern versteckt hielten. Da musste die Schale aber richtig dick sein! Franzi selbst war aber wirklich sehr lieb und diente durchaus als positives Beispiel für die Bewohner der schwäbischen Hauptstadt, wenn sie auch etwas eigen war.

„Woll' mer aufm Rückweg no a weng durch'n Stadtmarkt schlendern? I komm sehr gern hierher."

„Gerne", freute sich Helena über Franzis Vorschlag. Die beiden Frauen verließen gemeinsam die Fleischhalle und bogen in eine enge Gasse ein.

„Hier wird Obscht aller Art verkauft", moderierte Franzi. Die bunte Auslage der Stände präsentierte sich äußerst appetitlich. Rotbackige Äpfel lagen neben besonders großen Orangen, getrockneten Feigen und Beeren aller Art. Ananas, Mangos und Pflaumen wollten die Kunden zum Kaufen verleiten. Als Helena genauer hinsah, bemerkte sie die ausgeschilderten Preise. Franzi, die den geschockten Gesichtsausdruck ihrer Partnerin richtig deutete, bemerkte schmunzelnd: „Ja, die ham saftige Preise hier, gell?"

„Das kann man laut sagen! Fast fünf Euro für ein kleines Schälchen Brombeeren?!" Helena war fassungslos.

„Alle Früchte, die du hier kaufen kannsch, sind absolut makellos. Du kriegsch au des ganze Jahr über praktisch alle Sorten angeboten. Daher auch der saftige Preis. Am Wochenende findesch du aber hinten auf dem Markt regionales Obst und G'mias, das Bauern aus der Umgebung verkaufen und des zu absolut vernünftigen Preisen. I geh da fascht jeden Samstag hin und kauf mir mei Obscht und G'mias für d' ganze Woche."

Helena nahm sich fest vor, am nächsten Samstag auch mal die regionalen Angebote auszuchecken. Die Frauen schlenderten weiter, als ihnen plötzlich penetranter Fischgeruch in die Nasen drang. „Hier wird frischer Fisch verkauft", klärte Franzi Helena auf. „Du kannsch dir hier in dem Becken", sie deutete in ein Becken, in dem sich eine Unmenge der glitschigen Tiere tummelten, „'nen Fisch aussuchen. Dem wird dann eine übergezog'n", sie machte mit der Hand eine schlagende Bewegung, „und dann kannsch du ihn glei mitnehmen. Frischer geht's gar net." Helena war sich sicher, dass sie liebend gern darauf verzichten würde, sich einen Fisch auszusuchen und dann noch dabei zuzusehen, wie er getötet wurde. Als Hamburgerin aß sie zwar gerne und regelmäßig Fisch, doch der war bereits tot und ausgenommen, wenn sie ihn kaufte. Sie ging ja schließlich auch nicht zum Metzger und sagte: „Ich hätte gern einen Braten, von dem dritten Schwein links hinten im Stall."

Die beiden Frauen bogen um die Ecke.

„Hier findesch du alles an G'mias, was es so gibt."

Staunend sah Helena riesige lilafarbige Blumenkohlköpfe, neben Bergen von Zwiebeln, bunten Karotten und Töpfen voller aromatischer Kräuter. Heimischer Schnittlauch und Petersilie fanden sich hier, aber auch Südländer wie Thymian oder Rosmarin warteten auf Käufer. Die Auslage des Augsburger Stadtmarktes war wirklich ein Fest für alle Sinne!

„Wenn wir hier um die Fleischhalle 'rumgehen, komm' mer wieder zu unsrem Durchgang zum Annahof." Franzi schritt forsch voran, die untergehakte Helena neben sich herziehend. Sie liefen durch eine breitere Gasse. Rechts befanden sich ausschließlich Verkaufsstände der hiesigen Bäcker. Die knusprigen Brezen, die, wie Helena neidlos zugestehen musste, nirgendwo so gut schmeckten wie in ihrer neuen Heimat, rochen verführerisch. Riesige Brotlaibe mit aufgebrochenen Krusten lagen zum Verkauf bereit. Auf der linken Seite befand sich ein anderes längliches Gebäude.

„Des isch die Viktualienhalle“, folgte schon Franzis Erklärung. „Hier gibt's getrocknete Kräuter, leck'ren Käse, eingelegte Oliven, aber au richtig guten Pfälzer Wein“, schwärmte die Augsburger Kommissarin. „Von Wein versteh'n die Pfälzer wirklich was, des muss ma sagen.“

Helena erinnerte sich, dass Franzi ihr ja von ihrer Patentante, die in der Pfalz wohnte, erzählt hatte.

„Aber die ham fei wirklich nen grauenhaften Dialekt!“, fuhr Franzi fort. „I kann den Wirt hier fascht net versteh'n!“ Helena musste herzhaft lachen. Sie war fast ein wenig schadenfroh, dass auch die Augsburger offensichtlich gelegentlich ihre liebe Mühe dabei hatten, andere Dialekte zu verstehen. Die beiden Frauen liefen weiter und bogen schließlich in den Durchgang zum Annahof ab. Helena bezahlte ihren Parkschein und anschließend nahmen sie den Aufzug zum richtigen Parkdeck und fuhren zurück ins Präsidium. Auf dem Weg erzählte Franzi ihrer Kollegin von ihren eher erfolglosen Ermittlungen in Willisried. „Niemand will was g'sehen ham. Meischtens war der Hillbrand net daheim und wenn doch, hat er offensichtlich ständig irgendwelchen Besuch g'habt“, schloss sie ihren Bericht. Helena parkte ihren Wagen auf dem Parkplatz des Präsidiums und die Frauen stiegen aus.

„Ja, grüß dich, Franzi“, vernahm Helena eine bekannte Stimme. Sie drehte sich um und tatsächlich: Streifenbulle Schorsch stand breitbeinig vor ihrem Auto und strahlte ihre Kollegin an. Als er Helena erblickte, tippte er sich an die Mütze. „Ah, das Fräulein Kommissar. Grüß Sie Gott.“ Helena nickte ihm zu und wollte schnellstmöglich an ihm vorbeigehen. „Ham's heut gar nix zum Trinken dabei?“, wandte sich der Beamte nochmal an sie. Helena warf ihm über die Schulter einen gereizten Blick zu und lief dann, sein schallendes Gelächter im Rücken, auf das Präsidium zu. Franzi beeilte sich, um mit ihrer Kollegin mitzuhalten. „Was war des jetzt?“, fragte sie.

„Frag nicht.“ Helenas knappe Antwort zeigte ihrer Kollegin, dass sie besser nicht weiterfragen sollte.

„Also du und der Schorsch, ihr werdet wohl keine Freunde mehr, oder?“

„Wohl eher nicht.“ Inzwischen hatten die beiden Frauen ihr Büro erreicht und hängten ihre Jacken an der Garderobe auf. Ein zerknülltes Etwas fiel aus Helenas Tasche auf den Boden und Franzi hob es auf. Sie glättete das Papier und wollte es ihrer Kollegin gerade zurückgeben, als sie erstaunt ausrief: „Na, du sammelsch die Dinger ja regelrecht!“

Helena wurde rot. Das zweite Knöllchen in weniger als einer Woche! Franzi lachte. „Mach dir keinen Kopf, Lena! I kümmer mich drum!“ Sie griff nach dem Telefonhörer und tippte eine Nummer ein.

„Ja, grüß dich Hans, i bin’s scho wieder, die Franzi.“ Sie lauschte eine Weile. „Ja, so kann’s gehen. Z’erscht hört man sich ne Weile gar net, dann glei zweimal in einer Woche.“ Franzi lachte. „Du hör mal, ich hätte da noch so nen Wisch ...“ Sie lauschte wieder. „Meine neue Kollegin, genau.“ Lauschen. „Helena Hansen, richtig. Mei, ich dank dir schön! Hasch was gut bei mir! Pfiat di.“ Sie legte den Hörer auf.

„Isch erledigt, Lena.“

Helena bedankte sich verlegen bei ihrer Partnerin und versprach gleichzeitig, in Zukunft mehr darauf zu achten, wo sie parkte.

„Isch kein Ding, echt net. Denk einfach nimmer drüber nach." Franzi nahm sich einen Ordner vom Stapel und schlug ihn auf. „Weiter geht's." Seufzend schaltete sie ihren PC ein. Sie schaute in den Monitor. „Ui! Die beiden Kolleginnen waren ja richtig fleißig!", rief sie erfreut aus, als sie die inzwischen merklich längere Liste durchsah. Dann fing sie an, in dem Ordner zu blättern.

Helena hörte ihren Anrufbeantworter ab und erfuhr, dass eine Nachricht für sie hinterlassen wurde: „Grüß Gott, mein Name ist Schulze, Michael Schulze. Sie wollten mich bezüglich meiner Wohnung in Augsburg-Oberhausen sprechen. Ich wäre ab jetzt bis kurz nach zwei in meinem Büro erreichbar. Auf Wiederhören."

Ein prüfender Blick auf die Uhr zeigte Helena an, dass es bereits Viertel nach zwei war. Sie wählte die Nummer des Hauseigentümers und hoffte, dass sie ihn noch erreichen würde. Nach einem Läuten wurde abgenommen: „Schulze."

„Guten Tag, mein Name ist Helena Hansen von der Kriminalpolizei Augsburg."

„Ah, Frau Hansen, da haben Sie aber Glück, dass Sie mich noch erwischen. Ich war gerade auf dem Weg aus meinem Büro. Was kann ich für Sie tun?"

„Ich würde Ihnen gerne ein paar Fragen zu Ihrem Mieter Adrian Strakowic stellen, Herr Schulze."

„Der Strakowic? Hat der was ausgefressen?"

„Er wurde letzte Woche tot in seiner Wohnung aufgefunden." Die Leitung blieb stumm. „Herr Schulze?"

Helena vernahm ein Räuspern.

„Ja, ich bin noch da. Tot, sagen Sie? Was ist denn passiert?"

„Zum jetzigen Zeitpunkt gehen wir von einem Mord aus, Herr Schulze. Genaueres kann ich Ihnen wegen der laufenden Ermittlungen leider nicht sagen."

„Aber um Himmels willen! Mord?!" Der Mann klang ehrlich entsetzt.

„Was können Sie mir über Herrn Strakowic sagen?"

„Nicht wirklich viel. Er war in letzter Zeit häufig mit seiner Miete im Verzug, und ich wollte ihm bei nächster Gelegenheit kündigen. Ich hätte das schon vor längerer Zeit tun sollen, wollte ihm aber doch noch eine Chance geben. Er war ansonsten sehr unauffällig, hat nie was gebraucht, keinen Ärger gemacht."

„Haben Sie ihn mal persönlich getroffen?", fragte Helena nach.

„Leider nein. Ich habe die Vermietung über eine Maklerfirma laufen lassen, hatte also keinen persönlichen Kontakt mit Herrn Strakowic."

„Sollte Ihnen noch etwas einfallen, rufen Sie mich bitte unter dieser Nummer zurück, Herr Schulze", bat Helena ihn.

„Das werde ich tun. Auf Wiederhören, Frau Kommissarin." Ein Klicken in der Leitung zeigte an, dass das Gespräch beendet war. Helena legte den Hörer auf und grübelte. Viel hatte sie ja nicht gerade erfahren.

Den restlichen Nachmittag verbrachte sie damit, die neuen Informationen in ihren Bericht einzufügen. Sie hatte immer noch keinen Anhaltspunkt, wer Adrian Strakowic vergiftet haben könnte. Außer zu seinem Bruder hatte er offenbar kaum Kontakt zur Außenwelt

gehabt. Helena nahm sich vor, Damian Strakowic ein
weiteres Mal zu befragen. Sie würde ihn gleich morgen
auf seinem Schrottplatz aufsuchen. Sie fuhr ihren PC
runter und stand auf.

„Gehsch du scho?" Franzi sah von ihrer Arbeit hoch.

„Schon ist gut. Es ist schon halb sechs durch."

„Halb sechs? Wahnsinn, wie schnell die Zeit vergeht!
I mach au bald Schluss!"

Die beiden Frauen verabschiedeten sich voneinander.
Helena ging nach draußen, wo sie ein frischer Herbstwind empfing. Sie zog ihre Jacke enger um sich und
fuhr nach Hause. Eigentlich hatte sie noch joggen gehen wollen, aber bei dem Sauwetter konnte sie unmöglich nochmal hinausgehen! Außerdem zog sie ihre gemütliche Couch mit der kuschligen Decke im Großfor-
mat geradezu magisch an. Helena kochte sich noch
schnell eine Blumenkohlsuppe, immerhin hatte sie
heute ja bereits eine deftige Mahlzeit zu sich genommen, weswegen sie nichts Großes mehr wollte und aß
sie vor dem Fernseher. Eine Doku über Alaska fesselte
ihre Aufmerksamkeit. Die Weiten Alaskas ohne eine
Menschenseele weit und breit faszinierten sie. Was für
eine Landschaft! Wenn sie an die grantigen Ur-Augsch-
burger dachte, hatte so eine einsame Blockhütte mitten
im Wald doch etwas sehr Verführerisches an sich!

8.

Der nächste Morgen begann trüb und regnerisch. Der Regen wurde vom Wind gegen die Scheibe gepeitscht und Tropfen rannen unentwegt an ihr hinunter. Nicht gerade ein Wetter, bei dem man gern das Haus verließ. Aber es half ja nichts. Nach einem Frühstück aus erfrischendem Pfefferminztee, gebraut aus den selbstgesammelten, inzwischen getrockneten Pflanzen aus dem Apothekergarten und einem knusprigen Dinkel-Müsli mit Joghurt, zog sich Helena ihre Jacke an, griff sich den kleinen Regenschirm und verließ ihre Wohnung. Als sie aus dem Haus trat, zerrte der Wind an ihren Haaren und riss ihr die hastig übergeworfene Kapuze sofort wieder vom Kopf. Helena rannte zu ihrem Wagen und stieg ein. Sie fuhr zum Polizeipräsidium und parkte so nah wie möglich am Eingang. Trotzdem war sie durchnässt, als sie in dem großen Gebäude ankam. Wenigstens war ihr das Glück insofern hold, als sie nicht auf den Streifenbullen Schorsch traf, sondern unbehelligt ihr Büro erreichte. Auf ihrem Schreibtisch fand sie einen Zettel von Franzi vor, auf dem sie ihr mitteilte, dass sie wieder nach Willisried gefahren war. Sie wollte sich nochmal bei den Nachbarn umhören und sich in der Wohnung des Opfers umsehen. Helena war das recht. Eigentlich waren sie ja um 8 Uhr zur Besprechung verabredet, aber da sie sich gestern sowieso zum Mittag getroffen hatten und den restlichen Tag gemeinsam im Büro verbracht hatten, gab es sowieso nicht viel zu besprechen. Helena wollte heute nochmal mit Damian Strakowic sprechen. Sie beschloss, ihren Besuch telefonisch anzukündigen, um den Weg zum Schrottplatz bei diesem Wetter nicht umsonst zurücklegen zu müssen. Damian Strakowic meldete sich nach längerem Klingeln.

„Herr Strakowic, hier spricht Helena Hansen von der Kripo Augsburg.“

„Was woll'n Sie denn schon wieder? Können Sie mich net endlich mal in Ruh lassen?“

„Ich hätte da noch ein paar Fragen an Sie. Sind Sie in der nächsten Stunde zu Hause?“

„Ich bin da. Hab schließlich zu arbeiten“, knurrte Strakowic unfreundlich ins Telefon und legte auf. Helena zuckte mit den Schultern und beförderte den Hörer zurück auf die Gabel. Dann schnappte sie sich ihr Notizbuch und ihre Jacke und verließ ihr Büro. Der Weg zum Schrottplatz war ungemütlich. Regen klatschte gegen die Windschutzscheibe von Helenas Audi und erschwerte ihr die Sicht, obwohl sie die Scheibenwischer auf höchster Stufe laufen ließ. Die Strecke führte sie quer durch Augsburg, weshalb sie ihr Ziel erst nach einer knappen halben Stunde erreichte. Das eiserne Tor des Schrottplatzes war geschlossen. Es war Mittwoch, und wie Helena sich erinnerte, hatte der Schrottplatz mittwochs ja geschlossen. Sie fuhr nahe an das Tor heran und überlegte einen kurzen Moment, wie sie den Besitzer des Platzes auf ihre Ankunft aufmerksam machen sollte. Dann drückte sie kurz entschlossen zweimal auf ihre Hupe, bevor sie den Motor ausstellte. Ein Hund bellte. Nach kurzer Zeit sah sie einen Mann, der, seine Jacke über den Kopf haltend, geduckt durch den Sturm zum Tor lief. Helena stieg aus und lief ihm durch den Regen entgegen. Inzwischen hatte der Mann das Tor geöffnet und ließ die Kommissarin eintreten. Sorgfältig schloss er hinter ihr wieder zu. Dann drehte er sich um und rannte den Weg zurück zum Haus. Helena folgte ihm schnellstmöglich. Sie betraten das heruntergekommene Haus, das in der Mitte des Schrottplatzes stand. Der Gang war schummrig. Die einsame Glühbirne, die in der Mitte der Decke hing, reichte nicht aus, um für eine anständige Beleuchtung zu sorgen. Helena zog ihre triefnasse Jacke aus und hängte sie an einen Haken. Sie überlegte, ob sie die nassen Schuhe ebenfalls ausziehen sollte, als ihr Blick auf den dreckigen Boden fiel. Sie entschloss sich dagegen und folgte Damian Strakowic in das Zimmer auf der linken Seite. Auf der Werkbank stand ein alter Drahtesel auf Lenkstange und Sattel gelehnt, an dem Strakowic offensichtlich gerade gearbeitet hatte. Eine Wandlampe war auf das Rad gerichtet und allerlei Werkzeug hing ordentlich aufgereiht an der Wand. Mit Sauberkeit hatte es der Schrottplatzbesitzer offensichtlich nicht so, aber auf Ordnung achtete er schon, vor allem was sein Werkzeug und seinen Schrott anging.

„Was woll'n Sie jetzt eigentlich?" Strakowic stand mit gekreuzten Armen an seine Werkbank gelehnt und sah Helena auffordernd an.

Helena sah sich um. Das Zimmer war relativ groß. Neben der Werkbank befanden sich noch ein großes Sofa, ein Couchtisch und ein Fernseher darin. Eine alte Anrichte, von der der Lack abblätterte, stand neben der Tür.

„Können wir uns vielleicht setzen?", fragte Helena freundlich.

„Wenn's sein muss." Der Mann deutete auf das Sofa, auf dem sich Helena folgsam niederließ. Für sich selbst zog er einen Werkschemel zur Couch. Die Kommissarin legte ihr Notizbuch auf den kleinen Tisch und sah ihr Gegenüber an.

„Herr Strakowic, wie war ihr Verhältnis zu ihrem Bruder?" Entgeisterte Blicke trafen Helena.

„Das hab ich Ihnen doch schon tausendmal gesagt!", empörte sich ihr Gegenüber augenblicklich.

„Dann sagen Sie es eben zum tausendundersten Mal", stellte Helena ungerührt fest.

„Wir haben uns kaum gesehen, hatten kein besonders enges Verhältnis miteinander. Wie oft denn noch?" Er schüttelte den Kopf und warf theatralisch die Hände hoch.

„Wann haben Sie Ihren Bruder vor dem Tag seines Todes zuletzt gesehen?"

„Keine Ahnung! Wir haben uns nur selten gesehen."

„Haben Sie hin und wieder mal etwas mit Ihrem Bruder unternommen?", hakte Helena nach.

„Unternommen? Was denn? Ich hab Ihnen doch gesagt, dass wir früher Schafkopfen waren, aber seitdem haben wir nichts mehr gemeinsam unternommen."

„Sie haben also keine gemeinsamen Unternehmungen mit Ihrem Bruder gemacht?" Helena sah ihm fest in die Augen.

Damian Strakowic fing an, seine Finger zu kneten.

„Nein, hab ich doch gesagt!" Er erhob seine Stimme.

„Wie erklären Sie sich dann, dass Zeugen gesehen haben, wie Sie und Ihr Bruder immer wieder gemeinsam seine Wohnung verlassen haben und er erst Stunden später zurückkehrte?"

Strakowics Finger krallten sich in seine Hose. Er wirkte extrem angespannt. „Vielleicht haben mich Ihre sogenannten Zeugen mit jemandem verwechselt", schlug er aus zusammengepressten Zähnen heraus vor.

„Herr Strakowic, wohin sind Sie mit Ihrem Bruder gefahren, wenn Sie ihn abgeholt haben?", hakte Helena nach, ohne auf seinen Einwand einzugehen.

„Meine Güte, wir waren hin und wieder auf dem Friedhof! Das ist doch wohl nicht verboten!" Seine Augen huschten zur Anrichte. Helena folgte seinem Blick und sah ein Sterbebildchen, das in die gläserne Schiebetür der Anrichte geklemmt war.

„Wen haben Sie denn auf dem Friedhof besucht, Herr Strakowic?"

„Das geht Sie überhaupt nichts an!" Strakowic sprang auf. „Und jetzt gehen Sie bitte! Sie haben mir schon genug Zeit gestohlen!" Er deutete zur Tür. Helena wusste, dass sie heute nichts mehr aus dem Mann herausbekommen würde. Sie packte ihr Notizbuch ein und erhob sich ebenfalls.

„Sie finden sicher allein zur Tür?" Unhöflich drehte sich Strakowic von der Kommissarin weg und ging zu seiner Werkbank, um sich scheinbar sofort wieder in seine Arbeit zu vertiefen. Helena ging langsam zur Tür. Ihr Weg führte sie an der Anrichte vorbei. Ein kurzer Blick über die Schulter sagte ihr, dass Damian Strakowic sie völlig ignorierte und an dem Drahtesel herumhantierte. Sie ergriff die Gelegenheit und schnappte sich das Sterbebildchen von der Anrichte. Eine alte, freundlich dreinblickende Frau blickte ihr aus großen, runden Brillengläsern entgegen. ‚Erna Wittig‘ stand in schön geschwungenen Buchstaben unter dem Bild. Plötzlich wurde Helena das Sterbebild aus der Hand gerissen. Damian Strakowic stand wutschnaubend vor ihr und schrie sie an: „Was fällt Ihnen ein, hier herumzuschnüffeln? Raus hier! Aber sofort!“ Er schob Helena zum Ausgang, nahm ihre Jacke vom Haken, die inzwischen eine mittelgroße Pfütze auf dem Boden hinterlassen hatte, und beförderte die Kommissarin unsanft zur Tür hinaus. Die schwere Haustür warf er mit einem lauten Knall hinter ihr zu. Helena beeilte sich, in ihre Jacke zu schlüpfen, um nicht völlig durchnässt zu werden, dann rannte sie zum Tor, das sich zum Glück von innen öffnen ließ, und stieg in ihr Auto. Was war das denn jetzt? Wieso flippte dieser Mann wegen einem Sterbebildchen dermaßen aus? Helena zog schnell ihr Notizbuch heraus und notierte sich den Namen Erna Wittig. Dann fuhr sie zurück ins Präsidium.

Franzi war immer noch nicht an ihrem Schreibtisch, als Helena ankam. Sie hängte ihre Jacke auf und ging erstmal in die Kaffeeküche, um sich ein warmes Getränk zu holen.

„Das Fräulein Kommissar! Guten Morgen!“ Zu spät entdeckte Helena den Beamten, der am Kaffeetisch eine dicke Leberkässemmel verdrückte. Streifenbulle

Schorsch, ausgerechnet! Helena nickte ihm zu und ließ sich am Vollautomaten einen Cappuccino raus.

„Stressiger Morgen?", fragte Schorsch ironisch mit Blick auf ihre große dampfende Tasse.

„Fettfrühstück?", schoss sie zurück und deutete auf seine Leberkässemmel. Dann lief sie schnellen Schrittes aus der Küche. Schallendes Gelächter folgte ihr.

Das warme Getränk tat ihr richtig gut. Ihre klammen Finger umklammerten die Tasse und wurden langsam endlich wieder warm. Ihre nassen Schuhe hatte sie ausgezogen und rieb unter dem Schreibtisch ihre kalten Füße aneinander, um wieder Gefühl in ihre Zehen zu bekommen. Viel besser! Was für ein Mistwetter! Aber im Herbst war das leider völlig normal. Manchmal goss es wie in Strömen, an anderen Tagen konnte man bei fast zwanzig Grad spazieren gehen.

Helena schaltete ihren PC ein und holte ihr Notizbuch heraus. Viele neue Informationen hatte ihr der Besuch auf dem Schrottplatz nicht gerade eingebracht, aber die Reaktion von Damian Strakowic auf das Sterbebildchen war schon sehr auffällig gewesen. Weshalb log er über die gemeinsamen Ausflüge mit seinem Bruder? Etwas so Harmloses wie einen Besuch auf dem Friedhof musste man wohl kaum vertuschen! Die nächsten Stunden recherchierte Helena am PC. Sie fand heraus, dass eine Erna Wittig auf dem städtischen Ostfriedhof begraben war. Sie durchforstete das Online-Archiv nach der Familie von Damian und Adrian Strakowic, fand aber lediglich den Namen des Vaters der beiden heraus: Alexander Strakowic, der schon lange verstorben war. Über die Mutter konnte sie keine Informationen finden. Wer war Erna Wittig? War sie möglicherweise die Großmutter der beiden Männer? Dann müsste deren Mutter eine geborene Wittig sein, falls die Großmutter nicht eine zweite Ehe eingegangen war. Ihre Nachforschungen ergaben, dass es in ganz Augsburg niemanden mit dem Nachnamen Wittig gab. Wieder kein Anhaltspunkt! Helena erweiterte ihren Bericht um die neuen Fakten und grübelte weiter.

Die Bürotür flog mit Schwung auf und eine tropfnasse Franzi kam hereingewirbelt. Sie warf ihren Regenmantel über den Garderobenständer und schüttelte ihre braunen Locken, dass die Tropfen in alle Richtungen flogen. Wahrscheinlich hat sie sich das bei Waschtl abgeschaut, vermutete Helena. Bei dem Gedanken musste sie schmunzeln.

„Servus Lena!", trompetete die Augsburgerin los. „Na, du bisch aber gut g'launt heute!"

„Hallo Franzi, hattest du Erfolg mit deinen Ermittlungen?", lenkte Helena schnell ab.

„Wie ma's nimmt. Viel hab i net rausfinden können. Für a Dorf, wo jeder jeden kennt und sicher alles und jeder genauschtens beobachtet wird, sagen die echt net viel!" Sie ließ sich auf ihren Stuhl fallen. „Immerhin hat jemand g'sehn, dass Hillbrand am Tag seiner Ermordung Besuch g'habt hat. Wer da war und welches Auto der Besuch g'fahrn isch, isch unklar. Nur die Farbe des Autos, braun oder grau, wurd mir freundlicherweise mitgeteilt. Modell? Fehlanzeige!" Franzi seufzte und strich ihre nassen Locken hinter die Ohren. „Wenn du mich fragsch, isch des Ableben von Rainer Hillbrand den Dorfgratlern ganz recht. So ne Feindseligkeit! Unglaublich!"

„Und alles nur, weil sich einer nicht am Dorfleben be-
teiligt?" Helena war das unverständlich.

„I bin mir sicher, dass es net nur um die fehlende In-
tegration geht. Da isch auch ne gehörige Portion Neid
am Start. A riesengroßes Haus, tolle Autos, immer die
neuschten Modelle ... Dazu die g'wollte Abschottung
vom reschtlichen Dorf. Sowas wird schnell als Arro-
ganz ausg'legt!"

Ihre Partnerin nickte nachdenklich. „Gibt es denn
schon irgendeinen Anhaltspunkt über Tatmotiv oder
Verdächtige?"

Franzi lachte. „Da kommt quasi jeder von der Lischte
der Geprellten in Frage, wobei die meischten von denen
nimmer leben. Übrigens, Dr. Lysander hat ang'rufen.
Stell dir vor, er schätzt, dass der Hillbrand mindeschtens fünf Tage in dem Mischthaufen g'legn ham muss."
Helena zog erstaunt die Augenbrauen hoch. „Er meint,
dass die Leiche nur deshalb so spät entdeckt worden
isch, weil der extreme Gestank des Mischthaufens alle
andren Gerüche übertüncht hat. Er muss also irgendwann am Wochenende vorher um'kommen sein. Er
wies Würgemale am Hals auf, isch aber definitiv im
Mischthaufen ertrunken. Aber sag mal, wie sieht's
denn bei dir aus? Irgendwelche neuen Anhaltspunkte?"

Helena fasste schnell die Ereignisse vom Schrottplatz
für ihre Kollegin zusammen. Franzi konnte sich das
seltsame Verhalten von Damian Strakowic ebenfalls
nicht erklären. „Irgendwie befinden wir uns beide grad
in ner g'hörigen Sackgasse", seufzte sie.

Ping. Das Mailsymbol auf Helenas PC leuchtete auf.
Ein paar Klicks später erfuhr Helena, dass die Auswer-

tung des E-Readers, den sie in Adrian Strakowics Wohnung gefunden hatte, abgeschlossen war. Sie scrollte durch die Liste der gespeicherten E-Books und runzelte die Stirn.

„Welchen Grund könnte ein arbeitsloser Mechaniker dafür haben, juristische Fachliteratur zu lesen?", fragte sie ihre Kollegin ratlos. Franzi stand auf und ging um ihren Schreibtisch herum. Sie spähte über Helenas Schulter und sah sich die Liste an.

„Das ist wirklich seltsam", merkte sie an. „Immobilienrecht, Profi-Handbuch Wertermittlung von Immobilien", las Franzi laut vor. „Alles juristische Fachliteratur über Immobillienkauf und -verkauf, wie beim Hillbrand daheim." Sie ging zu ihrem Schreibtisch zurück und setzte sich. „Hatte der Strakowic vor, Immobilien zu erwerben? Als Geldanlage sozusagen?", riet sie ins Blaue.

„Auf keinen Fall! Strakowic war knapp bei Kasse und stand kurz vor der Kündigung seiner Mietwohnung."

„Wie passt das dann zusammen?"

„Ich kann es dir leider auch noch nicht sagen. Vielleicht sollte ich mal bei seinem Bruder nachfragen, ob er etwas darüber weiß, aber als besonders auskunftsfreudig hat der sich nicht gerade erwiesen." Helena lachte freudlos.

„Weißsch du was? Lass uns für heut Schluss machen. So kommen wir auch net weiter."

Die Uhr zeigte halb fünf und Helena pflichtete ihrer Kollegin bei. „Du hast recht. Lassen wir es gut sein für heute. Joggen gehen kann ich heute wohl vergessen", stellte sie nach einem prüfenden Blick aus dem Fenster fest. Der Regen peitschte nach wie vor gegen die

Scheibe. Wolken hingen tief am Himmel und sperrten das Sonnenlicht aus.

„Ne, keine Chance!", lachte Franzi. „Sag mal, hasch du net Luscht, noch mit zu mir zu kommen? I wollt no Calendulasalbe herstellen und du hasch dich doch neulich dafür interessiert."

„Sehr gerne!" Helena freute sich aufrichtig. Endlich bekam sie mal Gelegenheit, ihr Wissen über Heilkräuter und deren Verwendung zu erweitern.

„Prima! Dann spar ich mir nämlich die Fahrt mit meinem Drahtesel." Franzi strahlte. „Auf geht's. Pack mer's!"

Kurze Zeit später standen die beiden Frauen in Franzis gemütlicher Küche. Waschtl lag auf den Fließen und schnarchte lautstark vor sich hin, wie Helena erleichtert zur Kenntnis nahm. Ein schlafender Waschtl war ihr allemal lieber als ein wacher. Auf dem Tisch befand sich eine große Schüssel voller gelber und orangefarbener Blüten. Helena ließ ihre Hand durch die raschelnden, getrockneten Blüten gleiten.

„Wo hast du denn die Blumen her?", fragte sie Franzi interessiert, die inzwischen in der Küche herumwerkelte, Töpfe, Schneidebrett und Messer und verschiedene Dosen bereitstellte.

„Die sind aus meinem Garten. I hab g'füllte und ung'füllte Ringelblumen angepflanzt. Die breiten sich wahnsinnig aus. Inzwischen wachsen die in der ganzen Nachbarschaft."

„Was kann ich tun?"

„Jetzt setzsch dich erschtmal hin." Franzi drückte ihre Partnerin auf einen kirschroten Küchenstuhl. „Z'erscht schneiden wir die Blüten klein. Hier hasch ein Messer und ein Schneidebrett." Sie schob die genannten Dinge zu Helena. Gemeinsam machten sie sich ans Werk und arbeiteten konzentriert. Kurze Zeit später waren sie auch schon fertig.

„So, das hätten wir." Franzi stand auf und ging zum Herd.

„Bisch so lieb und gibsch mir mal das Olivenöl?"

Helena brachte ihr das Gewünschte vom Tisch, wobei sie vorsichtig über den schlafenden Hund stieg, bemüht, ihn ja nicht zu wecken, und schaute interessiert zu, wie Franzi einen Viertelliter abmaß und ihn dann in einen Topf gab. Sie stellte den Herd an und erhitzte das Öl leicht.

„Wenn du keine frittierten Blätter willsch, darfsch es net so heiß werden lassen", belehrte die Augsburgerin ihre Kollegin. Sie gab die kleingeschnittenen Blüten in das warme Öl.

„So, des muss jetzt a Viertelstund zieh'n. Dabei müss' mer's immer wieder umrühren. Des isch deine Aufgabe." Franzi drückte Helena einen langen Holzlöffel in die Hand. „I hol daweil die anderen Sachen, die noch fehlen." Franzi verschwand kurz aus der Küche, und Helena rührte folgsam in dem Blüten-Ölgemisch, dessen feiner Duft ihr in die Nase stieg. Als Franzi zurückkam, trug sie einen Korb mit allerlei Tiegeln über dem Arm. Die meisten davon sahen aus wie die, die man in der Apotheke bekam, wenn man eine Salbe mischen ließ.

„I mag die Porzellantiegel ja eigentlich viel lieber", erklärte ihr Franzi. „Aber wenn i die Creme zu meiner Tante in die Pfalz schicke, sind die Plaschtikbehälter doch wesentlich g'schickter. Außerdem wiegen die net so viel. Wie sieht's bei dir aus?" Sie warf einen prüfenden Blick in den Kochtopf. „Prima machsch du des", lobte sie Helena, die sich über das Kompliment ehrlich freute.

„So, nun isch es Zeit, die Blüten abzuseihen. Schau, i halt des Baumwolltuch über den anderen Topf und du schüttesch die Mischung drauf, ok?" Franzi breitete ein großes Baumwolltuch aus und spannte es über einen leeren Topf. Langsam goss Helena die warme Mischung über das Tuch. Das Öl sickerte nur gemächlich durch das dicke Tuch.

„Jetzt nimmsch nomml den Kochlöffel und drücksch a weng auf die Blüten, dass auch wirklich alle guten Stoffe rauskommen", leitete die Augsburgerin ihre Kollegin an.

Helena machte, wie ihr geheißen wurde, und drückte so fest wie möglich auf die mit Öl vollgesogenen Blüten. Dann entfernte Franzi das Tuch und stellte das nun gefilterte Öl wieder auf den Herd.

„Jetzt kommt no Bienenwachs dazu. Wir erhitzen des Öl nur leicht, bis des Wachs g'schmolzen isch."

Franzi holte eine Dose und gab kleine gelbe Plättchen mit Bienenwachs zu dem Öl. Unter ständigem Rühren lösten sie sich in dem warmen Öl auf.

„Die Behälter hab i geschtern schon aus'kocht. Des isch richtig wichtig, sonscht verdirbt dir die Creme no und die ganze Arbeit war umsonscht!" Franzi stellte mehrere Plastikbehälter und einen Porzellantiegel auf den Küchentisch.

„So, jetzt kannsch des Öl vorsichtig in die Behälter geben." Helena fühlte sich geehrt, dass sie diese wichtige

Aufgabe verrichten durfte. Sie gab sich große Mühe, keinen Tropfen der wertvollen Flüssigkeit zu verschütten. Als sie die Tiegel verschließen wollte, schüttelte Franzi den Kopf.

„Erscht muss die Salbe vollständig ausgekühlt sein, dann darf der Deckel drauf. Komm, wir setzen uns daweil ins Wohnzimmer. Magsch was trinken? I mach mir nen Kräutertee."

Helena stimmte erfreut zu und sah zu, wie Franzi eine andere Dose öffnete, in der lauter bunte Kräuter lagerten. Sie gab zwei Esslöffel der Kräutermischung in eine große Teekanne und übergoss sie mit kochendem Wasser. Der aromatische Geruch der Kräuter stieg Helena sofort in die Nase und steigerte ihre Vorfreude auf das warme Getränk. Nachdem sie den Tee zehn Minuten hatten ziehen lassen, schnappten sich die beiden Kommissarinnen zwei überdimensional große Tassen und gossen den Tee durch ein Sieb ein. Dann versahen sie ihn jeweils mit einem großzügigen Löffel Honig und setzten sich gemeinsam auf die gemütliche Couch im Wohnzimmer, das gleich neben der Küche lag. Es dauerte nicht lange, dann folgte ihnen ein gähnender Waschtl, der offensichtlich nicht alleine in der Küche bleiben wollte. Er ließ sich zu Franzis Füßen nieder und schloss die Augen.

Genießerisch tranken die beiden Frauen das noch heiße Getränk in kleinen Schlucken.

„Die Kräuter hab i alle selbscht g'sammelt", verriet Franzi stolz.

„Ich freue mich total, dass ich bei dir so viel über Kräuter lernen kann! Ich habe mich schon immer dafür interessiert", sagte Helena dankbar und nippte an ihrem wohltuenden Tee.

„Schön, dann ham wir ja richtig was g'meinsam!", freute sich Franzi.

Helena fühlte sich großartig. Ihr war nicht nur von dem wunderbaren Getränk warm, sondern auch von der Herzlichkeit, mit der Franzi sie bedachte. Die beiden Frauen plauschten ein Weilchen über alle möglichen Kräuter und deren Verwendung, bevor sie sich wieder, von Waschtl gefolgt, in die Küche begaben. Inzwischen war die Creme abgekühlt und fest geworden. Sorgfältig verschlossen sie die Gefäße und beschrifteten sie. Franzi packte die meisten davon in einen bereitstehenden Karton, in dem schon mehrere Päckchen mit getrockneten Kräutern lagerten. „Für Tante Lotte", fügte sie erklärend hinzu.

Dann nahm sie die restlichen zwei Plastikbehälter und reichte sie ihrer Kollegin. „Für dich!"

Helena freute sich aufrichtig. Ihre erste selbst hergestellte Calendulacreme! Sie war richtig stolz auf sich!

„Wie wär's denn, wenn wir uns ne Pizza bestellen und uns noch nen g'mütlichen Abend machen?", fragte Franzi grinsend. „Es isch doch schon viel zu spät zum Selberkochen", fügte sie verschmitzt hinzu. Helena blickte auf die Uhr und musste lachen.

„Nein, das kann nun wirklich keiner mehr erwarten, dass man um acht noch den Kochlöffel schwingt! Ich bin dabei!"

Die beiden Frauen saßen noch lange in Franzis gemütlicher Küche und plauderten miteinander. Helenas

schöner Abend wurde nicht mal von Waschtl getrübt,
da der die meiste Zeit tief und fest schlief und nur kurz
aktiv wurde, als das Essen kam. Als er feststellen
musste, dass für ihn leider keine Reste anfielen, rollte
er sich wieder zu einer Kugel zusammen und
schnarchte weiter.

9.

Am nächsten Morgen wurde Helena von ein paar zaghaften Sonnenstrahlen geweckt, die durch das Schlafzimmerfenster in ihr Gesicht fielen. Sie räkelte sich in ihrem Bett und genoss noch kurz die Wärme unter ihrer Decke. Dann stand sie auf und duschte ausgiebig, was zu Lasten des Frühstücks ging. Nachdem sie sich ihre Sachen geschnappt hatte, verließ die Wohnung. Das schöne Wetter, das in so krassem Gegensatz zum gestrigen Unwetter stand, verführte Helena dazu, mit dem Fahrrad ins Präsidium zu fahren. Auf dem Weg musste die Kommissarin jedoch feststellen, dass sie die morgendlichen Temperaturen gewaltig überschätzt hatte. Sie fror an den Händen und nahm sich vor, gleich heute Abend die Kiste mit den Wintersachen auszupacken, um an ihre Handschuhe zu gelangen. Sie stellte ihr Fahrrad am Präsidium ab und ging beschwingt in ihr Büro. Wie gut so ein bisschen Bewegung doch tat!

Franzi saß schon am Schreibtisch und tippte auf ihrer Tastatur. „Morgen, Lena. Ich sitz grad an dem Bericht für den Chef. Wir müssen den ja morgen abgeben."

„Guten Morgen, Franzi. Ich muss meinen Bericht auch noch überarbeiten, dann schicke ich ihn dir mal rüber."

„Tu das. Ich schick dir meinen dann auch."

Die folgenden zwei Stunden war nur das Klackern der Tastaturen zu hören, unterbrochen von gelegentlichen Seufzern der beiden Kommissarinnen.

Helenas Telefon läutete. „Hansen?"

„Grüß Sie Gott, Fräulein Hansen. Hier spricht Frau Lechhuber, wissen'S scho, die Nachbarin von Herrn Strakowic."

„Guten Tag, Frau Lechhuber. Was kann ich für Sie tun?"

„Die Frage ist eher, was ich für Sie tun kann." Ein Lachen ertönte aus der anderen Leitung. „Ihnen hat doch neulich mein Zwetschgendatschi so gut g'schmeckt, da hab ich mir gedacht, weil sie doch quasi fremd bei uns sind, könnten Sie sicher das Rezept gut gebrauchen."

Helena musste lachen. „Das ist aber eine tolle Idee, vielen Dank." Sie notierte sich das Rezept genau nach Frau Lechhubers Anleitung und lauschte ihren Erläuterungen zum Backen.

„Das werde ich demnächst sicher mal ausprobieren, Frau Lechhuber. Vielen Dank nochmal!" Helena war klar, dass das Weitergeben des alten Familienrezeptes einen großen Vertrauensbeweis der alten Dame darstellte.

„Dann wünsche ich Ihnen noch einen schönen Tag, Frau Lechhuber", setzte sie an, das Gespräch zu beenden.

„Eine Kleinigkeit hätte ich noch, Fräulein Hansen."

Frau Lechhuber räusperte sich. „Moment, ich hol nur schnell meine Notizen. Ich bin gleich wieder zurück." Kurz wurde der Hörer zur Seite gelegt und Helena hörte Papier knistern.

„Hör'n Sie? Also Sie haben mich doch neulich gefragt, wann Herr Strakowic und sein Bruder zuletzt das Haus gemeinsam verlassen haben. Die Frage hat mir keine Ruhe gelassen. Mir ist eingefallen, dass ich an dem Tag meine Post selber holen wollte, weil der Herr Strakowic ja unterwegs war."

„Und daran können Sie sich noch so genau erinnern?", hakte Helena nach.

„Das weiß ich sogar noch ganz genau, weil ich, nachdem ich die vier Stockwerke runtergelaufen bin, feststellen musste, dass ja gar keine Post da war."

„Warum das jetzt?"

„Na, weil Sonntag war", sagte die alte Dame triumphierend. „Hilft Ihnen das jetzt weiter?"

„Mit Sicherheit! Vielen Dank, dass Sie angerufen haben. Auf Wiederhören, Frau Lechhuber."

„Wiederhörn, Frau Hansen." Es knackte in der Leitung. Helena legte auf.

Sie schaute in ihr Notizbuch und machte sich ein paar Aufzeichnungen. Dann blätterte sie nochmal durch den Obduktionsbericht von Adrian Strakowic.

„Du, Franzi?"

„Ja?" Ihre Partnerin blickte von ihrer Schreibarbeit auf.

„Laut der Frau Lechhuber, der Nachbarin von Adrian Strakowic, hat er letzten Sonntag gemeinsam mit seinem Bruder die Wohnung verlassen."

„Und?"

„Dr. Lysander hat den Zeitpunkt des Todes von Adrian Strakowic auf Sonntagabend festgelegt!"

„Dann hat er am Tag seiner Ermordung einen Ausflug mit seinem Bruder gemacht? Das sind ja interessante Neuigkeiten!", sagte Franzi aufgeregt.

„Am besten ich fahr gleich nochmal zu seinem Bruder und befrage ihn dazu. Dann kann ich ihn auch gleich nochmal über die Frau auf dem Sterbebildchen befragen, diese Frau Wittig."

Franzi sprang auf. „Wittig? Sagtest du Wittig?"

„Ja." Irritiert sah Helena, wie Franzi vor lauter Aufregung hin und her lief.

„Erna Wittig?", versicherte sich Franzi nochmal.

Jetzt war Helena baff erstaunt. „Woher weißt du das?"

„Komm schnell mal her!" Franzi winkte ihre Kollegin zu sich, während sie eifrig in den PC tippte.

Helena ging zu ihr rüber und blickte auf eine lange Liste mit Namen.

„Da, siehsch du?" Franzi zeigte mit dem Finger in die Mitte der Liste. „Da steht's! Erna Wittig, ehemals wohnhaft in Augschburg-Oberhausen, letztes Jahr verschtorben. Letzte bekannte Adresse: ein Altersheim in Oberhausen."

Jetzt wurde auch Helena richtig aufgeregt. „Das gibt's doch nicht! Weißt du, was das bedeutet? Wenn Erna Wittig wirklich die Großmutter der Gebrüder Strakowic war, haben wir eine eindeutige Verbindung zwischen Rainer Hillbrand und den Strakowics!" Die Kommissarinnen liefen gleichzeitig zur Tür und griffen nach ihren Jacken. Sie ließen sich einen Dienstwagen geben, da Helena ja mit dem Fahrrad gekommen war. Auf dem Weg zum Schrottplatz forderten sie per Funk Verstärkung an. Franzi schärfte den Kollegen von der Zentrale ein, der Streifenwagen solle in der Nähe des

Schrottplatzes Stellung beziehen, aber etwas Abstand halten. Sie wollten Damian Strakowic nicht verschrecken und möglicherweise zur Flucht bewegen.

Als die beiden Kommissarinnen endlich ankamen, stand das Tor zum Schrottplatz offen. Helena parkte den Wagen und die beiden Frauen stiegen aus. Der Dobermann stand angekettet vor seiner Hundehütte und beobachtete sie misstrauisch. Sein Besitzer lag auf einem niedrigen Rollwagen unter einem alten Auto. Die beiden Kommissarinnen betraten das Gelände, machten einen großen Bogen um den Wachhund und traten zu dem Mann.

„Herr Strakowic?"

Der Mann rollte unter dem Wagen hervor und musterte seinen Besuch. Wütend sprang er auf die Beine, als er die Kommissarinnen erkannte. „Sie schon wieder!"

„Ja, ich schon wieder", erwiderte Helena trocken. „Herr Strakowic, wir müssen Ihnen noch ein paar Fragen stellen. Können wir uns dazu vielleicht ins Haus begeben?"

Der Schrotthändler wischte seine ölverschmierten Hände an seinem Blaumann ab. „Wir können genauso gut hier miteinander reden", herrschte er sie unfreundlich an.

„Wie Sie wollen. In welcher Beziehung standen Sie zu Frau Erna Wittig?", fing Helena gleich mit der Befragung an.

Strakowic wurde blass. „Jetzt fangen Sie schon wieder damit an! Verlassen Sie augenblicklich mein Grundstück!" Er packte Helena am Arm, um sie in Richtung Ausgang zu ziehen. Der Dobermann fing, von

Strakowics lauter Stimme animiert, wütend zu bellen an.

„Nehmen Sie sofort Ihre Dreckbratz'n von meiner Kollegin, aber dalli!" Franzi hatte ihre Waffe gezogen und stellte sich dem Mann in den Weg, der daraufhin Helena verblüfft losließ. Der Hund riss an seiner Kette und bellte inzwischen wie verrückt.

„Na also! Geht doch. Sie bringen jetzt ihren Hund zum Schweigen, dann beantworten Sie die Fragen meiner Partnerin oder wir setzten die Befragung im Präsidium fort!"

Strakowic rief seinem Hund einen Befehl zu, der sich daraufhin widerwillig hinlegte, sie aber weiterhin misstrauisch beäugte. Franzi nickte ihrer Kollegin zu. „Mach weiter!" Sie steckte ihre Waffen wieder in das Holster.

„Also", fuhr Helena fort. „Frau Erna Wittig?" Forschend sah sie in das bärtige Gesicht des Schrotthändlers. Er hatte seine Lippen zu einem dünnen Strich verzogen und trat unruhig von einem Bein auf das andere.

„Meine Oma", murmelte er undeutlich.

„Laut und deutlich, wenn ich bitten darf", fuhr Franzi ihn an.

„Sie war meine Oma!", schrie er sie an. „Sind Sie jetzt zufrieden?" Der Dobermann knurrte.

Die beiden Kommissarinnen sahen sich vielsagend an.

„Sagt Ihnen der Name Hillbrand etwas? Rainer Hillbrand?", fuhr Helena fort. Damian Strakowic schwankte. Er hielt sich kurz an dem Autowrack fest, bis er sich wieder gefangen hatte.

„Der Name sagt mir nichts." Er wischte sich mit der verschmierten Hand über seine schwitzende Stirn, was schmutzige Schlieren hinterließ. Er blinzelte häufig. Es war offensichtlich, dass der Mann log.

„Das glaube ich Ihnen nicht." Helena war unerbittlich. „Erzählen Sie uns keine Märchen!"

Der Brustkorb des Mannes hob und senkte sich extrem schnell. Sein Blick huschte gehetzt umher. Unvermittelt sprang er auf Helena zu, packte sie, drehte sie vor sich und hielt ihr ein Messer an den Hals. Helena erstarrte. Sie spürte das kalte Metall, das gegen ihren Hals gepresst wurde und sah Franzi entsetzt an. Tausend Gedanken schossen ihr durch den Kopf. Solche Situationen hatten sie beide in der Polizeiausbildung zigmal durchgespielt, aber selbst mitten drin zu stecken, war etwas völlig anderes. Helena konnte sich eigentlich nicht vorstellen, dass Damian Strakowic so weit gehen würde, sie zu töten, aber er befand sich offensichtlich in einer emotionalen Ausnahmesituation!

„Herr Strakowic, mach'n Sie sich net unglücklich!", versuchte Franzi den Mann zum Aufgeben zu bewegen. Ihre Stimme zitterte leicht.

„Sie haben doch überhaupt keine Ahnung!", brüllte Strakowic sie an. Das Messer bohrte sich tiefer in Helenas Haut und sie spürte etwas Warmes ihren Hals hinablaufen. Seltsamerweise fühlte sie keinen Schmerz.

„Dann erklär'n Sie's uns", forderte Franzi ihn auf. „Aber lassen Sie z'erscht meine Partnerin los!" Sie streckte vorsichtig ihre Hand aus. Strakowic wich zurück und zog Helena mit sich.

„Sie würden mir sowieso nicht glauben!" Tränen liefen über sein Gesicht. „Ich will nicht mehr in den Knast! Die Tage in der U-Haft haben mir gereicht! Ich hab nix gemacht!"

„Wenn Sie nichts g'macht ham, wird Sie auch niemand verurteil'n!", versuchte Franzi ihn weiter zu überzeugen.

„Ach, und obwohl ich nix gemacht habe, haben Sie mich trotzdem ins Gefängnis gesteckt!" Er schrie inzwischen so laut, dass seine Stimme kippte. Er lief weiter rückwärts, mit Helena als Schutzschild, gefährlich nah an dem wütenden Hund vorbei.

„Wir ham Sie doch au wieder rausg'holt, oder net?", erinnerte Franzi den Mann. „Sag'n Sie uns einfach die Wahrheit, dann wird alles gut!" Sie folgte den beiden langsam, sorgfältig darauf bedacht, dem Dobermann nicht zu nahe zu kommen. Ihre Hand schwebte über ihrer Waffe.

„Bleiben Sie stehen! Kein Schritt weiter! Sonst ist Ihre Kollegin tot!", brüllte Strakowic sie an. Franzi hob ihre Hände zum Zeichen ihres guten Willens und blieb stehen. Ihr war klar, dass der Mann versuchte, sein Auto zu erreichen. Der Dobermann tobte und versuchte sich von seiner Kette zu befreien.

„Herr Strakowic, bislang ist nix Schlimmes g'schehn, vorausgesetzt Sie sind wirklich unschuldig. Aber eine Polizistin zu töten, isch ne ganz andere Hausnummer!" Franzis Stimme war nun ganz ruhig. Sie sprach sehr bestimmt. „Geben Sie auf, Strakowic. Sie kommen sowieso net weit. Arbeiten'S mit uns z'samm, dann könn' mer den kleinen Zwischenfall hier vergessen!"

Helena spürte die Anspannung im Körper ihres Kidnappers. Die Klinge an ihrem Hals zitterte merklich und er keuchte abgehackt in ihr Ohr. Die junge Kommissarin überlegte, ob sie eine Chance hatte, an ihre Waffe zu kommen. Sie blickte zu ihrer Kollegin, die ihr in die Augen sah und beinahe unmerklich den Kopf schüttelte. Was hatte Franzi vor? Helena stolperte beim Rückwärtsgehen und die Klinge bohrte sich noch etwas tiefer in ihren Hals. Langsam kamen ihr doch Zweifel, ob die Geschichte gut ausgehen würde.

Urplötzlich spürte Helena einen heftigen Schlag von hinten und sie fiel hart nach vorne auf die Knie, wobei sie sich jedoch von ihrem Kidnapper löste. Franzi war mit einem Satz bei ihr und zog sie in ihre Arme. Helena hörte lautes Geschrei. Was war hier nur los? Als sie sich umdrehte, bot sich ihr ein seltsamer Anblick. Damian Strakowic lag bäuchlings, mit auf den Rücken verdrehten Armen, im Dreck. Streifenbulle Schorsch kniete mit einem Bein auf dem Boden, mit dem anderen im Kreuz des verzweifelt schluchzenden Schrottplatzhändlers. Mit einer Hand löste er geschickt die Handschellen von seinem Gürtel und legte sie dem Mann an. Dann zog er ihn mit einem unsanften Ruck auf die Beine und übergab ihn seinem wartenden Kollegen, der mit gezückter Waffe daneben gestanden hatte.

„Alles in Ordnung, die Fräulein Kommissarinnen?" Schorsch keuchte heftig und sah dabei forschend in die Gesichter der beiden Frauen, die auffallend blass um die Nase waren und ihn aus großen Augen anstarrten.

„Schorsch! Des war Rettung in letzter Sekunde!" Franzi hatte sich als Erste gefangen. Sie klopfte dem Beamten heftig auf den Rücken.

„Ihr habts Verstärkung ang'fordert?", fragte er breit grinsend. Er wischte sich den Schweiß von der Stirn. Die ganze Aktion hatte ihn mächtig ins Schwitzen gebracht. „Ihr habts ja g'sagt, dass wir uns z'erscht net zeigen sollen, also ham mer hinter den Bäumen dort geparkt." Er deutete auf die rückwärtige Seite des Schrottplatzes. „I dacht, mir schau'n mal, ob mer uns da hinten net umschau'n können, und als i g'sehn hab, wie der Drecksack des Fräulein Helena an'griffen hat, sin' mer über'n Zaun und hier sind wir. Zum Glück hat der blöde Köter sowieso die ganze Zeit gekläfft, drum konnte er uns net verraten." Er sah zu dem kläffenden Dobermann. „Sitz und aus!", schrie er und prompt folgte der verblüffte Hund seinen Befehlen.

Helena starrte Schorsch immer noch an.

„Isch alles in Ordnung, Fräulein? Sie bluten ja!" Schorsch kramte in seiner Tasche und holte schließlich ein großes kariertes Stofftaschentuch heraus. „Isch sauber! Heut morgen frisch eingepackt", versicherte er und reichte es ihr. Helena erwachte aus ihrer Starre. Dankbar nahm sie das Tuch entgegen und drückte es gegen den Schnitt an ihrem Hals. In der Ferne konnte man mehrere Martinshörner hören, die rasch näherkamen.

„Die Kollegen sind glei da, und nen Krankenwagen hab i au g'rufn." Franzi sah Helena besorgt an.

„Ach was, ich brauche doch keinen Krankenwagen! Siehst du?" Sie hielt das nur wenig befleckte Taschentuch in die Höhe. „Ist nur ein Kratzer!"

„Nix da! Du lasst des ordentlich verarzten", sagte Franzi bestimmt. Inzwischen spiegelte sich schon das Blaulicht in den Fensterscheiben des Wohnhauses und kurz darauf bog ein Polizeiauto in die Einfahrt, dicht gefolgt von einem Krankenwagen.

Helena, Franzi und Schorsch beobachten, wie zwei Kollegen aus dem Wagen sprangen und auf sie zuliefen. Sie wechselten ein paar Worte mit dem Partner von Schorsch, nahmen Damian Strakowic schließlich in ihre Mitte und führten ihn zu dem Streifenwagen. Der Schrottplatzhändler wirkte völlig geknickt. Er weinte heftig und ließ sich mit hängendem Kopf widerstandslos abführen. Franzi nahm sanft Helenas Arm und geleitete sie zum Krankenwagen, wo die Sanitäter sich gleich um ihre Verletzung kümmerten. Nachdem die Wunde desinfiziert und versorgt worden war, ging Helena zu ihren Kollegen zurück. Der Streifenwagen mit dem Verhafteten war inzwischen auf dem Weg in die JVA.

„Ich weiß gar nicht, was ich sagen soll", gab Helena zu und sah Schorsch verlegen an. Sie hatte ihn nicht gerade nett behandelt, und er hatte ihr heute vielleicht sogar das Leben gerettet, ungeachtet der Gefahr für sich selbst. „Vielen Dank!", sagte sie leise und sah ihm in die Augen.

„Lass'n'S gut sein, Fräulein! Passt scho!" Gutmütig grinste Schorsch sie an.

„Unser Schorsch ist ein richtiger Held!" Franzi klopfte dem Uniformierten anerkennend auf den Rücken. Er strahlte und wurde sogar ein klein wenig rot.

„Held würd i jetzt net grad sag'n … Aber wenn ihr drauf besteht!" Er lachte schallend. Sein Magen knurrte vernehmlich. „Oh Mann, jetzt hab i aber nen Mordshunger!" Schorsch strich über seine beachtliche Wampe. Die beiden Kommissarinnen lachten.

„Also, ich könnte jetzt auch was essen", sagte Helena und sah ihre Kollegin fragend an.

„Worauf wart' mer dann?", lachte die vergnügt, hakte sich bei Helena und Schorsch unter und zog sie zu ihrem Wagen. Die drei schlossen sorgfältig das Tor zum Schrottplatz und setzten sich ins Auto. Der Partner von Schorsch würde ihnen mit dem Polizeiauto folgen.

Zwanzig Minuten später saßen die zwei Kommissarinnen mit ihren uniformierten Kollegen an der Theke einer Metzgerei und mampften auf Schorschs Wunsch hin riesige Leberkässemmeln, die Helena spendiert hatte. Ursprünglich hatte sie in das vegetarische Lokal in der Maxstraße gehen wollen, in dem sie neulich schon mit Franzi gegessen hatte, aber Schorsch war von ihrem Vorschlag nicht gerade begeistert gewesen. Also waren sie zu seiner Stammmetzgerei gefahren, bei der Helena letzte Woche selbst schon mal gewesen war. Bei der Bestellung hatte sie wieder kurz Schwierigkeiten gehabt und sich wie in einem Déjà-vu gefühlt, als sie sich über den unverschämten Metzger geärgert hatte.

„Vier Leberkäsebrötchen", hatte sie gesagt, woraufhin der Metzger sie prompt ausgelacht hatte. „Ah, schau mal einer an, die Preußin isch wieder mal zu B'such. Kein Mettwurschtbrötchen heut?" Er grinst breit.

„Geh, Xarre, lass mer des Fräulein Helena bloß in Ruh!", unterbrach Schorsch auf einmal das Gespräch. „Die isch scho in Ordnung! Also lass den Quatsch und mach uns vier große Leberkässemmeln."

„Nix für ungut, Fräulein!" Der dicke Metzger schnitt vier riesige Scheiben von dem dampfenden Leberkäse ab, steckte sie zwischen die Semmelhälften, versah sie mit viel Senf und reichte sie über die Theke.

Eine Zeitlang kauten die vier Beamten genüsslich vor sich hin.

„Wie haben Sie den Strakowic eigentlich überwältigen können?" Neugierig sah Helena den Streifenpolizisten an.

„Also, i bin fei der Schorsch und des da isch mei' Partner Wolfgang. Bei uns duzt ma sich fei!", stellte der Polizist klar.

„Helena." Sie reichte den Männern grinsend die Hand, die sie feierlich schüttelten.

„Wie g'sagt, wir sind hinten über'n Zaun gesprungen. Zum Glück lag da ein halbvermoderter Baumstamm, sonscht wär' mer nie über'n Zaun 'kommen. Dann ham mer uns vorsichtig ang'schlichn. Franzi hat uns natürlich bemerkt, sie war aber au die Einzige, die in unsre Richtung g'schaut hat."

Helena warf einen erstaunten Blick auf ihre Partnerin.

„Ja, was glaubsch du, warum i den Strakowic so vollg'labert hab?", fragte Franzi sie grinsend. „I wollt um jeden Preis verhindern, dass er sich umdreht!" Sie lachte und schob sich das letzte Stück Semmel in den Mund. Jetzt verstand Helena, warum Franzi den Kopf geschüttelt hatte, als sie nach ihrer Waffe greifen wollte. Sie hatte gewusst, dass Rettung nahte.

„I hab dem Strakowic in die Kniekehlen getreten und seine Arme nach hinten g'rissn. Dabei isch ihm des Messer aus der Hand g'falln. Tut mer leid, dass du dabei so unsanft g'landet bisch!", fügte er mit einem entschuldigenden Blick hinzu.

„Kein Thema!", winkte Helena ab. Sie lehnte sich zurück. „Also ich bin pappsatt!" Sie seufzte zufrieden. „Euer Leberkäse ist richtig lecker!"

„Ja, freilich! Den kriegsch du nirgends so gut wie hier! Net a mal in deinem Hamburg!", erwiderte Schorsch stolz.

„Du wirst lachen, aber bei uns in Hamburg gibt es überhaupt keinen Leberkäse. Den kennen wir dort gar nicht."

Schorsch blieb der Mund offen stehen. „Kein Leberkäs? Dann will i da au net hin! Sei nur froh, dass du jetzt im schönen Augschburg wohnsch, wo's den beschten Leberkäs, die knuschprigsten Brezg'n und des süffigschte Bier gibt!"

„Ich find's auch schön hier", sagte Helena aufrichtig und fand sich gleich darauf in einer innigen Umarmung mit Franzi wieder.

„Schee hasch des g'sagt! Und jetzt müss' mer nur no an deinen Sprachkünsten arbeiten!"

Die vier Beamten verabschiedeten sich voneinander. Schorsch und Wolfgang fuhren mit ihrem Streifenwagen davon, während Helena und Franzi mit dem Dienstwagen ins Präsidium fuhren. Sie hatten beschlossen, zuerst die Ereignisse des Vormittags zu protokollieren und erst am späten Nachmittag in die JVA Gablingen aufzubrechen, um Damian Strakowic zu verhören. Hatte er möglicherweise seinen Bruder und Rainer Hillbrand auf dem Gewissen, obwohl er seine Unschuld so vehement beteuert hatte? Die Kommissarinnen waren gespannt, wie die Geschichte, die immerhin zwei Tote gefordert hatte, sich auflösen würde. Der

Schlüssel zur Lösung lag in ihren Augen ganz klar bei Damian Strakowic.

Im Büro angekommen, arbeiteten sie gemeinsam an ihrem Bericht, der am nächsten Tag fällig war und vergaßen auch nicht, den Tierschutzbund mit der Versorgung des Hundes des Schrottplatzhändlers zu beauftragen, bevor sie telefonisch ihren Besuch bei der JVA ankündigten und am späten Nachmittag nach Gablingen fuhren. Damian Strakowic wartete bereits im Verhörraum. Diesmal unterließen es die Kommissarinnen wohlweißlich, ihm die Handschellen abnehmen zu lassen. Er hatte deutlich genug bewiesen, wozu er fähig war. Der Schrotthändler war bleich, wirkte aber gefasst. Schweigend sah er zu, wie Helena und Franzi sich hinsetzten. Als sein Blick auf das große weiße Pflaster an Helenas Hals fiel, musste er schlucken.

„Herr Strakowic, i hab Ihnen vorhin auf dem Schrottplatz bereits g'sagt, dass sich ihre Kooperation in der Sache sicher strafmildernd für Sie auswirken wird", eröffnete Franzi das Gespräch. Sein leichtes Nicken deutete an, dass er sie verstanden hatte.

„Erzählen'S uns von Ihrer Großmutter Erna Wittig und Rainer Hillbrand." Bei der Erwähnung des zweiten Namens verfinsterte sich sein Gesichtsausdruck merklich.

„Hillbrand war ein Arschloch!", stieß er hervor. „Er lebte in Saus und Braus und die alten Damen, die er ausgenommen hatte, mussten im Altenheim dahinvegetieren."

„Sie sprechen von Ihrer Oma?", hakte Helena nach.

Er nickte heftig. „Unsere Oma war ein sehr leichtgläubiger Mensch. Geradezu naiv könnte man wohl sagen.

Und das hat dieses Arschloch gnadenlos ausgenutzt!“ Wieder war er lauter geworden. Die Handschellen klapperten an der Eisenstange.

„Erzählen'S uns von dem G'schäft zwischen Hillbrand und Ihrer Oma“, schaltete sich Franzi ein.

„Geschäft? Er hat sie regelrecht ausgenommen! Er hat sie verarscht! Nennen Sie sowas Geschäft?“ Strakowic atmete heftig ein und aus, bevor er einen großen Schluck Wasser aus dem bereitgestellten Glas nahm und sich nach einer Weile wieder beruhigte.

„Unsere Oma besaß ein schönes Einfamilienhaus in Oberhausen, mit einem großen, wunderschönen Grundstück. Nicht mit so einem handtuchgroßen Garten, wie es sie heutzutage überall gibt. Mein Bruder und ich haben ein paar Jahre nach dem Tod unserer Mutter bei ihr gewohnt. Vater war oft auf Montage und monatelang von zu Hause fort. Sie hat sich liebevoll um Adrian und mich gekümmert.“ Bei der Erwähnung seines Bruders füllten sich seine Augen mit Tränen. „Uns hat's an nix gefehlt, wissen Sie? Sie hat uns ein Zuhause gegeben! Wir haben's ihr aber oft nicht leicht gemacht. Vor allem Adrian war kein einfacher Mensch. In der Pubertät war er einfach unausstehlich. Er hat ihr sogar mal Geld gestohlen und ist ein ganzes Wochenende weggeblieben. Da war er gerade mal fünfzehn!“ Sein Blick schweifte in die Ferne. „Aber sie hat ihn mit offenen Armen wieder aufgenommen, als er reumütig zurückgekehrt ist. Auch ich hab früher öfter mal Scheiße gebaut.“ Offensichtlich spielte er auf sein Vorstrafenregister an. „Oma hat immer daran geglaubt, dass mal was aus ihren Buben wird. Sie war so stolz auf Adrian, als er seine Mechanikerlehre beendet hatte und sogar sofort angestellt wurde! Und mir hat sie finanziell ein wenig unter die Arme gegriffen, als sich die Gelegenheit mit dem Schrottplatz bot. Wir verdanken ihr einfach alles!" Er nahm noch einen Schluck Wasser. „Im Lauf der Zeit haben wir sie wohl etwas vernachlässigt. Wir hatten unsere eigenen Leben, verstehen Sie? Ich hatte wahnsinnig viel Arbeit auf dem Schrottplatz und Adrian … Na ja, Sie wissen ja selbst, wie es um ihn bestellt war. Wir haben Oma kaum noch gesehen, und als ich sie eines Tages besuchte, erzählte sie mir, dass sie ihr Haus und das Grundstück verkauft habe. Ein netter Herr Hillbrand", er spie den Namen förmlich aus, „sei bei ihr gewesen und habe ihr glaubhaft versichert, dass unter ihrem Grundstück tonnenweise Schrott aus dem Zweiten Weltkrieg lagerte und dass sehr hohe Kosten auf sie zukommen würden, da die Stadt die Grundstücksbesitzer verpflichten würde, den Schrott zu beseitigen. Jede Menge Dokumente habe er dabei gehabt, um seine Geschichte zu belegen. Wie gesagt, Oma war sehr leichtgläubig!" Er seufzte leise und legte sein Gesicht in seine Hände. Da diese durch die Handschellen am Tisch fixiert waren, musste er sich dazu nach vorne beugen. Helena und Franzi sahen sich an. Sie waren erfahren genug, ihn jetzt nicht zu unterbrechen.

„Er hat ihr 50.000 Euro für das Grundstück gegeben. 50.000! Es war mindestens das 10-fache wert!" Franzi nickte. Sie kannte die Zahlen von ihrer Liste.

„Wo sie denn jetzt hin wolle, hab ich sie gefragt. Sie meinte, sie wäre im Altenheim am besten aufgehoben, wo Adrian und ich doch sowieso keine Zeit für sie hätten." Er weinte wieder. „Wenn wir uns mehr um sie gekümmert hätten, wäre das alles gar nicht passiert! Wir sind schuld, dass Oma kurz darauf im Altenheim gestorben ist! Der Umzug war einfach zu viel für sie." Helena reichte ihm eine Box mit Papiertaschentüchern. Dankbar nahm er eins und wischte sich die Tränen vom Gesicht, bevor er sich lautstark die Nase putzte.

„Ich war stinksauer! Mir war sofort klar, dass der Hillbrand unsere Oma beschissen hatte! Ich bin zu ihm rausgefahren, um ihn zur Rede zu stellen, aber er hat mich nur ausgelacht. Der Vertrag sei gültig, hat er gesagt! Ich könne da sowieso nichts mehr ausrichten! Dann hat er mir die Tür vor der Nase zugeknallt." Er schüttelte den Kopf, als er die Szene im Kopf nochmal erlebte.

„Ich bin zu Adrian gefahren und hab ihm davon erzählt. Er ist fast ausgeflippt, als er kapiert hat, dass wir mal kein Erbe zu erwarten hätten! Zuerst wollten wir den Mistkerl verklagen. Einen Anwalt konnten wir uns aber nicht leisten, verstehen Sie? Wir haben dann versucht, uns schlau zu machen, haben jede Menge Bücher gewälzt, um zu sehen, ob wir nicht doch etwas ausrichten können."

Franzi und Helena sahen sich an. Das erklärte die juristische Fachliteratur in Adrian Strakowics Wohnung.

„Dann kam vor zwei Monaten die Nachricht von Omas Tod. Wir waren beide fassungslos! Wir schämten uns so, verstehen Sie? Oma hat sich so gut um uns gekümmert und musste alleine in einem Altenheim sterben! Wir hatten so gehofft, dass wir das Grundstück und das Haus wieder zurückbekommen würden! Dann hätten wir es Oma zurückgegeben und besser auf sie aufgepasst." Er nahm sich noch ein Taschentuch, betupfte sich die Augen und zerknüllte es dann in der Hand.

„Ich habe Adrian dann hin und wieder abgeholt, und wir sind zum Friedhof gefahren. Er war so sauer. Er meinte immer wieder, dass man da doch was machen müsse! Der könne doch nicht mit so einer Verarsche davonkommen! Aber die ganze Leserei hat uns nix geholfen. Dann machte er auf einmal den Vorschlag, Hillbrand einen Besuch abzustatten." Helena und Franzi horchten auf. Jetzt wurde es spannend!

„Ich hab versucht, es ihm auszureden. Hab ihm gesagt, dass Oma jetzt auch nix mehr davon hätte. Aber er wollte nicht auf mich hören. Immerhin hat der Hillbrand uns auch um unser gesamtes Erbe betrogen, meinte er. Er hätte das Geld dringend brauchen können. Wir sind also abends zu ihm rausgefahren, und der Hillbrand ist richtig sauer geworden, als er uns gesehen hat. Er wollte uns gleich wieder rauswerfen. Adrian hat sich das nicht gefallen lassen. Er hatte den Fuß in der Tür und ist einfach am Hillbrand vorbei ins Haus gegangen. Ich bin ihm gefolgt. Der Hillbrand hat Schiss bekommen, als wir in seinem Flur standen und ist auf einmal ganz freundlich geworden. Man könne doch über alles sprechen! Wir sollten uns setzen. Er bot uns sogar was zu trinken an." Er stockte wieder, gefangen in der Erinnerung.

„Natürlich wollte Adrian ein Bier. Ich wollte nichts. Der Hillbrand ist dann eine Zeitlang verschwunden und gerade als wir nachsehen wollten, wo er solange bleibt, kam er mit zwei geöffneten Bierflaschen zurück. Er stellte sie vor uns auf den Tisch. Die Situation war mir sehr unangenehm. Mir war klar, dass wir rechtlich keine Chance hatten. Ich hatte den Vertrag gesehen, den er mit Oma geschlossen hatte. Da stand kein Wort von dem angeblichen Schrott auf ihrem Grundstück. Da war alles sauber." Wieder hörte er zu sprechen auf und starrte auf den Boden.

„Und wie ging's dann weiter?", fragte Helena sanft, um ihn zum Weiterreden zu bewegen. Erstaunt blickte er auf, als würde er von einer langen Reise in die Realität zurückkehren.

„Adrian leerte seine Flasche in einem Zug. Der Hillbrand schien sich darüber zu amüsieren und hat auch mich aufgefordert, mein Bier zu trinken, aber mein Hals war wie zugeschnürt. Ich konnte nichts zu mir nehmen. Adrian hat sich meine Flasche geschnappt und sie runtergestürzt. Dann hat er den Hillbrand aufgefordert, den Vertrag zurückzunehmen. Hillbrand hat ihn einfach ausgelacht! Wovon er denn sonst so träume, wollte er wissen. Wir sollten uns schleichen und nie mehr wiederkommen, hat er gesagt. Adrian hat mit der Hand auf den Tisch geschlagen und ihn angebrüllt. Er würde sich das nicht gefallen lassen! Er ist richtig wütend geworden. Dem Hillbrand wurde es dann zu bunt. Er hat die Flaschen weggeräumt und gemeint, dass er nicht mehr mit uns sprechen wolle. Es sei schließlich alles gesagt! Dann ist er zur Tür gegangen, um uns rauszuwerfen. Plötzlich ging alles ganz schnell!" Damian Strakowic schloss kurz die Augen und musste schlucken. „Adrian hat den Hillbrand von hinten um den Hals gepackt und in den Schwitzkasten genommen. Er hat ihn die ganze Zeit angebrüllt. Ich hab versucht, Adrian von ihm wegzuziehen, aber er war halt viel stärker als ich. Der Hillbrand ist erst ganz rot im Gesicht geworden, dann sind seine Lippen blau angelaufen. Ich schrie Adrian an, dass er ihn umbringt, aber er war wie im Rausch. Das Schwein habe nichts Anderes verdient, schrie er. Hillbrand ist schließlich ohnmächtig geworden und zusammengesackt. Ich dachte zuerst wirklich, Adrian hätte ihn erwürgt und war vor Schreck wie erstarrt, dann hab ich gesehen, dass sich Hillbrands Brust hob und senkte. Ich wollte sofort da raus, aber Adrian war völlig irre. Er wirkte richtiggehend berauscht! Er packte Hillbrand unter den Armen und schleifte ihn aus dem Haus. Er würde bekommen, was er verdient, hat er gesagt und ihn ausgelacht. Der Hillbrand hing in seinen Armen wie ein nasser Sack. Röchelte vor sich hin. Es war schon dunkel und niemand war zu sehen. Ich hatte trotzdem fürchterliche Angst, erwischt zu werden! ‚Lass ihn doch! Hau'n wir ab!' Ich hab alles versucht, um ihn zum Umkehren zu bewirken. Er lief trotzdem stur weiter." Hilflos hob er die Hände.

„Dann hat er den Misthaufen gesehen und gelacht. Der käme ihm gerade recht, sagte er. Das Stück Dreck gehöre auf den Misthaufen! Adrian schleppte Hillbrand hin und ließ ihn hineinfallen. Dann machten wir, dass wir davonkamen! Die ganze Zeit im Auto hat er davon geredet, dass das dem Hillbrand bestimmt eine Lehre war. Der würde keine alten Damen mehr über den Tisch ziehen. Er war völlig irre. Ich wollte ihn zu Hause absetzen, aber als Adrian aus dem Auto stieg, ist er wie ein Betrunkener rumgeschwankt, und mir blieb nichts anderes übrig als ihn in seine Wohnung zu bringen. Ich hab mich darüber gewundert und angenommen, dass er vor unserem Ausflug schon ordentlich getankt haben musste. In seiner Wohnung haben wir uns dann gestritten. Ich hab ihm gesagt, dass er viel zu aggressiv sei und endlich wieder sein Leben in den Griff kriegen solle. Den Rest kennen Sie. Er hat mich geschubst, woraufhin ich ihm einen kräftigen Nackabatsch gegeben habe. Er ist wie ein Stein umgefallen, hat den Couchtisch unter sich begraben. Ich hab wirklich gedacht, dass ich ihn umgebracht hätte!" Er weinte wieder. „Als ich dann später auch noch erfahren habe, dass der Hillbrand tot war, war ich völlig außer mir! Adrian wusste doch nicht, dass der Misthaufen so tief war! Wirklich nicht! Er wollte ihn nicht umbringen! Er wollte ihm lediglich eine Lektion erteilen." Die Tränen liefen nun unkontrolliert über seine Wangen. Er ließ seine Schultern hängen und schluchzte. Vor ihnen saß ein gebrochener Mann. „Jetzt hab ich niemanden mehr", flüsterte er.

Helena und Franzi sahen sich betroffen an. Die ganze Geschichte war einfach wahnwitzig, klang aber durchaus plausibel. Langsam kam ihnen ein Verdacht, wie Adrian Strakowic vergiftet worden war.

„Herr Strakowic, wir versprechen Ihnen, dass wir herausfinden werden, wie genau Ihr Bruder zu Tode gekommen ist. Einstweilen danken wir Ihnen für Ihre Kooperation. Das wird sich mit Sicherheit strafmildernd auswirken." Helena sah ihm fest in die Augen.

Er wich ihrem Blick aus. „Ich wollte Sie nicht verletzen", sagte er leise.

„Jetzt beruhigen Sie sich erstmal und ruhen sich ein wenig aus. Wir sprechen uns bald wieder", sagte Helena mit sanfter Stimme. Die Kommissarinnen verabschiedeten sich und verließen den Verhörraum.

Auf dem Weg zum Auto schwiegen die beiden. Jede hing ihren eigenen Gedanken nach. Plötzlich blieb Helena stehen. „Sag mal Franzi, hast du dir bei deinem Besuch in Willisried die Garage vom Hillbrand mal genauer angesehen?", fragte sie ihre Partnerin.

„I bin mal durch'gangen, aber des war's au schon. Mir ist da nix aufg'falln, da lag nur Zeug rum, was man in ner Garage eben so hat." Franzi sah Helena an.

„Wie Frostschutzmittel!", riefen beide aus einem Munde.

„Glaubsch du echt, dass der Hillbrand den Strakowic vergiftet hat?", fragte Franzi zweifelnd.

„Vielleicht wollte er das ja gar nicht", gab Helena zu bedenken. „Vielleicht wollte er ihm nur eine Lektion erteilen. Schließlich ist Strakowic in sein Haus eingedrungen und hat ihn bedroht."

„Am liebschten würd i glei nach Willisried nausfahrn und nachsehn. Aber es isch schon zu spät und die Schlüssel ham mir auch net dabei. Lass uns morgen glei in der Früh hinfahrn, was meinsch?"

Helena stimmte Franzi zu: „Dann treffen wir uns um acht Uhr im Büro, holen den Schlüssel und düsen gleich los. Abgemacht!" Danach fuhren sie zurück ins Präsidium, gaben den Dienstwagen ab, schwangen sich auf ihre Drahtesel und radelten nach Hause. Der Tag hatte es in sich gehabt, und die beiden fühlten sich wie gerädert.

Nach einem Teller Spaghetti mit einem zugegebenermaßen großen Glas Rotwein streckte sich Helena in ihrer Badewanne aus. Langsam wurde ihr so richtig bewusst, was alles hätte passieren können! Wenn Schorsch nicht rechtzeitig gekommen wäre… Sie mochte gar nicht daran denken! Andererseits freute sie sich aufrichtig darüber, mit Schorsch nun Frieden geschlossen zu haben. Wie er sich in der Metzgerei für sie eingesetzt hatte… Einsame Spitze! Sie begann sich langsam in der Schwabenhauptstadt heimisch zu fühlen. Sicher, die Ureinwohner waren oft astreine Büffel, die den ganzen Tag mürrisch vor sich hin brummelten, aber im Grunde ihres Herzens waren sie ganz ok. Schorsch diente als Paradebeispiel dafür.

Helena wurden die Lider schwer. Der leckere Rotwein und das warme Wasser schläferten sie ein. Sie wickelte sich in ein großes Handtuch und trocknete sich notdürftig ab. Dann schlüpfte sie in ihren Pyjama, schmiss sich auf ihr Bett und war in kürzester Zeit eingeschlafen.

10.

Am nächsten Morgen erwachte Helena deutlich ausgeruhter. Kein Wunder, sie hatte ja fast zehn Stunden geschlafen! Nach dem Aufstehen erledigte sie ihre Morgentoilette. Beim Blick in den Spiegel fiel ihr fast die Bürste aus der Hand. Ihre blonden Haare standen in alle Richtungen wirr vom Kopf ab. Natürlich! Sie war ja mit nassen Haaren eingeschlafen! Helena musste über sich selbst den Kopf schütteln und machte sich daran, ihre verstrubbelte Mähne zu entwirren.

Anschließend besah sie sich den Schnitt an ihrem Hals, der inzwischen von einer leichten Kruste bedeckt war. Dann nahm sie das Gefäß mit der duftenden Calendulasalbe und strich vorsichtig eine großzügige Menge auf die Wunde. Anschließend klebte sie noch ein großes Pflaster darüber.

Zwanzig Minuten später machte sie sich ohne Frühstück, aber mit Müsliriegel in der Tasche, auf den Weg ins Präsidium. Sie nahm ihren Wagen, weil sie heute ja nach Willisried fahren wollten. Kurz meldete sich ihr schlechtes Gewissen, um ihr mitzuteilen, dass sie durchaus wieder einen Dienstwagen hätte nehmen können und dass daher einer Fahrt mit dem Fahrrad nichts im Wege stünde, was jedoch von Helena erfolgreich ignoriert wurde. Franzi war noch nicht im Büro, daher kümmerte sich Helena um den Schlüssel für das Haus von Rainer Hillbrand, damit sie gleich losfahren konnten, sobald ihre Partnerin eintraf.

Kurz darauf schneite Franzi zur Tür herein. „Morgen, Lena! Gut g'schlafn?"

„Wie ein Stein", bestätigte diese.

„Wie geht's dir denn heut so?", fragte ihre Kollegin und deutete auf Helenas Pflaster, das ihren Hals zierte.

„Alles gut. Mach dir mal keine Sorgen. Dank deiner hervorragenden Salbe tut es schon gar nicht mehr richtig weh", beruhigte Helena sie.

„Unserer Salbe, wolltesch du wohl sag'n?", bemerkte Franzi strahlend. „Woll mer glei los?" Sie deutete auf den Schlüssel in Helenas Hand.

„Na klar!"

Die beiden Frauen verließen das Präsidium und fuhren in Helenas Audi nach Willisried. Auf dem Weg ließen sie nochmal das gestrige Verhör Revue passieren.

„Wenn unser Verdacht stimmt, Lena, dann ham mer beide Fälle gleichzeitig g'löst!", freute sich Franzi.

„Dann könnten wir Herrn Meier heute gleich einen abgeschlossenen Bericht präsentieren!", fügte Helena hinzu.

„Ach, der kann ruhig wart'n!" Franzi lachte. „Mach di mal a weng locker, Lena!"

Die seufzte als Antwort. „Würde ich ja gern, wenn ich wüsste wie. Aber ich habe den Verdacht, ich kann bei dir noch viel lernen!"

Franzi grinste. „Aber hallo!"

Nach einer halben Stunde Fahrt durch das schöne Augsburger Umland lenkte Helena ihren Wagen auf den Hof vor Rainer Hillbrands Haus, nachdem Franzi ihr das Tor aufgesperrt hatte. Heute wirkte das Dorf wie ausgestorben, aber die Kommissarinnen waren sich sicher, dass ihnen etliche Blicke verborgen hinter Vorhängen folgten, um ja alles mitzukriegen.

Die beiden Frauen parkten neben Hillbrands SUV vor der großen Doppelgarage.

„Und wie komm' mer da jetzt nei? Die Fernbedienung hängt am Autoschlüssel und den ham mer net dabei." Franzi kratzte sich verwirrt am Kopf. Auch Helena hatte bemerkt, dass die Garagentüren kein Schloss aufwiesen und offensichtlich nur mit einer Fernbedienung geöffnet werden konnte. Die hatten sie aber leider nicht. Enttäuscht sahen sich die Kommissarinnen an. Sie standen so kurz vor der möglichen Lösung ihres Falles! Sollte das nun an einer läppischen Fernbedienung scheitern?

„Ich denke, wir gehen einfach mal ins Haus. Vielleicht liegt da ja noch eine Fernbedienung?", schlug Helena vor. Franzi nickte und stieg ihr voran die Treppe hoch zur Eingangstür. Sie lösten das Polizeisiegel und betraten das Haus. Anschließend sahen sie sich suchend um. Nirgendwo war ein Schälchen mit Schlüsseln oder einer Fernbedienung zu sehen. Systematisch durchsuchten sie die Räume im Erdgeschoss. Gerade als Helena anfing, Schubladen im Wohnzimmer zu durchwühlen, ertönte ein lautes „Bingo!" aus der Küche. Offensichtlich hatte Franzi Erfolg gehabt.

„Hast du die Fernbedienung?" Helena eilte zu ihrer Kollegin.

„Besser!" Franzi strahlte über beide Backen. „Schau mal!" Sie öffnete eine schmale Türe, die halb hinter einem Küchenschrank verborgen war und trat hindurch. Helena folgte ihr und fand sich gleich darauf im Inneren der geräumigen Garage wieder.

„Oh wow!" Sie staunte nicht schlecht, als sie einen Porsche Oldtimer in bestem Zustand entdeckte. „Was für ein klasse Wagen!"

„Der Hillbrand hatte richtig Asche, wenn du mich fragsch. Draußen das teure SUV, drinnen ein Oldtimer ... Net schlecht, Herr Specht!"

Sie sahen sich genauer um. In einer Ecke stapelten sich gebrauchte Winterreifen. An der Wand waren zwei Fahrräder an Halterungen angebracht, ein teures Mountainbike und ein vermutlich ebenso kostspieliges Rennrad. Daneben stand ein Metallschrank, in dem sich allerlei Werkzeug befand. Offensichtlich hatte Herr Hillbrand gern ein wenig an seinen Fahrzeugen herumgebastelt.

In der Nähe des Durchgangs standen mehrere Getränkekästen.

„Damian Strakowic hat uns doch erzählt, dass der Hillbrand ne Zeitlang weg war, als er ihnen des Bier geholt hat." Franzi deutete auf einen fast vollen Kasten Bier. „Wieso hätt er solang brauchen soll'n, wenn des Bier doch glei hier neben der Türe steht?"

Helena hatte inzwischen eine Plastiktüte aus ihrer Tasche geholt und Handschuhe angezogen.

„Drei Flaschen sind leer. Die nehmen wir mal mit ins Labor." Sie packte die Beweisstücke in die Tüte und stellte sie auf den Boden.

„I frag mi, was der Hillbrand so lang hier in der Garage g'macht hat", überlegte Franzi. Die Kommissarinnen sahen sich suchend um.

„Franzi!", rief Helena plötzlich aufgeregt. „Schau mal da, neben den Winterreifen!" Sie lief die paar Schritte zu den Reifen, bückte sich und hielt triumphierend eine pinkfarbene Flasche in die Höhe. „Frostschutzmittel! Wer sagt es denn?!"

Franzi war sofort bei ihr. Sie hatte sich inzwischen ebenfalls Handschuhe übergestreift und nahm Helena die Flasche vorsichtig aus der Hand. „Eine Zweiliterflasche. Des meischte isch no drin, oder? Was meinsch Du?"

Helena nahm ihr die Flasche wieder ab und hielt sie gegen das Licht. „Besonders viel fehlt wirklich nicht! Warte, da ist eine Skala auf der Flasche. Es fehlen ziemlich genau 100 Milliliter."

„Net grad viel. Ob des ausreicht, jemanden umzubringen?"

Helena zog ihr Notizbuch aus der Tasche. Sie suchte die Zahlen heraus, die sie sich notiert hatte, gleich nachdem Dr. Lysander ihnen die Nachricht von der Vergiftung Adrian Strakowics mitgeteilt hatte und die sie anschließend im Internet recherchiert hatte.

„Warte, das haben wir gleich ... Ah, hier ist es. Bereits 60 Mililiter können tödlich sein", las sie laut vor. „Dann reichen 100 Mililiter locker", schloss sie daraus.

„Also wollt der Hillbrand den Strakowic wirklich umbringen?" Franzi klang verwundert.

„Weißt du, was ich glaube?" Helena hatte sich so ihre Gedanken gemacht. „Ich glaube, dass Hillbrand den Strakowics wirklich nur eine Lehre erteilen wollte. Er hat das Bier geholt und dabei das Frostschutzmittel gesehen. Dann hat er die Flaschen geöffnet, ein wenig von dem Bier abgegossen", sie zeigte auf den Gulli in der Garagenmitte, „und dann in jede Flasche einen Schluck von dem Frostschutzmittel gefüllt. Hätte Adrian Strakowic nur eine Flasche getrunken, wie ursprünglich vorgesehen, wäre er höchstwahrscheinlich nicht gestorben. Ihm wäre wohl übel geworden, er hätte wahrscheinlich Kreislaufprobleme gehabt, aber das wär's auch gewesen." Die Kommissarinnen sahen sich an. Das war's! Natürlich mussten sie die Laboranalyse der Flaschen noch abwarten, aber sie waren sich sicher, den Fall gelöst zu haben. Sogar beide Fälle gleichzeitig! Sie strahlten sich an, fielen sich in die Arme und klopften sich gegenseitig auf den Rücken.

„Wir sind wirklich ein großartiges Team!", rief Helena begeistert.

„Allein hätt i des nie im Leben so schnell g'löst!", bestätigte Franzi. „I bin froh, dass i dich an meiner Seite hab!"

„Ich bin auch froh, hier zu sein."

Sie tüteten die pinke Flasche mit dem Frostschutzmittel ein, dann schnappte sich Helena noch den Plastikbeutel mit den leeren Bierflaschen, bevor sie das Haus schließlich wieder verließen.

Auf der Fahrt ins Präsidium gingen sie die Ereignisse nochmal durch.

„Das heißt jetzt also, dass Rainer Hillbrand Adrian Strakowic vermutlich vergiftet hat, während Adrian Strakowic wiederum Herrn Hillbrand auf'm G'wissen hat. Des bedeutet, im Endeffekt ham sich die Mörder

gegenseitig g'richtet." Franzi schüttelte den Kopf. „So
nen verrückten Fall hatt ich no nie!"

„Ich auch nicht! Aber was ist jetzt mit Damian Strakowic?", fragte Helena grübelnd.

„Nun ja, ich denk, er isch die tragische Figur in der
ganzen G'schicht. Jetzt kommt's drauf an, was die
Staatsanwaltschaft draus macht. Immerhin war er dabei, als sein Bruder Rainer Hillbrand tötete, au wenn
die Tötung laut seiner Aussage eigentlich net beabsich-
tigt war. Des heißt, dass da wohl mindeschtens unter-
lass'ne Hilfeleischtung im Raum steht. Dann hat er
auch no dich an'griffen ..." Sie zuckte mit den Schultern. „Lange wird er net bekommen, denk i. Vielleicht
sowieso auf Bewährung. Seine Vorstrafen sind ja scho
ne ganze Weile her. Aber des isch Aufgabe der Staatsanwaltschaft. Wir ham unsren Job erfüllt!" Zufrieden
verschränkte sie die Arme.

„Nicht ganz", sagte Helena grinsend. „Wir müssen unseren Bericht noch fertig schreiben." Sie musste über
Franzis verdrießlichen Gesichtsausdruck lachen.
„Keine Bange, zu zweit sind wir doch in Nullkommanix
fertig!"

Gesagt, getan. Nachdem die beiden Kommissarinnen
wieder im Büro angekommen waren und die Flaschen
ins Labor geschickt hatten, beendeten sie ihren Bericht
für Kriminalhauptkommissar Meier in Rekordzeit. Sie
verwiesen am Schluss noch auf die ausstehenden Laborergebnisse, waren sich aber dennoch sicher, den Fall
gelöst zu haben.

„So, i schick den Bericht jetzt an den Chef, dann isch
er z'frieden und du bisch es au, stimmt's?"

„Stimmt." Helena war zufrieden. Sie lehnte sich in ihrem Bürostuhl zurück und grinste.

„Ist echt ein gutes Gefühl, wenn man einen Fall löst, oder?"

„Des Beschte!", stimmte Franzi ihr gerne zu.

Plötzlich flog die Bürotür auf und knallte gegen die Wand.

„Was soll das heißen: Fall gelöst, Mörder tot?" Hauptkommissar Meier starrte die Kommissarinnen an. Helena war erstaunt. Sie sah zu Franzi und als sie das Schmunzeln auf deren Gesicht entdeckte, war ihr alles klar. Sie schüttelte den Kopf, musste aber ebenfalls grinsen.

„Na, i dacht halt, des isch der perfekte Betreff für unsren Bericht, Chef", teilte Franzi Herrn Meier mit und lächelte ihn freundlich an. Der Kriminalhauptkommissar schüttelte den Kopf. „Ich hoffe, der restliche Bericht ist besser als Ihr Betreff", brummte er. „Guten Tag, die Damen." Er verließ das Büro. Gleich darauf öffnete sich die Türe ein weiteres Mal und Herr Meier streckte nochmal den Kopf herein. „Meinen Glückwunsch übrigens!" Die beiden Kommissarinnen strahlten über das Lob. „Sie haben sich ja richtig gut eingelebt hier bei uns, Fräulein Hansen. Weiter so!" Helena wurde rot. Herr Meier nickte ihnen zu und verließ dann endgültig das Büro.

„Brauchsch fei net glei rot werd'n!", lachte Franzi Helena aus. Die fiel in das Lachen ihrer Kollegin mit ein.

„Wie wär's? Hättsch du Luscht unsren erfolgreichen Abschluss bei mir auf der Terrasse zu feiern?", schlug Franzi gutgelaunt vor.

„Au ja, sehr gerne!" Helena strahlte. „Ich fahre nur noch schnell heim und komme dann mit dem Rad zu dir. Ich bring uns auch was Feines zu trinken mit", versprach sie und machte sich auf den Weg.

Eine Dreiviertelstunde später war Helena auf ihrem Rad auch schon in Richtung Göggingen unterwegs. Sie fuhr beschwingt und freute sich sehr über die Einladung. Es war angenehm warm, genau die richtige Temperatur für ein Pläuschchen auf Franzis Terrasse.

In den Wertachauen war das übliche Remmidemmi. Kinder fuhren mit Laufrädern vogelwild umher, ihre stolzen Eltern immer bereit, bei Stürzen tröstend einzugreifen.

Helena stellte ihr Fahrrad neben Franzis Drahtesel ab und öffnete das Gartentürchen. Schwanzwedelnd kam ihr Waschtl entgegen, um sie zu begrüßen.

„I bin vorne auf der Terrasse!", ertönte auch schon Franzis Stimme.

Mit dem zotteligen Ungetüm im Schlepptau lief Helena um die Hausecke herum und ging die zwei Stufen zu Franzis Terrasse hinauf. Die wartete schon auf einem der gemütlichen Loungesesseln auf ihren Besuch und begrüßte sie strahlend. Helena entnahm ihrem Rucksack eine Flasche und überreichte sie ihrer Gastgeberin. Die staunte nicht schlecht: „Champus? Du hasch uns echt ne Flasche Champagner mit'bracht? Isch ja der Hammer!"

„Den hab ich von meinen Eltern zum Umzug bekommen", erklärte Helena. „Sie meinten, ich soll ihn mir aufheben, bis ich meinen ersten Fall gelöst habe." Sie ließ sich auf einen Sessel fallen. „Ach, ist das herrlich hier!"

Helena schloss kurz die Augen und genoss die wärmenden Sonnenstrahlen auf ihrem Gesicht. Was für eine Wohltat! Vor kurzem hatte noch der Herbststurm getobt und heute konnte man schon wieder draußen in der Sonne sitzen. So war der Herbst eben.

Franzi hatte inzwischen zwei Sektgläser besorgt und vor sich auf den kleinen Tisch gestellt. Dann überreichte sie Helena die Champagnerflasche mit einer übertriebenen Verbeugung: „Ihnen gebührt die Ehre, meine Dame."

Helena lachte und drehte an dem kleinen Draht, der den Korken in der Flasche hielt. Als sie damit fertig war, löste sich der Korken urplötzlich mit einem riesen Knall und schoss über Franzis Hecke. Helena war völlig perplex und schaute dem Geschoss hinterher, als hinter der Hecke plötzlich ein lautes „Proscht!" ertönte. Franzi lachte schallend drauflos und rief ein lautes „Proscht" zurück. Dann füllte sie die zwei Gläser und hob ihr Glas.

„Auf uns! Weil mer glei zwei Fälle g'löst ham und weil mer einfach saugut z'sammarbeit'n!"

Lena hob ebenfalls ihr Glas: „Und auf Augsburg, meine neue Heimatstadt!"

Franzi lachte. „Des heißt Augschburg! Du lernsch es wohl nimmer, oder?"

Helena grinste, und es gelang nicht mal dem Stinker Waschtl, ihre gute Laune zu trüben. Sie streichelte ihm sogar über den zotteligen Kopf, als er seine versabberte Schnauze auf ihrem Knie ablegte. Der Hund pupste zufrieden und schloss die Augen.

Helena war glücklich. All ihre Wünsche waren in Erfüllung gegangen. Sie hatte sich trotz anfänglicher

Schwierigkeiten gut eingelebt, war erfolgreich in ihrem Beruf und das Beste von allem: Sie hatte eine Freundin gefunden! Obwohl sie anfangs ihre Entscheidung nach Augsburg zu ziehen schon hin und wieder bereut hatte, war sie sich inzwischen doch sicher, alles richtig gemacht zu haben. Helena freute sich auf die weitere Zusammenarbeit mit Franzi und auf viele neue spannende Fälle in der schwäbischen Hauptstadt. Auch das mit der Sprache würde sich im Lauf der Zeit bestimmt geben. Sie beschloss, gleich damit anzufangen.

„Proscht, Franzi!"

Epilog

„Ich verstehe Sie nicht, Fräulein. Könnten Sie das bitte wiederholen?"

Franzi raufte sich verzweifelt die braunen Locken.

„Jetzt gebn'S mer halt einfach so ne Fischsemml! So eine da!" Sie klopfte mit ihrem Zeigefinger vehement gegen die Scheibe.

„Meine Freundin hätte gerne ein Matjesbrötchen", griff Helena schmunzelnd ein und erlöste die Augsburgerin aus ihren Nöten.

„Sehr gerne, die Dame." Die gewünschte Speise wechselte den Besitzer und Franzi bezahlte. Seufzend wandte sie sich an Helena.

„Wenn i g'wusst hätt, dass des so schwierig isch bei euch mit dem Verschteh'n, wär i fei net hier hoch g'fahrn!"

Helena lachte schallend. Sie sah dabei zu, wie Franzi genießerisch in ihre Mahlzeit biss.

„Jetzt weißt du endlich, wie es mir immer bei euch dort unten geht!", stellte sie zufrieden fest.

„Hasch ja recht, Lena. Mit uns hasch es wirklich net immer ganz leicht!" Franzi nickte zustimmend und verspeiste den Rest ihres Matjesbrötchens. „Aber schmecken tut's mir hier fei scho." Sie tupfte sich mit einer Serviette die Mundwinkel ab.

„Das freut mich aber, dass es dir hier schmeckt, obwohl es hier gar keine Leberkässemmeln gibt."

„Des isch eigentlich gar net so schlimm für mich, aber dass ihr keine g'scheitn Brez'gn habt's, des isch fei scho allerhand!"

„Da muss ich dir leider zustimmen. Die Augsburger Brezen sind wirklich unnachahmlich! Aber jetzt komm! Ich will dir noch so viel zeigen!"

Helena hakte sich bei Franzi unter und zog sie mit sich. Sie war glücklich, dass ihre neue Partnerin ihre Einladung, über Silvester nach Hamburg zu kommen, angenommen hatte. Franzi war noch nie im hohen Norden gewesen und hatte so manche sprachliche Hürde zu meistern. Aber Helena fand das ganz in Ordnung, ging es ihr selbst doch in Augsburg, pardon, in Augschburg natürlich, nicht viel besser.

Wenn sie an ihre Anfangszeit in Schwaben zurückdachte, fiel es ihr immer schwerer, sich zurückzuerinnern, wie einsam sie sich manchmal gefühlt hatte. Inzwischen unternahmen die beiden Kommissarinnen regelmäßig etwas miteinander und neue Leute hatte sie auch schon kennengelernt. Manchmal ging sie sogar mit Streifenbulle Schorsch ein Bier trinken.

Der aufregende erste Fall in ihrer neuen Heimat war genauso ausgegangen, wie sie angenommen hatten. Die Laboranalyse hatte in zwei der drei leeren Flaschen aus Rainer Hillbrands Garage Rückstände von Frostschutzmittel nachweisen können. Damian Strakowic würde in Kürze der Prozess gemacht werden. Die Anklage lautete auf unterlassene Hilfeleistung und tätlichen Angriff auf eine Polizeibeamtin. Die Staatsanwaltschaft forderte drei Jahre auf Bewährung.

Die Kommissarinnen verbrachten vier schöne und erholsame Tage in der Hansehauptstadt. Sie besuchten sogar Helenas altes Polizeirevier. Franzi verstand sich richtig gut mit Helenas Eltern, auch wenn verständlicherweise die ein oder andere sprachliche Schwierigkeit bestand. Sie versprachen, die beiden Frauen in Kürze auch einmal in Augsburg zu besuchen. Als Helena mit Franzi wieder im ICE Richtung Augsburg saß, sah sie die Häuser ihrer Heimatstadt langsam am Horizont verschwinden. Sie fühlte keine Traurigkeit, sondern freute sich im Gegenteil sogar auf die Herausforderungen, die in ihrer neuen Heimat auf sie warteten.

„Augschburg, wir kommen!"

Danksagung

Zunächst einmal möchte ich mich bei Ihnen, liebe Leserinnen und Leser, bedanken, weil Sie es tapfer auf sich genommen haben, sich durch den Augschburger Dialekt zu kämpfen. Ich wurde in der schönen Fuggerstadt geboren und lebe hier schon mein ganzes Leben lang, weshalb ich natürlich auch Dialekt spreche, wenn auch nicht so krass, wie Lorenz oder Schorsch es tun. Wir Datschiburger, wie wir von Auswärtigen wegen unserem köstlichen Zwetschgendatschi liebevoll genannt werden, sind in einer besonderen Situation. Einerseits liegt Augsburg mitten in Bayern, andererseits würde so gut wie kein Augsburger sich als Bayer bezeichnen. Wir sind Schwaben. Aber um Himmels Willen auf gar keinen Fall zu verwechseln mit den Württemberger Schwaben! Die sprechen ganz anders als wir ... Sie sehen schon, es ist nicht ganz so einfach, dabei den Durchblick zu behalten. Obwohl wir wie gesagt in Bayern leben, sprechen Augschburger kein Bayerisch. Sobald man aber die Stadt in Richtung München verlässt, überquert man eine unsichtbare Sprachgrenze, und so ist bereits die sehr nahe gelegene Stadt Friedberg mehr dem Bayerischen zuzuordnen. Wir Augschburger sind schon ein spezielles Völkchen. Ich hoffe sehr, dass meine lieben Mitbürgerinnen und Mitbürger mir nicht allzu gram sind, wegen meiner Beschreibung der sogenannten Augschburger Ureinwohner. Ich liebe meine Heimatstadt von ganzem Herzen und bin ja selbst so ein Ureinwohner. Wir grummeln immer mal wieder gern ein wenig vor uns hin und sind beim Autofahren nicht die Allergeduldigsten (ok, das ist eine Untertreibung), aber im Grunde genommen, sind wir eigentlich echt nett. Wir sind vielleicht anfangs etwas reserviert, aber wenn wir mal aufgetaut sind, sind wir sogar richtig umgänglich. Meiner Meinung nach ist Augsburg sowieso die schönste Stadt der Welt und immer einen Besuch wert. Kommen Sie einfach mal vorbei und bestaunen Sie unsere wunderschönen Renaissancebauten, die prachtvolle Maxstraße und die gemütliche Altstadt. Ich empfehle Ihnen wärmstens, durch den Stadtmarkt zu bummeln und die bunten Auslagen zu bestaunen.

Jetzt habe ich aber genug Werbung für meine Heimatstadt gemacht.

Ich möchte mich noch bei ein paar ganz wichtigen Menschen bedanken, ohne die dieses Buch nicht entstanden wäre. Zuallererst ist da mein Mann Florian, der mir immer den Rücken freihält und mir die Zeit zum Schreiben freiräumt, was bei drei Kindern gar nicht so leicht ist. Ohne dich würde es nicht gehen! Ich danke meinen drei Süßen, Lilly, Tim und Ida, für euer Verständnis, wenn Mama Ruhe brauchte, weil sie wieder mal am Schreiben war, aber auch für euer Interesse an meiner Arbeit. Ich bedanke mich ganz herzlich bei meiner lieben Freundin Katrin Artes und bei meiner

Zwillingsschwester Heike Beardsley, die meine Probeleserinnen waren und viele wertvolle Tipps für mich hatten. Franzis Patentante Lotte Meisner ist übrigens die Hauptperson in dem Roman „Tödliche Töne", den meine Schwester Heike verfasst hat und in dem auch Franzi hin und wieder erwähnt wird.

Mein besonderer Dank gilt meiner wunderbaren Lektorin Claudia Steinke, die sich tapfer an die Augschburger Mundart herangewagt hat, obwohl sie doch selbst eher der im Buch erwähnten Kategorie der „Saupreißn" zuzuordnen ist. Die Zusammenarbeit mit dir hat mir sehr viel Spaß gemacht!

Außerdem möchte ich dem Team von dp Verlag ganz herzlich danken, allen voran Alex Fölker, die immer für mich da war und alle meine Fragen geduldig beantwortet hat. Danke, dass ihr mich so herzlich aufgenommen und betreut habt!

Ich bedanke mich außerdem bei der Agentur Ashera, bei Alisha Bionda und Uschi Zietsch, für die Vermittlung des Projektes und die Betreuung.

Die herzliche Art meiner Protagonistin Franzi habe ich mir bei meiner besten Freundin Alex abgeguckt, von der ich gelernt habe, Dinge nicht zu ernst zu nehmen und dem Leben immer mit einem Lächeln im Gesicht zu begegnen. Dadurch wird einem im Leben tatsächlich vieles erleichtert. Du fehlst mir jeden Tag, Alex!

Wer weiß, vielleicht können wir Helena und Franzi gemeinsam bei der Lösung weiterer spannender Fälle begleiten. Mich würde das jedenfalls sehr freuen.

Bis dahin: Pfiat's euch! Servus!